LO QUE NO NOS CONTARON

MARC

LO QUE NO NOS CONTARON

LEVY

Lo que no nos contaron

Editado por HarperCollins Ibérica, S.A.
Núñez de Balboa, 56
28001 Madrid

Lo que no nos contaron
Título original: La Dernière des Stanfield
© Marc Levy / Versilio, 2017
www.marclevy.info
© 2018, para esta edición HarperCollins Ibérica, S.A.
© De la traducción del francés, Isabel González-Gallarza Granizo

Diseño de cubierta: CalderónStudio

ISBN: 978-84-9139-374-0
Depósito legal: M-27910-2018

A Louis, Georges y Cléa.
A Pauline.

«Hay tres versiones de una historia: la vuestra…, la mía… y la verdad.
»Nadie miente».

Robert Evans

There are three sides to every story: yours… mine… and the truth. No one is lying.

1

ELEANOR-RIGBY

Octubre de 2016, Londres

Me llamo Eleanor-Rigby Donovan.

Puede que os suene mi nombre. Mis padres eran fans de los Beatles. *Eleanor Rigby* es el título de una canción escrita por Paul McCartney.

Mi padre odia que le diga que su juventud transcurrió en el siglo pasado, pero en la década de 1960, los forofos de la música *rock* se dividían en dos categorías: Rolling Stones o Beatles. Por una razón que no comprendo, era inconcebible que te gustaran los dos grupos.

Mis padres tenían diecisiete años cuando flirtearon por primera vez, en un *pub* londinense cerca de Abbey Road. Toda la sala coreaba *All you need is love*, con los ojos fijos en una pantalla de televisión en la que se retransmitía vía satélite un concierto de los Beatles. Setecientos millones de telespectadores los acompañaban en su enamoramiento, lo que bastaría para hacer inolvidable el principio de su relación. Y eso que se perdieron de vista unos años más tarde. Pero, como la vida está llena de sorpresas, volvieron a encontrarse en circunstancias bastante cómicas, a punto de cumplir los treinta. Yo fui concebida trece años después de su primer beso. Se tomaron su tiempo.

Y como da la casualidad de que mi padre tiene un sentido del humor que apenas conoce límites —se cuenta en la familia que fue esta virtud la que cautivó a mi madre—, cuando fue a registrar mi partida de nacimiento, decidió llamarme Eleanor-Rigby.

—Era la canción que escuchábamos sin parar mientras te inventábamos —me contó un día para justificarse.

Un detalle que no me apetecía en absoluto conocer, de una situación que me apetecía aún menos imaginar. Podría decir que mi infancia fue difícil; pero no sería verdad, y yo nunca he sabido mentir.

La mía es una familia disfuncional, como lo son todas. También aquí hay dos categorías: las que lo reconocen y las que hacen como si nada. Disfuncional pero alegre, a veces casi demasiado. En casa es imposible decir nada en tono serio sin ser objeto de burla. Hay una voluntad absoluta de no tomarse nada a pecho, ni siquiera lo que puede acarrear graves consecuencias. Y he de reconocer que con frecuencia esto me ha enfurecido. Mis padres a menudo se han achacado mutuamente esa pizca de locura que siempre ha estado presente en nuestras conversaciones, nuestras comidas, nuestras veladas, mi infancia, la de mi hermano (nació veinte minutos antes que yo) y la de Maggie, mi hermana pequeña.

Maggie —séptima canción de la cara A del álbum *Let it be*—, tiene un corazón como una casa, un carácter que para qué y un egoísmo sin límites cuando se trata de las pequeñas cosas cotidianas. No son cosas incompatibles. Si tienes un problema de verdad, ahí estará siempre Maggie. Si son las cuatro de la mañana y te niegas a montarte en el coche de dos amigos demasiado borrachos para conducir, le cogerá a papá las llaves de su Austin e irá en pijama a buscarte a la otra punta de la ciudad, y de paso dejará en su casa a los dos amigos después de echarles una buena bronca, aunque sean dos años mayores que ella. Pero intenta robarle una tostada del plato durante el desayuno y te dolerán los brazos durante días; tampoco esperes que te deje un poco de leche en el frigorífico.

12

Por qué mis padres la trataron siempre como a una princesa sigue siendo para mí un misterio. Mamá le tenía una admiración enfermiza, su benjamina estaba destinada a hacer grandes cosas. Maggie sería médico o abogada, o incluso ambas cosas, salvaría a viudas y huérfanos, erradicaría el hambre en el mundo… Resumiendo, que era la niña mimada, y toda la familia tenía que velar por su futuro.

Mi hermano mellizo se llama Michel —séptima canción de la cara A de *Rubber Soul*, aunque en el disco en cuestión el nombre está en femenino—. El ginecólogo no le vio la colita en la ecografía. Según parece estábamos demasiado pegados el uno al otro. *Errare humanum est*. Gran sorpresa en el momento del parto. Pero el nombre estaba elegido, y ya no se cambiaba. Papá se contentó con quitarle una ele y una e, y mi hermano pasó los primeros tres años de su vida en una habitación con las paredes pintadas de rosa y un friso en el que Alicia corría persiguiendo conejos. La miopía de un ginecólogo puede tener consecuencias insospechadas.

Algunas personas tan bien educadas como hipócritas os dirán en tono cohibido que Michel es un poco especial. Los prejuicios son una cualidad inherente a la gente convencida de que lo sabe todo de todo. Michel vive en un mundo que no conoce la violencia, la mezquindad, la hipocresía, la injusticia ni la maldad. Un mundo desordenado para los médicos, pero donde, para él, cada cosa y cada idea tienen su sitio; un mundo tan espontáneo y sincero que me lleva a pensar que quizá los especiales, por no decir anormales, seamos nosotros. Esos mismos médicos nunca han sido capaces de saber a ciencia cierta si tenía el síndrome de Asperger o si, sencillamente, era diferente. No es nada sencillo en realidad, pero Michel es un hombre de una dulzura increíble, sensato como él solo, y una fuente inagotable de ataques de risa. Así como yo no sé mentir, Michel, en cambio, es incapaz de no decir lo que piensa en el momento en que lo piensa. A los cuatro años, cuando por fin se decidió a hablar, haciendo cola ante la caja del supermercado le preguntó a una señora en silla de ruedas que dónde había encontrado

13

esa carroza. Mamá, anonadada al oírlo por fin pronunciar una frase construida, primero lo abrazó y lo llenó de besos, y luego se puso como un tomate. Y la cosa no había hecho más que empezar...

Mis padres se amaron desde la noche en que se reencontraron. Hubo entre ellos frías mañanas de invierno, como en todas las parejas, pero siempre se reconciliaron, se respetaron y sobre todo se admiraron mutuamente. Un día, al poco de separarme del hombre del que pese a todo seguía enamorada, cuando les pregunté cómo habían conseguido quererse toda la vida, mi padre me contestó: «Una historia de amor es el encuentro entre dos personas dispuestas a dar, dar y dar».

Mi madre murió el año pasado. Estaba cenando con mi padre en un restaurante, el camarero acababa de traerle un bizcocho borracho, su postre preferido, cuando se desplomó sobre el montículo de nata. Los médicos de urgencias no pudieron reanimarla.

Papá se cuidó de compartir con nosotros su dolor, consciente de que lo vivíamos a nuestra manera. Michel sigue llamando a mamá todas las mañanas, y mi padre le contesta invariablemente que no puede ponerse al teléfono.

Dos días después del entierro, papá nos reunió alrededor de la mesa familiar y nos prohibió formalmente que estuviéramos tristes. La muerte de mamá no debía destruir lo que tanto esfuerzo les había costado construir para nosotros: una familia alegre y unida. Al día siguiente encontramos una notita suya en la puerta del frigorífico: *Queridos, un buen día los padres se mueren, ya os tocará a vosotros, así que pasadlo bien. Papá*. Lógico, habría dicho mi hermano. No podemos perder ni un momento regodeándonos en la desgracia. Y cuando tu madre se sume en las tinieblas de cabeza, cayendo sobre un bizcocho borracho, te da que pensar.

Mi profesión hace palidecer de envidia a todo el que me pregunta al respecto. Soy periodista de la revista *National Geographic*. Me pagan, aunque no mucho, por viajar, fotografiar y describir la diversidad del mundo. Lo curioso es que he tenido que recorrer todo el planeta para darme cuenta de que el esplendor de esta diversidad estaba en mi vida cotidiana, que me bastaba con abrir la puerta de nuestro edificio y estar más atenta a los demás para constatarlo.

Pero cuando te pasas la vida en un avión, duermes trescientas noches al año en habitaciones de hotel más o menos cómodas, más bien menos, de hecho, debido a los recortes presupuestarios, escribes la mayoría de tus artículos a bordo de autobuses en carreteras llenas de baches y ver una ducha limpia te llena de alegría, cuando vuelves a tu casa solo te apetece una cosa: tumbarte a la bartola en un mullido sofá a ver la tele con tu familia al alcance de la mano.

Mi vida sentimental se resume en unos pocos juegos de seducción, tan escasos como efímeros. Viajar sin parar te condena a un celibato de duración indefinida. Mantuve dos años una relación que quería fuera fiel con un reportero del *Washington Post*. Maravillosa ilusión. Intercambiamos una cantidad suficiente de *e-mails* como para tener la impresión de estar cerca el uno del otro, pero nunca pasamos juntos más de tres días seguidos. En total, no tuvimos más de dos meses de vida en común. Cada vez que nos veíamos, se nos aceleraba el corazón, y cada vez que nos despedíamos, también; a fuerza de arritmias, nuestros corazones se acabaron cansando.

Mi vida no tiene nada de anodina comparada con la de la mayoría de mis amigos, pero se hizo singular de verdad una buena mañana, cuando abrí el correo.

Acababa de volver de una estancia en Costa Rica, fue mi padre a recogerme al aeropuerto. La gente me dice que, con treinta y cinco años cumplidos, ya sería hora de cortar el cordón umbilical. En cierto modo ya lo he hecho, pero en cuanto vuelvo de un viaje, cuando veo la cara de mi padre entre la muchedumbre que espera a los viajeros, es como si volviera a la infancia, y por nada del mundo querría librarme de tan dulce sensación.

Ha envejecido un poco desde que murió mi madre, ha perdido algo de pelo, ha echado algo de tripa, y sus andares ya no son tan ligeros, pero sigue siendo el mismo hombre magnífico, elegante, brillante y excéntrico de siempre, y nunca he respirado olor más reconfortante que el de su cuello cuando me abraza levantándome del suelo. Será complejo de Edipo, sí, pero a mucha honra y que me dure todo lo posible. Aquel viaje a Centroamérica me había dejado agotada. Me pasé el vuelo atrapada entre dos pasajeros cuyas cabezas caían sobre mis hombros con cada turbulencia, como si yo fuera una almohada improvisada. De vuelta en casa, al verme en el espejo la cara soñolienta, los entendí un poco más. Michel había ido a cenar a casa de nuestro padre, mi hermana se había reunido con nosotros en mitad de la cena, y mi corazón se debatía entre el placer de volver a verlos y las ganas de encerrarme a solas en la habitación que había ocupado oficialmente hasta cumplir los veinte, y extraoficialmente mucho más tiempo. Tengo un estudio alquilado en Old Brompton Road, al oeste de Londres, por principio y por orgullo, pues casi nunca duermo allí. No paso mucho tiempo en mi propio país y, cuando lo hago, me gusta estar en nuestra casa familiar, en Croydon.

Al día siguiente fui un rato a mi estudio. Entre las facturas y los folletos publicitarios encontré un sobre manuscrito. La letra era sorprendentemente bonita, llena de bucles y arabescos, como nos enseñaban de niños en el colegio.

En su interior, una carta anónima me informaba de que, supuestamente, mi madre había tenido un pasado del que yo nada sabía. Me aseguraba que si rebuscaba entre sus cosas encontraría recuerdos que me proporcionarían mucha información sobre la mujer que había sido. Y esa carta iba más allá. Al parecer, mi madre había sido coautora de un delito mayúsculo, cometido hacía treinta y cinco años. La carta no precisaba nada más.

Había muchas cosas en esas revelaciones que no me cuadraban. Para empezar, esos treinta y cinco años coincidían con el año de mi concepción... Resultaba difícil imaginar a mi madre embarazada, de mellizos nada menos, en la piel de una fuera de la ley, sobre todo para quien la hubiera conocido. Si quería saber más, el autor de esa carta me invitaba a viajar a la otra punta del mundo. Dicho esto, me rogaba que destruyera su misiva, recomendándome que no hablara de ella con nadie, ni con Maggie ni, sobre todo, con mi padre.

¿Cómo sabía ese desconocido el nombre de las personas más cercanas a mí? Eso tampoco me cuadraba.

Acababa de perder a mi madre en primavera y estaba muy lejos de haber superado el duelo.

Mi hermana nunca me habría gastado una broma de tan mal gusto, mi hermano habría sido incapaz de inventarse una historia como esa y, por más que hojeaba mi agenda, no se me ocurría ningún conocido capaz de una jugarreta como esa.

¿Qué habríais hecho en mi lugar? Probablemente cometer el mismo error que yo.

2

SALLY-ANNE

Octubre de 1980, Baltimore

Cuando salió del *loft*, tuvo que afrontar la gran escalera. Ciento veinte escalones muy empinados que conducían a tres rellanos escasamente iluminados por una bombilla que colgaba de un cordón de cables trenzados, tenue halo de luz en aquel abismo. Bajarla era un juego temerario; subirla, algo parecido a un suplicio. Sally-Ann hacía ambas cosas dos veces al día.

El montacargas ya no daba más de sí. Su vieja reja moteada de herrumbre se confundía con las paredes color ocre.

Cuando Sally-Anne abría la puerta del edificio, la claridad terrosa de los muelles siempre la deslumbraba. A su alrededor todo eran antiguos almacenes de ladrillo rojo. En el extremo de un espigón azotado por el viento marino se erguían altas grúas que acarreaban los contenedores de los últimos cargueros que atracaban en ese puerto en claro declive. El barrio aún no había conocido la gentrificación de hábiles promotores. En aquella época solo habían elegido como domicilio esos espacios abandonados algún que otro aprendiz de artista, músicos o pintores en ciernes, jóvenes sin un céntimo que se codeaban con niños de papá, y juerguistas solitarios que tenían problemas con la justicia.

19

La tienda de alimentación más cercana estaba a diez minutos en moto.

Sally-Anne tenía una Triumph Bonneville de 650 centímetros cúbicos capaz de superar los 160 por hora, si eras tan loco de querer jugarte así el tipo. El depósito azul y blanco estaba abollado de resultas de una caída memorable cuando aún estaba aprendiendo a domar a la bestia.

Unos días antes, sus padres le sugirieron que dejara la ciudad y fuera a descubrir mundo. Su madre garabateó un cheque, lo arrancó de la chequera con un gesto delicado que ponía de relieve su perfecta manicura, y se lo entregó a su hija, desentendiéndose así de ella.

Sally-Anne consideró la cantidad, imaginó gastarla en juergas y borracheras pero, al final, más molesta por la distancia que su familia le imponía que por la expiación de una falta que no había cometido, resolvió vengarse. Estaba decidida a tener un éxito tal que un día lamentaran haberla repudiado. Un proyecto sin duda ambicioso, pero Sally-Anne contaba con una inteligencia sin igual, un cuerpo bonito y una libreta de contactos bien surtida. En su familia el éxito se medía en función de la cuenta bancaria y las posesiones de las que se pudiera alardear. A Sally-Anne nunca le había faltado el dinero, pero tampoco la había atraído nunca demasiado. Le gustaba estar rodeada de gente y, desde muy joven, le traía sin cuidado molestar a su familia frecuentando a quienes no pertenecían a su entorno. Sally-Anne tenía sus defectos, pero había que reconocerle que las suyas eran amistades sinceras.

El cielo presentaba un azul engañoso, que no debía hacerle olvidar que había llovido toda la noche. En moto, una calzada mojada no perdona. La Triumph devoraba el asfalto, Sally-Anne sentía el calor del motor entre las pantorrillas. Conducir esa máquina le daba una sensación de libertad inigualable.

Distinguió a lo lejos en un cruce una solitaria cabina telefónica en esa tierra de nadie que se extendía ante ella. Echó una ojeada a la esfera de su reloj, que asomaba entre los botones del guante, aminoró la marcha y frenó. Aparcó la moto junto a la acera y le puso la pata de cabra. Necesitaba asegurarse de que su cómplice sería puntual.

Cinco timbrazos, May ya debería haber contestado. Sally-Anne sintió un nudo en la garganta, hasta que por fin oyó un *clic*.

—¿Todo bien?

—Sí —contestó la voz, lacónica.

—Ya voy de camino. ¿Estás preparada?

—Supongo que sí, aunque de todos modos es demasiado tarde para echarnos atrás, ¿verdad?

—¿Por qué querríamos echarnos atrás? —preguntó Sally-Anne.

May podría haberle enumerado todas las razones que se le venían a la mente. Su proyecto era demasiado arriesgado, ¿de verdad valía la pena lo que estaba en juego? Para qué esa venganza si no borraría nada de lo que había ocurrido. ¿Y si las cosas no salían como habían previsto, y si las descubrían? Que las considerasen culpables dos veces sería demasiado para ellas. Pero si aceptaba correr esos riesgos, era por su amiga y no por ella, así es que May se calló.

—No llegues tarde —insistió Sally-Anne.

Un coche de policía pasó por allí y Sally-Anne contuvo la respiración pensando que tenía que combatir la inquietud, porque si no, ¿qué sería de ella cuando pasara de verdad a los hechos? Por ahora no tenía nada que reprocharse, su moto estaba bien aparcada, y utilizar una cabina telefónica no era ilegal. El coche patrulla pasó de largo, el agente al volante se tomó tiempo para lanzarle una mirada seductora. «¡Lo que me faltaba!», pensó colgando el teléfono.

Echó otra ojeada a su reloj: llegaría a la puerta de los Stanfield pasados veinte minutos, saldría de su casa antes de que hubiera transcurrido una hora y estaría de vuelta en hora y media. Noventa minutos que lo cambiarían todo, para May y para ella. Se subió a la moto, arrancó el motor con un golpe de talón y volvió a ponerse en camino.

En la otra punta de la ciudad, May se estaba poniendo el abrigo. Comprobó que la ganzúa de diamante seguía envuelta en el pañuelo de papel en el fondo de su bolsillo derecho y pagó al cerrajero que se la había fabricado. Al salir del edificio, notó el frío intenso. Las ramas desnudas de los álamos crujían, azotadas por el viento. Se subió el cuello del abrigo y se encaminó a la parada a esperar el autobús.

Sentada junto a la ventanilla, contempló su reflejo, se echó el cabello hacia atrás y se ajustó la horquilla del moño. Dos filas de asientos por delante, un hombre escuchaba una pieza de Chet Baker en una pequeña radio que tenía sobre el regazo. Su nuca se balanceaba al lento compás de la balada. El hombre sentado a su lado hojeaba un periódico ruidosamente para molestarlo tanto como *My Funny Valentine* parecía molestarlo a él.

—Es la canción más bonita que conozco —murmuró su vecina de asiento.

May la encontraba más triste que bonita, o a medio camino entre las dos cosas. Se apeó seis paradas después y se detuvo al pie de la colina a la hora prevista. Sally-Anne la esperaba ya en su moto. Le alargó un casco y esperó a que se sentara de paquete. El motor rugió y la Triumph subió la cuesta.

3

ELEANOR-RIGBY

Octubre de 2016, Beckenham, periferia de Londres

Todo parecía normal, pero nada lo era. Maggie estaba apoyada en el marco de la puerta, haciendo rodar entre los dedos un cigarrillo apagado. Algo le decía que encenderlo daría validez a las tonterías que acababa de leer.

Muy tiesa en mi silla, como una alumna sentada en primera fila que no quiere atraer sobre sí la ira de la profesora, sostenía la carta en la mano, en un estado cercano al estupor religioso.

—Reléela —me ordenó Maggie.

—Por favor. Reléela, *por favor* —no pude evitar corregirla.

—¿Quién de las dos se ha plantado en casa de la otra en plena noche? Así que no me des la tabarra, *haz el favor*...

¿Cómo podía Maggie pagar el alquiler de un apartamento de dos habitaciones cuando a mí, que tenía un trabajo de verdad, apenas me alcanzaba para un estudio? Nuestros padres debían de haberla ayudado, estaba claro. Y si seguía ocupándolo ahora que mamá había muerto, era porque papá estaba en el ajo, y eso era lo que me molestaba. Algún día tendría que atreverme a preguntárselo en una cena familiar. Sí, pensaba, algún día reuniré el valor de afirmarme de una vez por todas frente a mi hermana menor y de ponerla en su sitio cuando me habla mal, y un montón de cosas más que se me ocurrían para no pensar en esa carta que iba a releerle a Maggie puesto que acababa de ordenármelo.

—¿Te ha comido la lengua el gato, Rigby?

Odio cuando Maggie me acorta el nombre quitándole la parte femenina. Y ella lo sabe de sobra. Pese a lo mucho que nos queremos, nos cuesta llevarnos bien. De niñas, a veces llegábamos a arrancarnos el pelo a mechones cuando nos peleábamos, y esas peleas fueron a peor en la adolescencia. Discutíamos hasta que Michel se agarraba la cabeza con las manos, como si un mal destilado por la maldad de sus hermanas le latiera en las sienes y lo martirizara. Entonces dejábamos a un lado la discusión, cuyo motivo hacía tiempo que habíamos olvidado, y, para convencerlo de que no era más que un juego, nos abrazábamos y, fingiendo que jugábamos al corro, lo arrastrábamos a él alegremente para que se nos uniera.

Maggie soñaba con tener mi cabello pelirrojo y mi apariencia serena, creyendo que nada podía afectarme. Yo en cambio me moría por su melena morena, que tantas burlas me habría evitado en el colegio, su belleza imperturbable y su aplomo. Nos enfrentábamos por todo, pero si un desconocido o nuestros padres criticaban a una de las dos, la otra acudía al rescate enseñando los dientes, dispuesta a morder para proteger a su hermana.

Suspiré y empecé a leer en voz alta.

Querida Eleanor:

Me disculpará que la llame así, pero los nombres compuestos me parecen demasiado largos, aunque el suyo es precioso, pero ese no es el objeto de esta carta.

Imagino que habrá vivido el fallecimiento repentino de su madre como una profunda injusticia. Estaba hecha para ser

24

abuela, morir de muy anciana en su cama, rodeada por su familia, a la que tanto había dado. Era una mujer notable, dotada de una gran inteligencia y capaz de lo mejor y de lo peor, pero usted solo conoció lo mejor.

Así son las cosas, no sabemos de nuestros padres más que lo que estos quieren contarnos, lo que queremos ver de ellos, y olvidamos, porque es lo natural, que tuvieron una vida antes de nosotros. Quiero decir que tuvieron una vida solo suya, que conocieron el sufrimiento de la juventud, así como sus mentiras. Ellos también tuvieron que romper sus cadenas, que liberarse. La pregunta es: ¿cómo lo hicieron?

Su madre, por ejemplo, renunció hace treinta y cinco años a una fortuna considerable. Pero esa fortuna no era fruto de una herencia. Entonces, ¿en qué condiciones la consiguió? ¿Le pertenecía o la robó? Si no la robó, ¿por qué renunciar a ella? Le corresponde a usted dar respuesta a todas estas preguntas, si es que le interesa hacerlo. En caso afirmativo, le sugiero que lleve a cabo sus pesquisas con inteligencia. Como bien imaginará, una mujer tan sensata como su madre no enterraría sus secretos más íntimos en un lugar fácil de encontrar. Cuando haya descubierto las pruebas de que mis preguntas tienen fundamento —sé que en un primer momento su reacción será no creerme—, llegado el momento tendrá que venir a mi encuentro, pues vivo en la otra punta del globo. Pero por ahora debo dejarla reflexionar. Tiene mucha tarea por delante.

Disculpe también que mantenga el anonimato, no crea que es por cobardía, si obro así es por su propio bien.

Le recomiendo encarecidamente que no hable con nadie de esta carta, ni con Maggie ni con su padre, y que la destruya nada más leerla. Conservarla no le sería de ninguna utilidad. Crea en la sinceridad de mis palabras; le deseo lo mejor y le hago llegar, aunque con retraso, mi más sentido pésame.

—Este texto está redactado de manera bastante astuta —dije—. Es imposible saber si quien lo ha escrito es un hombre o una mujer.

—Hombre o mujer, está mal de la cabeza. Lo único sensato de esta carta es el consejo de destruirla…

—Y el de no hablar de ella con nadie, sobre todo contigo…

—Ese has hecho bien en no seguirlo.

—Ni con papá.

—Pues ese más vale que lo sigas, porque paso de preocuparlo con estas tonterías.

—¡Deja de decirme siempre lo que tengo o no tengo que hacer, la hermana mayor soy yo!

—¿Qué pasa, que tener un año más te confiere una inteligencia superior? Si así fuera, no habrías corrido a mi casa a enseñarme esta carta.

—No he corrido, la recibí anteayer —precisé.

Maggie acercó una silla y se sentó frente a mí. Había dejado la carta sobre la mesa. La acarició, apreciando la calidad del papel.

—No me digas que te crees una palabra de todo esto —me soltó.

—No lo sé… Pero ¿por qué perdería alguien el tiempo en escribir esta clase de cosas si no son más que mentiras? —le contesté.

—Porque en todas partes hay locos dispuestos a lo que sea por hacer daño a la gente.

—A mí no, Maggie. Dirás que mi vida es aburrida, pero que yo sepa no tengo enemigos.

—¿Ningún hombre al que hayas hecho daño?

—Ya me gustaría, pero por ese lado no hay nada hasta donde alcanza la vista.

—¿Y el periodista aquel?

—Jamás sería capaz de tamaña ignominia. Además, quedamos como amigos.

26

—Entonces ¿cómo es que el autor de esta porquería sabe mi nombre?

—Sabe eso y mucho más sobre nosotros. Si no ha mencionado a Michel es porque…

Maggie hizo girar su mechero sobre la mesa.

—… estaba seguro de que no irías a molestar con esto a nuestro hermano. De lo que se deduce que sabe cómo es Michel. Reconozco que da un poco de miedo —dijo de pronto.

—¿Qué hacemos? —le pregunté.

—Nada, no hacemos nada, es la mejor manera de no entrar en su juego. Tiramos esta patraña a la basura y seguimos con nuestra vida.

—¿Tú ves a mamá dueña de una fortuna cuando era joven? No tiene ningún sentido, siempre nos ha costado llegar a fin de mes. De ser verdad que era rica, ¿por qué habríamos vivido con estrecheces?

—No exageres, tampoco éramos tan pobres, nunca nos faltó de nada —replicó Maggie, enfadada.

—A ti no te ha faltado nunca de nada, no te has enterado de un montón de cosas.

—¿Ah, sí, cuáles?

—Pues lo que nos costaba llegar a fin de mes, precisamente. ¿Crees que mamá daba clases particulares por gusto, o que papá se pasaba los fines de semana corrigiendo manuscritos porque sí?

—Era editor, y mamá, profesora; pensaba que eso formaba parte de su trabajo.

—Pues no, pasadas las seis de la tarde ya no tenía nada que ver con su trabajo. Y en vacaciones, cuando nos mandaban de campamento, ¿te crees que ellos mientras se iban al Caribe? Pues no, se quedaban trabajando. Mamá hasta hizo sustituciones de recepcionista en un hospital.

—¿Mamá? —repitió Maggie, estupefacta.

—Tres años seguidos, cuando tú tenías trece, catorce y quince años.

—¿Y por qué tú estabas al tanto y yo no?

—Porque yo les preguntaba las cosas. Ya ves como sí cuenta tener un año más.

Maggie calló un instante.

—Entonces no —prosiguió—, la idea de que nuestra madre ocultara un fortunón no tiene ningún sentido.

—Aunque fortuna no quiera decir dinero necesariamente.

—Si no se trata de una verdadera fortuna, ¿por qué habría insinuado el autor de la carta que no era fruto de una herencia?

—También nos recomienda que seamos hábiles investigando, quizá sea una manera de indicarnos que su prosa es más sutil de lo que parece.

—Eso son muchos «quizá». Deshazte de esta carta, olvida incluso que la has recibido.

—¡Sí, seguro! Conociéndote, no vas a tardar ni dos días en poner patas arriba la casa de papá.

Maggie cogió el mechero y se encendió el cigarrillo. Le dio una profunda calada y exhaló el humo en vertical.

—De acuerdo —dijo por fin—. Mañana, cena familiar aquí en mi casa. Tú te ocupas de cocinar y yo, de sonsacar a papá. Solo para quedarnos tranquilas, pero estoy convencida de que será una pérdida de tiempo.

—Mañana pedirás unas *pizzas* e interrogaremos juntas a papá. Pero lo haremos discretamente, porque estará también Michel.

4

RAY

Octubre de 2016, Croydon, periferia de Londres

Le encantaba la idea de cenar con sus hijos, pero habría preferido que fuera en su casa. A Ray nunca le había gustado salir, y a su edad la gente ya no cambia. Cogió del armario su americana de espiguilla. Iría a recoger a Michel, sería una ocasión para conducir su viejo Austin. Ya no lo cogía para ir a la compra desde que habían abierto un pequeño supermercado a cinco minutos de su casa. Su médico le había mandado que caminara un mínimo de quince minutos todos los días, era indispensable para sus articulaciones. Le traían sin cuidado sus articulaciones, pero ya no sabía qué hacer con su cuerpo desde que se había quedado viudo. Metió tripa al mirarse al espejo y se echó el pelo hacia atrás con la mano. También le traía sin cuidado hacerse viejo, pero echaba de menos la melena de su juventud. El dineral que se gastaba el gobierno en guerras que no servían para nada habría sido mejor invertirlo en dar con algo para evitar la calvicie. Si hubiera podido volver a tener treinta años, habría convencido a su mujer de poner su talento como química al servicio de la ciencia en lugar de ser profesora. Habría dado con la fórmula mágica, se habrían hecho ricos y habrían pasado la vejez viajando a los mejores hoteles del mundo entero.

Cambió de opinión al coger la gabardina. Viajar solo siendo viudo habría sido aún más triste, y además a él no le gustaba salir. Era la primera vez que Maggie organizaba una cena en su casa. ¿Quizá fuera a anunciarles que se casaba? Se preguntó enseguida si todavía cabría en su esmoquin. En el peor de los casos se pondría a dieta, siempre que Maggie le dejara tiempo para perder dos o tres kilos, como mucho cinco, tampoco había que exagerar, quitando algunos michelines aquí y allá, poca cosa en realidad, había conservado bastante bien la línea. La impaciente de Maggie era capaz de anunciarle como si tal cosa que la boda se celebraría el fin de semana siguiente. ¿Y qué podía comprarle de regalo? Se fijó en que tenía los párpados un poco caídos, se presionó con el índice bajo el ojo derecho y vio que eso lo rejuvenecía, pero también que parecía medio tonto. Podía pegarse dos trozos de celo debajo de los ojos, sería el hazmerreír de todos. Ray hizo varias muecas ante el espejo y le entró la risa. De buen humor, cogió su gorra, lanzó y atrapó en el aire las llaves del coche y salió de su casa con el brío de un hombre joven.

El Austin olía a polvo, un olor a viejo de lo más elegante que solo emanan los automóviles de colección. Su vecino protestaba diciendo que una ranchera A60 no podía considerarse como tal, ¡pero era pura envidia! A ver dónde había hoy en día salpicaderos de auténtico palisandro, hasta el reloj era una antigüedad. Ray lo había comprado de segunda mano, ¿cuándo había sido? Aún no habían nacido los mellizos. Por supuesto que no habían nacido, al volante de ese coche había ido a buscar a su mujer a la estación cuando se volvieron a encontrar. Y pensar que ese coche los había acompañado toda la vida... ¿Cuántos kilómetros habían recorrido en ese Austin? 224.653, uno más cuando llegara a casa de Michel. Si eso no era un automóvil de colección... ¡Menudo imbécil su vecino!

Le resultaba imposible mirar el asiento del copiloto sin entrever el fantasma de su mujer. Todavía la veía inclinarse para abrocharse el cinturón de seguridad. Nunca conseguía ponérselo y despotricaba, acusándolo de haberlo acortado para gastarle una broma y hacerle creer que había engordado. Era cierto que lo había hecho dos o tres veces, pero no más. Bueno, quizá alguna más sí, ahora que lo pensaba. Estaría bien que a uno pudieran enterrarlo en su coche. Aunque, bueno, habría que agrandar considerablemente los cementerios, y eso no sería muy ecológico.

Ray aparcó delante del edificio donde vivía Michel. Tocó dos veces la bocina y, mientras lo esperaba, se puso a observar a los peatones en las aceras brillantes de agua. Que no se quejara la gente de la lluvia inglesa, ningún país era tan verde.

Una pareja llamó su atención. El hombre no parecía muy feliz. Si de verdad había un Dios, era ese tipo quien debería haberse quedado viudo y no Ray. El mundo estaba de verdad mal hecho. ¿Por qué tardaba siempre tanto Michel en salir de casa? Porque tenía que asegurarse de que cada cosa estuviera en su sitio, la llave del gas cerrada (aunque hacía muchísimo que ya no utilizaba la cocina de gas), que todas las lámparas estuvieran apagadas, salvo la de su habitación, que dejaba siempre iluminada, y que la puerta del frigorífico quedara bien cerrada. La junta estaba vieja. Iría a cambiársela un día que Michel estuviera en el trabajo. Se lo diría una vez hecho el arreglo. Ahí estaba por fin, con su sempiterna gabardina, que no se quitaba ni en verano, y a Michel era imposible convencerlo de cambiar de ropa.

Ray se inclinó para abrirle la puerta del coche: Michel entró, besó a su padre, se abrochó el cinturón y se puso las manos sobre las rodillas. Miró la carretera fijamente cuando el coche arrancó y dos manzanas después por fin sonrió.

—Estoy contento de que cenemos todos juntos, pero es raro que vayamos a casa de Maggie.

—¿Y por qué es raro, hijo? —quiso saber Ray.

—Maggie nunca cocina, por eso es raro.

—Me ha parecido entender que esta noche se celebra algo, ha encargado unas *pizzas*.

—Ah, entonces es menos raro, pero aun así —contestó Michel siguiendo con la mirada a una chica que cruzaba la calle.

—No está mal —comentó Ray con un silbido.

—Un poco desproporcionada —opinó Michel.

—¡Qué dices, pero si está cañón!

—La estatura media de un individuo de sexo femenino en 2016 es de un metro setenta, esa mujer mide por lo menos un metro ochenta y cinco. Es, pues, muy alta.

—Si tú lo dices, pero a tu edad yo habría apreciado esa clase de desproporción.

—Prefiero que sea…

—¡Más baja!

—Sí, eso, más baja.

—Para gustos, los colores, ¿verdad?

—Quizá, pero no entiendo qué tiene que ver.

—Es una expresión, Michel. Se emplea para decir que hay mucha variedad en el gusto.

—Sí, eso parece lógico, pero no la primera expresión que has utilizado, que no tiene ningún sentido, sino la segunda. Se corresponde con lo que yo he podido constatar.

El Austin se incorporó al bulevar, entre todo el tráfico. Volvió a caer una fina lluvia, la típica lluvia inglesa, que en pocos minutos dejó las aceras relucientes.

—Creo que tu hermana va a anunciarnos que se casa.

—¿Cuál de ellas? Tengo dos.

—Maggie, supongo.

—Ah, ¿y por qué supones eso?

—Por instinto paterno, tú hazme caso. Y si te lo comento ahora, es por una razón. Cuando nos lo anuncie, quiero que sepas que es una buena noticia, y que por consiguiente manifiestes alegría.

—Ah, ¿y eso por qué?

—Porque si no lo haces, tu hermana se pondrá triste. Cuando la gente te anuncia algo que la hace feliz, espera que compartas su felicidad.

—Ah, ¿y eso por qué?

—Porque es una manera de mostrarle a la gente nuestro cariño.

—Comprendo. ¿Y casarse es una buena noticia?

—No es fácil contestarte a eso. En principio, sí.

—¿Y su futuro marido estará ahí?

—Puede, con tu hermana nunca se sabe.

—¿Cuál de ellas? Tengo dos.

—Ya sé que tienes dos, soy responsable de su nacimiento, te recuerdo, bueno, junto con tu madre, claro.

—¿Y estará mamá?

—No, tu madre no estará. Ya sabes por qué, te lo he explicado muchas veces.

—Sí, lo sé, porque ha muerto.

—Eso es, porque ha muerto.

Michel miró por la ventanilla antes de volver la cabeza para mirar a su padre.

—Y para mamá y tú, ¿fue una buena noticia cuando os casasteis?

—Una noticia fantástica, hijo. Y si pudiera volver atrás, me habría casado con ella antes. Así que para Maggie también será una buena noticia; estoy seguro de que tenemos un don en la familia para los matrimonios felices.

—Ah. Lo comprobaré mañana en la universidad, pero no creo que eso sea de orden genético.

—¿Y tú, Michel, eres feliz? —le preguntó Ray con ternura.

—Sí, creo que sí… Lo soy ahora que Maggie se va a casar y que sé que será un matrimonio feliz puesto que tenemos ese don en la familia, pero aun así me da un poco de miedo conocer a su marido.

—¿Qué es lo que te da miedo?

—Pues que no sé si nos llevaremos bien.

—Ya lo conoces. Es Fred, un tipo alto, muy simpático, hemos ido varias veces a cenar a su *pub*. Bueno, supongo que es con él con quien se va a casar, aunque con tu hermana nunca se sabe.

—Qué pena que mamá no pueda venir la noche en que su hija nos anuncia que se casa.

—¿Cuál de ellas? Tengo dos —le contestó Ray sonriendo.

Michel reflexionó un instante y luego sonrió él también.

34

5

MAY

Octubre de 1980, Baltimore

La moto subía la ladera de la colina. Cada vez que Sally-Anne aceleraba, la rueda trasera salpicaba barro. Unas cuantas curvas más y se vería la casa. May no tardó en divisar a lo lejos las elegantes verjas negras, rematadas en puntas de metal labrado, que protegían la propiedad de los Stanfield. Cuanto más se acercaban, más fuerte se agarraba May a la cintura de Sally-Anne, y lo hizo con tanta fuerza que esta se rio, gritándole al viento:

—Yo también tengo miedo, pero por eso mismo es tan estimulante esta aventura.

El ronroneo del motor de la Triumph era demasiado potente para que May oyera la frase entera, solo le llegaron las palabras «miedo» y «estimulante», y eso era exactamente lo que ella sentía. Seguramente era eso lo que definía una relación perfecta, estar en la misma onda que la otra persona.

Sally-Anne cambió de marcha, inclinó la máquina para tomar la última curva, de ciento ochenta grados, aceleró y se incorporó al salir de la curva. Dominaba la Triumph con una agilidad que haría palidecer de envidia a cualquier motero. Última línea recta, ahora la casa se distinguía claramente en lo alto de la colina. Con

35

su peristilo pretencioso, dominaba el valle entero. Solo los nuevos ricos y los advenedizos apreciaban un lujo tan ostentoso, y sin embargo los Stanfield se contaban entre las familias de notables más antiguas de la ciudad, habían participado incluso en su fundación. Corría el rumor de que habían empezado a amasar su fortuna explotando a los esclavos que cultivaban sus tierras; otras voces, por el contrario, sostenían que habían sido de los primeros en liberarlos, y que algunos miembros de la familia habían pagado ese hecho con su propia sangre. La historia variaba según el barrio en el que se contara.

Sally-Anne dejó la Triumph en el aparcamiento reservado a los empleados. Apagó el motor, se quitó el casco y se volvió hacia May, que se estaba bajando de la moto.

—Tienes justo delante la puerta de servicio, llama y di que has quedado con «la señorita Verdier».

—¿Y si está en casa?

—Si así fuera, tendría el don de la ubicuidad, porque esa mujer que se dirige al Ford negro que ves allá es precisamente la señorita Verdier. Ya te lo he dicho, todos los días a las once se toma un descanso, se sube a su precioso coche y se va al centro a darse un masaje... Bueno, es una manera de hablar, porque no se limita a darse un masaje.

—¿Y cómo sabes tú eso?

—La he seguido lo bastante estas últimas semanas, y cuando te digo que la he seguido, créeme que ha sido muy de cerca, así que puedes quedarte tranquila.

—No habrás llevado el vicio hasta...

—No tenemos tiempo para charlas, May, a Verdier le cuesta llegar al clímax, pero dentro de cuarenta y cinco minutos habrá tenido su orgasmito matutino y, después de tomarse un sándwich de beicon y una Coca-Cola en el bar de al lado para recuperar fuerzas, volverá corriendo. Y, ahora, venga, te sabes el plan de memoria, lo hemos ensayado mil veces.

May se quedó plantada delante de su amiga; Sally-Anne notó que le faltaba seguridad, así que le dio un abrazo, le dijo que era preciosa y que todo saldría bien. La esperaría en el aparcamiento.

May cruzó la carretera y se plantó delante de la puerta de servicio, aquella por la que entraban en la casa los periódicos, la comida, la bebida y las flores, así como todo lo que la señora Stanfield o su hijo compraban en la ciudad. Con mucha educación le anunció al mayordomo que acudió a abrir que tenía cita con la señorita Verdier para una entrevista. Como había previsto Sally-Anne, impresionado por la autoridad natural que le daba el acento británico que acababa de imitar, el empleado no le preguntó nada y se limitó a hacerla pasar. Comprendió que había llegado con antelación a su cita, y como no procedía hacer esperar en el vestíbulo a alguien de su condición, la llevó, como también había previsto Sally-Anne, a un saloncito de la primera planta.

Con aire contrito, la invitó a sentarse en un sillón. La señorita Verdier había salido, solo un momento, añadió, antes de precisar que seguramente no tardaría en volver. Le ofreció un refresco. May le dio las gracias, pero no tenía sed. El mayordomo se retiró dejándola sola en esa opulenta habitación, contigua al despacho de la secretaria del señor Stanfield.

En el saloncito había un velador entre dos sillones de terciopelo, a juego con las cortinas de las ventanas. Una alfombra de Aubusson decoraba el parqué oscuro de haya, las paredes estaban revestidas de madera y del techo colgaba una pequeña araña de cristal.

Presentarse, subir la gran escalera hasta la primera planta y recorrer el largo pasillo que dominaba el vestíbulo hasta llegar al salón le había llevado diez minutos. Era indispensable que abandonara la casa antes de que volviera la secretaria, ninfómana a ratos. La idea de lo que estaba haciendo en un turbio salón de masajes del centro debería haberla divertido, Sally-Anne y ella se habían reído de ello mientras ensayaban su plan. Pero ahora que tenía que entrar en su despacho y cometer un allanamiento que la pondría *de facto* fuera de la ley, se sentía insegura. Si la sorprendían, llamarían a la policía, y esta no tardaría en atar todos los cabos. Ya no la acusarían de una simple intrusión. Pero no debía pensar en eso, ahora no. Tenía la boca seca, debería haber aceptado el vaso de agua que le había ofrecido el mayordomo, pero habría perdido demasiado tiempo. Ponerse de pie y dirigirse a esa puerta. Girar el picaporte y entrar.

Eso fue exactamente lo que hizo, con una determinación que la dejó pasmada. Actuaba como un autómata programado para ejecutar una tarea muy precisa.

Una vez dentro, cerró la puerta suavemente. Era muy probable que el señor de la casa estuviera en la habitación contigua, y no ignoraba que su asistente se ausentaba a esa hora.

Recorrió el despacho con la mirada, asombrada por la moderna decoración, que contrastaba con la del resto de las habitaciones de la casa que ella conocía. Una reproducción de un cuadro de Miró decoraba la pared frente a un escritorio de madera clara. Bien pensado, puede que no fuera una reproducción. No tenía tiempo de acercarse para averiguarlo. Apartó el sillón, se arrodilló delante de la cajonera y se sacó del bolsillo la ganzúa escondida en un pañuelo de papel.

Se había entrenado mil veces en un mueble del mismo tipo para aprender a forzar la cerradura sin romperla. Una cerradura de tambor de levas modelo Yale, para la que un conocido de Sally-Anne le había recomendado y vendido una ganzúa palpadora de cabeza de medio diamante. De ángulo amplio en el extremo y estrecho en la base, fácil de introducir y de sacar. Recordó la lección: evitar raspar el interior para no desprender ninguna limadura de hierro, que bloquearía el mecanismo y dejaría señales del delito; sostener el mango en horizontal con respecto al bombín, introducir despacio la ganzúa, palpar los pistones, aplicando sobre cada uno una suave presión para levantarlos sin estropearlos. Sintió que el primero llegaba a la línea de corte, avanzó despacio la cabeza de la ganzúa hasta levantar el segundo y, después, el tercero. May contuvo la respiración e hizo girar lentamente el rotor de la cerradura, liberando por fin el cajón.

Lo que le quedaba por hacer era igual de delicado, a saber, cerrar y extraer la herramienta. May tuvo cuidado de no moverla al abrir el cajón.

Unas gafas, una polvera, un cepillo, un pintalabios, un bote de crema para las manos... ¿dónde estaba la maldita carpeta? Cogió un montón de documentos, los dejó en la mesa y se puso a estudiarlos uno a uno. La lista de invitados apareció por fin, y May sintió que se le aceleraba el corazón al pensar en el riesgo que suponía para ella añadir dos nombres a esa lista.

—Tranquila, May —murmuró—, ya casi lo tienes.

Echó un vistazo al reloj de pared, aún podía seguir allí quince minutos más sin exponerse demasiado. ¿Y si la señorita Verdier llegaba hoy antes al clímax?

—No pienses en eso, no recorre todo ese trecho para privarse de los preliminares, si tuviera prisa, se satisfaría ella solita.

May miró la máquina de escribir que estaba sobre la mesa, una Underwood de las más clásicas. Colocó la hoja en el soporte, levantó la varilla y giró la rueda del interlineado. El papel se enrolló alrededor del rodillo antes de volver a aparecer.

May se dispuso a teclear los nombres falsos que quería añadir, uno para ella y otro para Sally-Anne y, debajo, la dirección del apartado de correos que habían abierto la semana anterior en la estafeta central. No cabía duda de que, algún día, la policía examinaría de cerca esa lista, buscando en ella a los culpables del delito. Pero esos nombres falsos sin domicilio real no aportarían ninguna pista. Tecleó el primero, con cuidado de presionar suavemente las teclas para ahogar el traqueteo de los martillos que golpeaban la cinta entintada. Después manipuló con sumo cuidado la palanca del carro, tratando de evitar el tintineo que acompañaba el cambio de línea. Pese a todo sonó.

—¿Señorita Verdier? ¿Ha vuelto usted ya?

La voz llegó de la habitación contigua. May se paró, petrificada. Se arrodilló despacio y se acurrucó en posición fetal debajo del escritorio. Oyó acercarse un ruido de pasos, la puerta se entreabrió, y el señor Stanfield, con la mano en el picaporte, asomó la cabeza.

—¿Señorita Verdier?

El despacho estaba tan ordenado como siempre, su secretaria era la encarnación del orden, y apenas se fijó en la máquina de escribir. Menos mal, pues la señorita Verdier nunca se habría ausentado dejando una hoja en el carro. Se encogió de hombros y cerró la puerta, mascullando que serían imaginaciones suyas.

Tuvieron que pasar varios minutos para que a May dejaran de temblarle las manos. En realidad, le temblaba el cuerpo entero, nunca había tenido tanto miedo en su vida.

El tictac del reloj de pared le hizo recuperar el aplomo. Como mucho le quedarían unos diez minutos. Diez minutitos de nada para teclear el segundo nombre y la dirección que lo acompañaba, dejar la hoja en su lugar, cerrar el cajón con llave, extraer la ganzúa y abandonar la casa antes de que volviera la secretaria. May se había retrasado, ya debería haberse reunido con Sally-Anne, que estaría muerta de preocupación.

—Concéntrate, maldita sea, no tienes ni un segundo que perder.

Una tecla, otra más, y otra… Si el viejo de al lado oía el traqueteo del teclado esta vez no se contentaría con una mirada furtiva.

Listo. Ya solo le quedaba hacer girar el rodillo y liberar la hoja. Dejarla exactamente en su sitio entre el montón de documentos, alinearlos bien en bloque, sobre la alfombra para no hacer ruido. Guardarlos en el cajón y cerrarlo, contener la respiración al girar la ganzúa, oír el *clic* de los pistones, nada de eso es fácil cuando te late el corazón hasta en las sienes y se te perla la frente de sudor... Un milímetro más.

—No pierdas la calma, May, si se bloquea la ganzúa, todo se va al traste.

Y se le había bloqueado muchas veces en los ensayos.

La extrajo por fin, se la guardó en el bolsillo, cogió de paso el pañuelo de papel y se enjugó la palma de la mano y la frente. Si el mayordomo la veía irse empapada en sudor, sospecharía.

Volvió al saloncito, se ajustó el abrigo y salió. Recorrió el largo pasillo rezando para no cruzarse con nadie. La gran escalera apareció ante ella, la bajó sin precipitación. Aún tenía que decirle al mayordomo con tono tranquilo que no podía esperar más y que volvería otro día.

Tuvo suerte, el vestíbulo estaba desierto. Llevó la mano al picaporte de la puerta de servicio y la abrió. Sally-Anne la miraba desde el aparcamiento, sentada en su moto. May tenía la impresión de que las piernas no la sostenían, pero avanzó hacia ella. Su amiga le pasó el casco y le indicó con un gesto que se subiera a la Triumph. Un golpe de talón y el motor rugió.

En la curva siguiente se cruzaron con el Ford negro que subía hacia la casa. Sally-Anne entrevió el rostro de la señorita Verdier, estaba radiante, con una sonrisa maliciosa en los labios. Sally-Anne lucía la misma sonrisa, pero por otros motivos.

6

ELEANOR-RIGBY

Octubre de 2016, Beckenham

Llevábamos media hora en la mesa y Maggie seguía sin anunciarnos su boda con Fred, ese tipo alto tan simpático que regentaba un *gastropub* en Primrose Hill. Michel estaba encantado, por dos motivos. Primero, porque le hacía mucha gracia el nerviosismo de nuestro padre, que se agitaba en su silla y apenas había probado un bocado de *pizza*. Para que Ray no cenara tenía que estar de verdad distraído por algo, y Michel sabía muy bien por qué. Pero por lo que se alegraba más aún era porque a él Fred no le parecía tan simpático. La manera en que lo trataba, su hipócrita solicitud, lo incomodaban. Era como si se creyera superior a él. La cocina de su *pub* era buena, pero a Michel no le entusiasmaba tanto como los libros que devoraba en la biblioteca. Conocía casi todos los títulos y las secciones a las que pertenecían. Aunque eso no tenía nada de extraordinario, pues era él quien los guardaba en su sitio en los estantes. A Michel le gustaba mucho su trabajo. Siembre reinaba el silencio, y pocos trabajos podían ofrecer esa tranquilidad. Los lectores eran por lo general bastante amables, y encontrarles lo antes posible lo que buscaban le hacía sentirse útil. Lo único que le molestaba era ver los libros abandonados sobre las mesas al terminar la

43

jornada. Por otro lado, si los lectores fueran ordenados, tendría menos trabajo. Era lógico.

Antes de que le confiaran ese empleo, Michel trabajaba en un laboratorio. Consiguió el puesto gracias a las notas obtenidas en el examen de último curso en la universidad. Tenía un don para la química, la tabla periódica de los elementos era para él la fuente de un lenguaje evidente. Pero su empeño en experimentar con todas las posibilidades puso fin, en aras de la seguridad, a una corta carrera que se anunciaba prometedora. Papá protestó por la injusticia y criticó la estrechez de miras de sus jefes, pero fue inútil. Tras una época en la que vivió recluido en su casa, Michel recuperó la alegría de vivir al conocer a Véra Morton, directora de la biblioteca municipal. Ella le dio una oportunidad, y él se impuso el deber de no defraudarla jamás. La facilidad con la que se puede hoy en día investigar por Internet había repercutido en el número de usuarios de la biblioteca, a veces pasaba un día entero sin que acudiera un solo lector, pero Michel aprovechaba entonces para leer tratados de química o, y esta era otra de sus pasiones, biografías.

Observaba a mi padre en silencio desde el principio de la cena. Maggie, en cambio, no paraba de hablar, para no decir nada, de hecho, o al menos nada que justificara ese monopolio de la palabra. Y su locuacidad preocupaba mucho a Michel. Que estuviera tan estresada tal vez presagiaba un anuncio que no tenía ganas de escuchar. Cuando Maggie se sentó frente a papá y le cogió la mano, Michel debió de pensar que probablemente lo hacía para engatusarlo. Maggie no era muy dada al contacto físico. Cada vez que la abrazaba, al saludarla o al despedirse de ella, se quejaba, protestando por que no la dejaba respirar. Y eso que Michel ponía cuidado en no abrazarla demasiado fuerte. Concluyó que se trataba de una treta para acortar sus abrazos, y si no le gustaba abrazar a su propio hermano, ello demostraba que su teoría era acertada.

Papá, igual de sorprendido que él por ese arranque de cariño, contuvo la respiración, confiando en que la gran noticia no se hiciera esperar más. Que Maggie se casara era algo normal, pero lo que quería saber era cuándo.

—Bueno, cariño, basta de charlas, esta espera me está matando. ¿Cuándo será? Lo ideal sería dentro de tres meses; uno al mes es lo razonable, porque a mi edad ya no se pierden así como así, ¿sabes?

—Perdona —contestó Maggie—, pero ¿de qué me estás hablando?

—¡De los kilos que tengo que perder para caber en el esmoquin!

Miré a mi hermana, estábamos ambas perplejas. Michel suspiró y acudió en auxilio de todos nosotros.

—Para la boda. El esmoquin es para la boda —explicó.

—Para eso nos has reunido —añadió papá—. Y, de hecho, ¿dónde está?

—¿Quién?

—El simpático de Fred —contestó Michel lacónicamente.

—Vamos a esperar un poco, y si no estáis mejor dentro de media hora, os llevo a los dos al hospital —dijo Maggie.

—Mira, Maggie, como sigas así, al final te vamos a llevar a ti a urgencias. ¿Qué modales son esos? Me pondré el esmoquin, caiga quien caiga. Siempre me ha quedado un poco grande, así es que si contengo la respiración tendría que ser capaz de abrochármelo. Bueno, es marrón, no se va de marrón a una boda, pero ante circunstancias excepcionales, medidas excepcionales… Después de todo, estamos en Inglaterra, no en Las Vegas, así que si no se dispone de un plazo razonable para prepararse para tamaño acontecimiento, pues no se dispone y punto.

Nuevo intercambio de miradas entre mi hermana y yo. Fui la primera en estallar en una carcajada que no tardó en contagiar a todos los presentes. Salvo papá, pero solo un momento: nunca había sabido resistirse a un episodio de risa floja, y terminó por unirse al resto de la familia. Cuando Maggie logró por fin recuperar el aliento, se enjugó los ojos y soltó un hondo suspiro.

La llegada inesperada de Fred tuvo por efecto un nuevo ataque de risa, y Fred nunca entendió el motivo de esas carcajadas generalizadas.

—Entonces, si no os casáis, ¿a qué viene esta cena? —preguntó por fin mi padre.

—No te preocupes —exclamó enseguida Maggie dirigiéndose a su novio, que estaba quitándose el abrigo.

—A nada, solo por disfrutar de estar en familia —contesté yo.

—Es una razón más común —intervino Michel— y, por lo tanto, del todo lógica. Estadísticamente hablando, me refiero.

—Podríamos haber cenado en mi casa —replicó papá.

—Sí, pero no nos habríamos reído tanto —argumentó Maggie—. ¿Puedo hacerte una pregunta? ¿Era rica mamá cuando os conocisteis?

—¿Cuando teníamos diecisiete años?

—No, más tarde, cuando volvisteis a encontraros.

—Ni a los diecisiete, ni a los treinta, ni nunca, de hecho. Ni siquiera le alcanzaba el dinero para coger el autobús en la estación a la que fui a recogerla… cuando volvimos a encontrarnos —añadió pensativo—. Puede incluso que no me hubiera llamado aquella noche de haber tenido en el bolsillo algo más que las pocas monedas que le quedaban al bajar de ese tren al anochecer. Bueno, creo que es hora de que os haga una confesión, hijos, y tú, Fred, puesto que aún no eres de la familia, te ruego que no se lo cuentes a nadie.

—¿Qué confesión? —quise saber yo.

—Si te callas, te lo podré contar. Adornamos un poco las circunstancias en las que reanudamos nuestra relación. Vuestra madre no reapareció milagrosamente, loca de amor por mí después de darse cuenta de que yo era el único hombre que valía la pena de entre todos los que había conocido en su vida, como os hemos contado alguna vez.

—*Cada* vez... —precisó Michel.

—Vale, cada vez. En realidad, cuando vuestra madre volvió a Inglaterra no tenía dónde dormir. Yo era la única persona a la que conocía en la ciudad. Buscó mi nombre en la guía en una cabina telefónica. En esa época no había Internet, así que a la gente se la encontraba de esa manera tan sencilla. Donovan no es un apellido corriente, éramos solo dos en Croydon. El otro tenía setenta años, era soltero y no tenía hijos. Os podéis imaginar mi sorpresa cuando oí su voz. Era el final del otoño y hacía ya un frío helador. Me dijo, lo recuerdo como si fuera ayer: «Ray, te sobran motivos para colgarme el teléfono. Pero solo te tengo a ti y no sé adónde ir». ¿Qué se le puede contestar a una mujer que te dice «Solo te tengo a ti»? Yo supe en ese preciso instante que el destino nos había reunido definitivamente. Cogí el Austin, sí, no me miréis así, el que está aparcado en la puerta y que todavía funciona, mal que le pese al imbécil de mi vecino, y fui a buscarla. Diría que la vida me dio la razón pues, treinta y cinco años más tarde, tengo la suerte de haber compartido esta noche esta porquería de *pizza* con mis tres maravillosos hijos y mi no-yerno.

Lo mirábamos todos en un silencio casi religioso. Papá carraspeó y añadió.

—Igual es hora ya de que lleve a Michel a casa.

—¿Por qué te sobraban motivos para colgarle el teléfono? —le pregunté yo.

—Otro día, cariño, si no te importa. Rememorar estas cosas me ha costado cierto esfuerzo y, por esta noche, prefiero quedarme con un buen ataque de risa antes que acostarme deprimido.

—Entonces, en la primera parte de vuestra relación, cuando teníais entre diecisiete y veinte años, ¿fue ella la que te dejó?

—Ha dicho que otro día —intervino Maggie antes de que papá contestara.

—Exacto —dijo Michel—. Pero es mucho más complicado de lo que parece —añadió levantando el índice.

Michel tiene esa costumbre de levantar el índice, como para frenar sus pensamientos cuando se le aturullan en la cabeza. Tras unos segundos en los que cada cual contuvo la respiración, prosiguió.

—En realidad, papá expresaba así su deseo de no contarnos más esta noche. En mi opinión, «otro día» indica que quizá pueda cambiar de idea… otro día, precisamente.

—Ya lo habíamos entendido, Michel —le espetó Maggie.

Como le parecía que las cosas estaban claras, Michel apartó la silla, se puso la gabardina, me dio un beso, le estrechó la mano a Fred sin ganas y abrazó fuerte a Maggie. En circunstancias excepcionales, medidas excepcionales… y, de hecho, aprovechó para felicitarla al oído.

—¿Por qué me felicitas? —le preguntó ella, también al oído.

—Por no casarte con Fred —le contestó Michel.

Padre e hijo no dijeron una palabra en el camino de vuelta, al menos no hasta que el coche se detuvo al pie de la casa de Michel. Inclinándose para abrirle la puerta, Ray lo miró fijamente y le preguntó con mucho cariño:

—No les vas a decir nada, ¿verdad? Me corresponde a mí contárselo algún día, ¿lo entiendes?

Michel lo miró a su vez y contestó:

—Puedes dormir tranquilo, papá, y sobre todo sin bajones de ánimo… Aunque no creo que el ánimo sea algo que pueda subir o bajar dentro del cuerpo, pero lo comprobaré mañana en la biblioteca.

Dicho esto, lo besó en la mejilla y bajó del coche.

Papá esperó a que entrara en el edificio antes de alejarse.

7

ELEANOR-RIGBY

Octubre de 2016, Beckenham

Me levanté de la mesa, decidida a dejarle a la pareja su intimidad. Fred y Maggie llevaban solos en la cocina diez minutos por lo menos. Entré para despedirme de ellos.

Trapo en mano, Fred secaba los vasos. Maggie, sentada en la encimera con las piernas cruzadas, fumaba un cigarrillo, exhalando el humo por la ventana entreabierta.

Se ofreció a llamarme un taxi. Pero de Beckenham hasta mi casa me habría costado una fortuna. Le di las gracias, pero prefería volver en tren.

—Pensaba que te habrías ido con papá —dijo con flagrante mala fe—. ¿No te vas a dormir a su casa?

—Me parece que esta noche él prefería estar solo, y además tengo que hacer un esfuerzo por retomar mi vida londinense.

—Y muy bien que haces —terció Fred quitándose los guantes—. Beckenham, Croydon, estos barrios periféricos están demasiado lejos.

—O Primrose Hill está demasiado lejos de mi barrio, y es demasiado esnob —replicó Maggie arrojando la colilla al agua de fregar los platos.

—Os dejo solitos —suspiré poniéndome el abrigo.

—Fred te llevará encantado a la estación en su precioso coche. Podría incluso llevarte hasta Londres e irse a dormir a su bonito Primrose Hill.

Le lancé una mirada reprobadora a mi hermana. ¿Cómo se las apañaba para conservar a un hombre a su lado siendo tan poco amable, mientras que yo, que era la amabilidad en persona, vivía un eterno celibato? Otro misterio…

—¿Quieres que te lleve, Elby? —se ofreció Fred, doblando el trapo.

Maggie se lo arrancó de las manos y lo lanzó al cubo de la ropa sucia.

—Consejito de hermana, solo Michel puede permitirse acortarle el nombre, es algo que odia. Y necesito tomar el aire, voy a acompañarla un trecho.

Maggie fue hasta la entrada, cogió un jersey y me arrastró del brazo hacia la calle.

Las aceras, que brillaban por la lluvia bajo la luz anaranjada de las farolas, estaban bordeadas por modestas casas victorianas, en su mayoría de una sola planta o dos como mucho, de torres de ladrillo de fachadas decrépitas, destinadas a viviendas sociales, y de algún que otro descampado aquí y allá.

En el cruce, el barrio recuperaba su animación. Maggie saludó al sirio de la tienda de alimentación, abierta todo el día. Su negocio marcaba la frontera con la calle comercial, más iluminada. Había una lavandería automática junto a una tienda de kebabs; a continuación, un restaurante indio en el que solo quedaban dos comensales; y un antiguo videoclub, cuyo escaparate estaba condenado con tablas clavadas cubiertas de carteles, rotos la mayoría. La noche cayó del todo justo cuando bordeábamos las verjas de un parque. Pronto el aire se impregnó del olor a metal de los raíles y del balasto sucio. Al acercarnos a la estación, solté otro suspiro.

—¿Te pasa algo? —me preguntó Maggie.

—¿Por qué sigues con él? Siempre estáis a la gresca, ¿qué sentido tiene?

—A veces me pregunto de dónde te sacas esas expresiones... ¡Qué sentido tendría soportar a un tío si no le pudiera cantar las cuarenta de vez en cuando!

—Para eso prefiero seguir soltera.

—Pues eso es exactamente lo que haces, me parece a mí.

—*Touché!* Y muchas gracias por decirme esas cosas, qué amable, ¿no?

—No me halagues, ¿quieres? Bueno, a todo esto, esta noche no hemos llegado a nada con papá.

—Ya, pero tampoco es que nos hayamos deslomado en la cocina, y encima nos hemos reído un montón. ¿Qué mosca le habrá picado ahora con lo de casaros? ¿Será que tiene ganas de ser abuelo? —dije yo.

Maggie se paró en seco y me señaló con el dedo antes de ponerse a canturrear:

> *Pinto, pinto, gorgorito,*
> *¿dónde vas tú tan bonito?*
> *A la era verdadera,*
> *Pim, pam, pum... ¡fuera!*

Y concluyó la cancioncilla clamando:

—Lo siento, bonita, te ha tocado. A mí no me apetece lo más mínimo tener hijos.

—¿Con Fred o en general?

—Al menos tenemos respuesta a la pregunta de la noche: mamá estaba sin un céntimo cuando conoció a papá.

—Puede, pero han surgido otras preguntas —objeté yo.

—Sí, pero, bueno, tampoco vamos a darle tanta importancia al tema. Mamá dejó a papá cuando eran jóvenes, y luego volvió sin pena ni gloria diez años después.

—Me da la impresión de que la verdad es más compleja.

—Deberías renunciar a los viajes para dedicarte al periodismo de investigación sentimental.

—Tus ironías me dejan fría. Te estoy hablando de papá y mamá, de esa carta extraña que hemos recibido, de las zonas de sombra de sus vidas, de las mentiras que nos han contado. ¿No tienes ganas de saber más sobre tus propios padres? ¡Solo te importas tú!

—*Touché,* y qué amable tú también.

—Pues te diré que, al contrario de lo que piensas, el hecho de que mamá no tuviera un céntimo corrobora las acusaciones de la carta.

—¿Qué pasa, que toda la gente sin un céntimo obligatoriamente tiene que haber renunciado a una fortuna?

—Tú nunca has estado sin un céntimo porque nuestros padres siempre te han ayudado.

—Rigby, ¿quieres que cantemos a coro el estribillo que mascullas desde siempre? Maggie, la benjamina, sobre cuya cuna la familia generosa no ha dejado de inclinarse. Sí, pero ¿quién de las dos tiene un estudio en Londres y quién vive en la periferia a una hora en tren? ¿Cuál de las dos se pasa el año recorriéndose el mundo y quién se queda aquí ocupándose de papá y de Michel?

—No tengo ganas de discutir, Maggie. Solo me gustaría que me ayudaras a aclarar las cosas. Si nos han mandado esta carta es por una razón. Aunque lo que cuenta no tenga fundamento, tiene que haber a la fuerza un motivo para todo esto. ¿Quién nos ha escrito y por qué?

—¡Quién *te* ha escrito! Te recuerdo que se suponía que ni siquiera debías contármelo.

—¿Y si el autor me conoce lo suficiente como para saber que lo haría de todos modos? ¿Y si incluso su intención ha sido incitarme a ello?

—Te lo concedo, esa habría sido la mejor manera de hacerlo. Bueno, percibo en tu voz una llamada de socorro, así que, vale, se me ocurre que invites a papá a comer un día de estos en Chelsea. Refunfuñará, pero se alegrará de tener una excusa para coger su Austin. Asegúrate de elegir un restaurante cerca de un aparcamiento, se niega a confiárselo a un aparcacoches. No digas nada, me troncho cada vez que lo pienso. Tengo una copia de sus llaves, iré a rebuscar en su casa en cuanto se vaya.

No me gustaba la idea de manipular a mi padre pero, a falta de un plan mejor, acepté la propuesta de mi hermana.

La estación estaba desierta. A esa hora ya no había nadie más que nosotras esperando el tren. La pantalla anunciaba la llegada inminente del Southeastern en dirección a Orpington. En Bromley tenía que cambiar de línea para coger la de Victoria Station, y luego un autobús que me dejaría a diez minutos a pie de mi estudio.

—¿Sabes cuál es mi sueño en este preciso momento? —me preguntó Maggie—. Subirme a ese tren contigo e irme a dormir a tu casa en Londres. Me metería en tu cama y charlaríamos toda la noche.

—A mí también me encantaría, pero… para eso tendrías que ser soltera…

El tren de cercanías surgió en el otro extremo del andén, las ruedas chirriaron al frenar. Las puertas se abrieron y no bajó nadie. Un largo silbido anunció su partida.

—Corre, Rigby, que lo pierdes —dijo Maggie.

Intercambiamos una mirada cómplice y subí a mi vagón.

Fred esperaba a Maggie ya acostado. En la tele estaban poniendo un viejo episodio de *Fawlty Towers*. El humor de John Cleese pudo con su silencio y acabaron riéndose juntos de las payasadas de un lord absurdo.

—Aunque no quieras casarte conmigo, ¿te vendrías a vivir a Primrose Hill? —le preguntó Fred.

—Por favor, no seas hipócrita, tendrías que haber visto tu cara cuando mi padre habló de lo de casarnos.

—Te faltó tiempo para decirle que no iba a haber boda.

—Mi padre y Michel viven aquí, en Londres estaría demasiado lejos para cuidar de ellos.

—Tu hermano ya es adulto, y tu padre ha vivido su propia vida, ¿cuándo vas a decidirte a vivir la tuya plenamente?

Maggie cogió el mando y apagó el televisor. Se quitó la camiseta, se sentó a horcajadas sobre Fred y lo observó.

—¿Por qué me miras así? —le preguntó.

—Porque llevamos dos años juntos y a veces pienso que apenas sé nada de tu vida ni de tu familia, de la que nunca hablas y a la que nunca me has presentado. Tú lo sabes casi todo de mí y conoces a los míos. Ni siquiera sé dónde has crecido, dónde has estudiado, si es que has estudiado…

—No sabes nada porque nunca me preguntas nada.

—Eso no es verdad, siempre te muestras evasivo cuando te pregunto por tu pasado.

—Entenderás —contestó él, besándole los pechos— que un hombre pueda tener otras ideas en la cabeza que contar su vida, pero ya que insistes, nací en Londres hace treinta y nueve años…

Su boca bajó hacia el vientre de Maggie…

—Sobre todo no sigas hablando —le murmuró ella.

8

KEITH

Octubre de 1980, Baltimore

La luna derramaba su claridad plateada sobre las lucernas, la luz oblicua revelaba las motas de polvo suspendidas en el aire. May dormía profundamente, los pliegues de las sábanas se ajustaban a las curvas de su cuerpo. Sentada al pie de la cama, Sally-Anne la observaba, atenta a su respiración. En ese instante, ver dormir a May era lo único que le importaba. Como si en el mundo no existiera nada más, el universo entero cabía en ese *loft*. Una hora antes la habían despertado visiones del pasado. Rostros conocidos, inmóviles y sin expresión, la juzgaban. Estaba sentada en una silla en mitad de un estrado, fusilada por sus miradas. Su manera de ser era fruto de una adolescencia en la que lo había aprendido todo sin que nadie le enseñara nada.

¿Pueden dos cuerpos rotos sanar al unirse? ¿El dolor de dos seres se resta o se añade?, se preguntaba.

—¿Qué hora es? —masculló May.

—Las cuatro de la mañana, quizá algo más tarde.

—¿En qué piensas?

—En nosotras.

—¿Cosas buenas o cosas malas?

55

—Vuelve a dormirte.

—No mientras te quedes ahí mirándome.

Sally-Anne fue a calzarse las botas y cogió su cazadora del respaldo de una silla.

—No me gusta que te vayas por ahí en moto de noche.

—No tienes por qué preocuparte, iré con cuidado.

—Sí, seguro. Quédate, voy a preparar un té —insistió May.

Se levantó, tapándose con la sábana, y cruzó la habitación. Un hornillo, unos cuantos platos, vasos descabalados y dos tazas de porcelana sobre una mesa de caballetes junto a un fregadero hacían las veces de cocina. May puso el hervidor en el fregadero, quitó la tapa y abrió el grifo. Luego fue a buscar la caja del té, guardada en un antiguo armario botiquín reconvertido, se puso de puntillas para coger dos bolsitas de té Lipton y dos azucarillos de un bote de barro, encendió una cerilla y reguló la llama azulada del infiernillo.

—¡Sobre todo no me ayudes!

—Estoy esperando a ver si te apañas con una sola mano —contestó Sally-Anne con una sonrisita burlona.

May se encogió de hombros y soltó la sábana.

—Haz el favor de recogerla y ponerla en la cama, no me gusta dormir entre polvo.

Sirvió el té, le alargó una taza a Sally-Anne, cogió la suya y volvió a sentarse en la cama con las piernas cruzadas.

—Han llegado las invitaciones —dijo por fin Sally-Anne.

—¿Cuándo?

—Ayer por la tarde, pasé por la estafeta para coger el correo.

—Y no has juzgado conveniente decírmelo antes.

—Anoche lo estábamos pasando bien, temía que te obsesionaras con ello.

—No me gustan esos tíos con los que salimos, sus conversaciones políticas de tres al cuarto me aburren, esa actitud que tienen como de querer cambiar el mundo cuando se tiran todo el día fumando porros.

Así que, siento decepcionarte, pero anoche tampoco es que me lo pasara tan bien. ¿Me las enseñas?

Sally-Anne se sacó dos sobres del bolsillo y los arrojó sobre la cama con un gesto indolente. May abrió el que iba a su nombre. Acarició la tarjeta, admiró el relieve de las letras impresas y se fijó en la fecha. La fiesta se celebraría dentro de dos semanas. Las mujeres, adornadas con sus mejores joyas, vestirían de manera extravagante, los hombres llevarían trajes grotescos, y algunos viejos cascarrabias, negándose a prestarse al juego, se contentarían con un esmoquin y un simple antifaz para ocultarse el rostro.

—Nunca en mi vida me ha apetecido tanto ir a un baile de disfraces —dijo May con una risita burlona.

—Nunca dejas de sorprenderme. Pensaba que te entraría miedo solo de ver las invitaciones.

—Pues no, ya no. No después de haber vuelto a esa casa. Cuando nos fuimos, me di cuenta de lo mucho que me había costado volver a poner los pies allí. Y me juré que nunca volvería a tenerles miedo.

—May...

—Vete en moto por ahí o vuelve a la cama conmigo, pero decídete.

Sally-Anne recogió la sábana y cubrió con ella a May. Se desnudó deprisa y se tumbó a su lado, sonriendo de nuevo.

—¿Qué pasa ahora? —preguntó May.

—Nada, me gusta verte así de vengativa.

—Quiero que sepas una cosa que solo me concierne a mí, pero quiero que estés al corriente. Nunca dejaré que me cojan viva.

—¿De qué estás hablando?

—Me has entendido perfectamente. La vida es demasiado corta para abrumarse con tristezas superfluas.

—May, mírame a los ojos. Creo que estás cometiendo un error muy gordo. Pensar solo en vengarte sería otorgarles demasiada importancia. Se trata solo de que te devuelvan lo que no merecen tener.

Sally-Anne sabía de lo que hablaba. Conocía bien a la gente de su entorno, esa gente a la que la vida se lo había dado todo. Aquellos que, por su rango, reciben sin tener que mover un dedo lo que otros reclaman, gozan de aquello que otros solo sueñan alcanzar. Esos clanes a los que sus propios miembros, seguros de su superioridad, desprecian para suscitar mejor la envidia y la admiración. Rechazar para seducir y hacerse desear, ¿hay algo más malicioso que eso? Para no seguir siendo como ellos, Sally-Anne había cambiado de vida, de barrio, de apariencia, hasta el punto de sacrificar su bonita cabellera y adoptar un peinado masculino. El ambiente de la época olía a libertad, Sally-Anne dejó de abrazar a los chicos para abrazar nobles causas. Su país, que se jactaba de ser el de las libertades, había practicado la esclavitud y posteriormente la segregación, y dieciséis años después de la promulgación de las leyes de 1964, las mentalidades apenas habían evolucionado. Después de los negros, ahora les tocaba a las mujeres luchar por sus derechos, y tenían lucha para rato. Sally-Anne y May, empleadas de un gran periódico, eran soldados ejemplares de esa lucha. Documentalistas ambas, habían alcanzado la cúspide de la escala jerárquica para las mujeres que trabajaban en ese ámbito. Pero si solo eran documentalistas y recibían una remuneración acorde con esa función, ¿por qué escribían la mayoría de los artículos que unos hombres arrogantes se contentaban con leer antes de firmar? May era la mejor de las dos. Tenía un don para descubrir temas polémicos. Esos que arrollaban los privilegios y denunciaban la lentitud del poder a la hora de llevar a cabo las reformas prometidas. Dos meses antes se habían interesado por los grupos de presión que sobornaban a senadores para frenar su celo de promulgar leyes contra la corrupción o la toxicidad, que las industrias pasaban por alto para optimizar sus beneficios, contra el tráfico de armas, más rentable que la escolarización de los niños de familias desfavorecidas, contra la reforma de una justicia que de justa solo tenía el nombre. En sus horas libres había llevado a cabo una magnífica investigación, desplazándose a una ciudad donde una empresa minera contaminaba alegremente el depósito de agua vertiendo sin reparos plomo y nitratos en el río que lo alimentaba. Los dirigentes lo sabían, al igual que el consejo de administración de la compañía, el alcalde y el gobernador, pero todos ellos eran accionistas o se beneficiaban de los favores de esta empresa. May había recopilado numerosas pruebas de estos hechos, sus causas y sus consecuencias sobre la salud pública, las infracciones a las normas de seguridad más evidentes y la corrupción generalizada, que gangrenaba a los gerifaltes del municipio y del Estado. Pero, tras leer su artículo, su redactor jefe le rogó que en el futuro se limitara a las investigaciones que el periódico le encargara expresamente. Arrojó su artículo a la papelera y le pidió que le trajera un café, sin olvidar el azucarillo.

May se tragó las lágrimas, negándose a someterse. Contrariamente al dicho, el plato de la venganza no se sirve frío sino tibio. Frío ya no tiene ningún interés, le había dicho Sally-Anne para consolarla una noche, al final de la primavera, en la que, en un modesto restaurante italiano, había nacido el proyecto que cambiaría el curso de sus vidas.

—Vamos a fundar un periódico de investigación que no esté sometido a ninguna censura, donde se pueda escribir sobre todas las verdades —lanzó Sally-Anne.

Y, como los amigos que cenaban con ellas no le prestaron demasiada atención, May, que estaba algo más que achispada, no dudó en subirse a la mesa para reclamar silencio.

—Las redactoras serán exclusivamente mujeres —añadió levantando su copa—. Los hombres no podrán acceder a más funciones que las de secretarios, recepcionistas o, como mucho, documentalistas.

—En el fondo eso sería alimentar el mal que queremos combatir —se opuso Sally-Anne—. Tenemos que contratar a las personas en función de sus aptitudes, sin prejuicios de sexo, color de piel o religión.

—Tienes razón, y hasta podríamos proponerle a Sammy Davis Jr. que formara parte del consejo de administración.

Y fue en ese restaurante, rodeadas por un grupo de amigos tan achispados como ellas, donde empezaron a trazar, en el mantel de papel, las líneas generales de su proyecto. Primero, las de la sala de redacción. Rhonda, la mayor del grupo, de la que se decía que se había codeado con los Panteras Negras antes de sentar cabeza, trabajaba en el departamento de contabilidad de Procter&Gamble. Les ofreció su experiencia y empezó a establecer las bases de una cuenta de resultados. Elaboró una lista de los puestos que había que cubrir así como una escala salarial, calculó los presupuestos necesarios de alquiler, consumibles y gastos de investigación. Prometió informarse lo antes posible sobre los costes de papel, imprenta, suministros y acerca del margen que había que conceder a distribuidores y vendedores. A cambio de sus servicios, estaba claro que obtendría el puesto de directora financiera.

—Suponiendo que pudierais reunir el capital necesario, que lo dudo, nadie querrá imprimir vuestro periódico —intervino Keith—, y mucho menos venderlo. Un periódico de escándalos escrito por mujeres, os veo muy optimistas.

Keith era un chico alto y corpulento, de facciones angulosas, mandíbula prominente y unos ojos de un azul ardiente. Sally-Anne lo encontraba guapo y había flirteado con él unas semanas. Keith habría hecho cualquier cosa por ella con tal de poder compartir su cama. Tras su caparazón robusto se escondía un amante dócil de suaves manos, tenía todo para gustarle. Pero por muy buen amante que fuera, Sally-Anne no se ataba a ningún hombre, y seis semanas bastaron para que se aburriera de él. A May le gustaba Keith, y Sally-Anne lo sabía. Esa rivalidad podría haber amenazado su amistad, pero a veces se preguntaba si no se había apartado de él precisamente para dejarle a May el campo libre. «Te lo regalo», proclamó una mañana, tras despedirse de él. May se negaba a salir con Keith después de ella, pero Sally-Anne la sermoneó: «Disfruta de lo bueno allí donde esté y sobre todo cuando se te presente. Ya reflexionarás después. Créeme, los que hacen lo contrario se aburren tanto como aburren a los demás», concluyó, antes de ir a ducharse. Por su lado, May concluyó que la gente no se deshacía de su arrogancia así como así, por muy rebelde que se autoproclamara.

Desde entonces, cada vez que su mirada se cruzaba con la de Keith, se imponía la turbación que sentía al pensar en los revolcones que Sally le había relatado a veces. Sin embargo, esa noche le replicó con un comentario cortante.

—El capital ya lo encontraremos, y cuando leas el periódico, apoltronado en tu sillón, ya verás como vas menos de listo.

La frase hizo reír a los presentes. Hasta entonces nadie se había atrevido nunca a humillar al guaperas en público. Sally-Anne fue la primera sorprendida. Para asombro de todos, Keith se levantó, rodeó la mesa para inclinarse sobre May y le pidió disculpas.

—Estaré entre vuestros primeros suscriptores, cuenta con ello.

Keith era ebanista y tenía un sueldo modesto que le bastaba para vivir pero poco más. Se llevó la mano al bolsillo del vaquero y sacó un billete de diez dólares, que en 1980 era bastante dinero, y se lo dejó delante. «Con esto alcanza para comprar algunas acciones de vuestro periódico», añadió, y salió del restaurante ante las miradas estupefactas del grupo de amigos. Miradas que a May le traían sin cuidado cuando echó a correr tras él, con los diez dólares en la mano. Ya en la calle gritó su nombre.

—¿Te crees que con esto te puedes convertir en accionista? Apenas alcanza para que te compres los primeros números.

—Entonces considéralo un anticipo sobre mi suscripción.

Keith siguió su camino. May lo vio alejarse antes de volver al restaurante, más resuelta que nunca en su vida. Demostraría a todo el mundo de lo que era capaz. Más importante todavía, se lo demostraría a sí misma. Sally-Anne tenía sus mismas intenciones, y aunque sus motivaciones eran distintas, desde ese momento sus porvenires estaban ligados. Solo les quedaba reunir el capital suficiente para lanzar y mantener con vida un periódico que ningún hombre acaudalado querría ver nacer. Esa noche, tanto una como otra estaban muy lejos de imaginar que aunque el destino les permitiría hacer realidad su proyecto, sería gracias a un delito.

May ahuyentó de su mente el recuerdo de esa noche de borrachera en la que todo había comenzado. Se tapó con la sábana hasta los hombros y se volvió. Sally-Anne la rodeó con el brazo y cerró los ojos.

9

ELEANOR-RIGBY

Octubre de 2016, Croydon

Maggie giró la llave y se dio cuenta de que no estaba puesto el cerrojo. El primer ladrón que pasara por ahí habría tardado menos que ella en entrar en la casa. Cuántas veces le había suplicado a nuestro padre que cerrara la puerta con dos vueltas de llave cuando salía. Pero él le contestaba invariablemente que llevaba allí toda la vida y nunca le habían robado nada.

Colgó su abrigo en el perchero y recorrió el pasillo. Era inútil explorar la cocina, su madre nunca habría escondido nada en la habitación preferida de su padre. Perezosa como era, se dijo que la cosa no iba a ser fácil y que era mejor renunciar: ¿para qué perder el tiempo en una búsqueda que no tenía ningún sentido? Distraída, pensó en el dormitorio, el cuarto de baño, el armario ropero —buscaría primero allí, quizá descubriera una trampilla o un doble fondo—; pensó también que al marcharse tendría que dejar la cerradura tal y como la había encontrado si no quería que su padre se enterara de que había ido a su casa a escondidas. De todas formas, le daría unas palmaditas en el hombro con su aire afable, diciendo: «Maggie, ves el mal en todas partes».

Y, cuando una mano se posó sobre su hombro, precisamente, dio un grito y se volvió. Papá la estaba mirando, con los ojos como platos.

—¿Qué haces aquí, y por qué no has llamado al timbre? —le preguntó, extrañado.

—Pues... —farfulló ella.

—¿Pues?

—Pensaba que hoy comías con Elby.

—Yo también lo pensaba, y de hecho debía hacerlo, pero el Austin se ha puesto caprichoso y no ha querido arrancar. Voy a tener que llevarlo al taller a ver qué le pasa al motor.

—Pues podría haberme avisado —se quejó Maggie.

—¿Mi Austin?

—¡Elby!

—¿Querías que te avisara de que mi coche estaba estropeado? —Se rio con ganas—. Deja de reprocharle cosas a tu hermana todo el rato, no me gusta nada que os peleéis. Llevo treinta años esperando a que os decidáis por fin a ser adultas. Y ten por seguro que le digo lo mismo a ella cada vez que...

—¿Cada vez que qué?

—Nada... —suspiró papá—. Y ahora, ¿piensas decirme a qué has venido?

—Pues... estaba buscando unos papeles.

—Ven, vamos a hablar en la cocina, iba a prepararme un bocadillo y, mira, al final este día que se había estropeado se va a arreglar pues voy a poder comer de todos modos con una de mis hijas. Y, por favor, no se lo digas a tu hermana, es capaz de pensar que le he mentido con lo del coche para verte a ti en su lugar, y ahí ya... ahí ya... —repitió papá levantando los brazos al cielo como si el techo fuera a derrumbársele encima—, tendríamos el drama del siglo.

Abrió el frigorífico, sacó lo necesario para improvisar lo más parecido a un almuerzo y le pidió a Maggie que pusiera la mesa.

—Bueno, ¿qué te pasa, hija? Si necesitas algo de dinero, dímelo. ¿Estás sin un céntimo?

—No, no me pasa nada, es solo que necesitaba encontrar... una partida de nacimiento.

Se preguntó cómo se le había ocurrido esa mentira precisamente.

—¡Ajá! —exclamó papá, radiante de alegría.

—Ajá ¿qué? —preguntó Maggie con toda tranquilidad.

—Piensa un poco, vienes a buscar una partida de nacimiento, que no puede esperar. Me imagino que habrás calculado que saldría del restaurante en el que debía almorzar con Elby hacia las 14:30, y el tiempo que me pasaría en la carretera con los dichosos atascos. Con todos los millones que se gastan nuestros políticos desde hace decenios, todavía no han dado con la manera de resolver nuestros problemas de circulación… ¡en el siglo XXI! Si por mí fuera, estos ineptos tendrían que irse todos al paro.

—Papá, te repites un poco, ¿eh?

—En absoluto, no me repito, reitero mi opinión. Bueno, pero no cambies de tema. Total, que has deducido que no volvería a casa antes de las cuatro y que sería demasiado tarde, y por eso has venido.

Maggie, que no comprendía una palabra del razonamiento de nuestro padre, prefirió callarse.

—¡Ajá! —repitió este.

Con los codos sobre la mesa, Maggie hundió la cabeza entre las manos.

—A veces, cuando hablo contigo, me siento como transportada a un episodio de los Monthy Python —dijo.

—Pues, hija mía, si pretendías que eso fuera una pulla, te ha salido el tiro por la culata, porque me lo pienso tomar como un cumplido. Y me da pena que creas que no me he dado cuenta de lo que estás buscando. El ayuntamiento cierra a las cuatro, ¿verdad? —añadió papá guiñándole un ojo.

—Puede ser, pero según tú, ¿para qué se supone que iría yo al ayuntamiento?

—Está bien, pongamos que estés redecorando tu apartamento y que estés tan contenta con tu vida, tan agradecida de haber nacido, que quieras colgar de la pared de tu salón tu partida de nacimiento. ¡Sería de lo más lógico! Bueno, basta de bromas, reconozco que fui algo torpe al hablar de tu boda delante de tus hermanos, y te pido perdón por ello, pero ahora que estamos solos, me lo puedes contar tranquilamente. Porque siempre me has contado tus cosas a mí primero, ¿verdad?

—Pero si no tengo ninguna gana de casarme, es algo que ni siquiera se me ha ocurrido, te lo juro, papá, quítate esa idea de la cabeza.

Papá observó a Maggie con aire circunspecto y le puso delante el plato con sándwiches que acababa de preparar.

—Come, tienes muy mala cara.

Maggie no se hizo de rogar y mordió uno de los sándwiches. Papá no le quitaba ojo, pero el silencio le resultaba insoportable.

—¿Por qué es tan urgente que encuentres tu partida de nacimiento?

—Mi banco me ha pedido que regularice mis datos —se inventó.

—¿Has pedido un préstamo? ¿Ves como llevaba razón?, aún tengo olfato cuando se trata de mis hijas. Si necesitas dinero, ¿por qué no has venido a pedírmelo? Los bancos te exprimen a intereses, pero cuando se trata de remunerar lo que se les presta a ellos, entonces, vaya usted a saber por qué, ¡el dinero ya no tiene ningún valor!

—¿Porque tú le prestas dinero a tu banco? —preguntó Maggie, esperando haber dado con lo que pudiera quedar de la supuesta fortuna de nuestra madre.

Pero su entusiasmo duró poco, pues papá le precisó que se refería a su fondo de pensión. Varios miles de libras que no le rentaban nada, dijo suspirando.

—¿Y por qué quieres pedir un préstamo? ¿Es que tienes deudas?

—Papá, deja el tema, solo he querido negociar un pequeño descubierto, nada más. Pero ya sabes cómo es el sistema, por nada te piden miles de papeles. Por cierto, ¿tienes idea de dónde guardaba mamá los suyos?

—Y tanto que tengo idea, si era siempre yo el que se ocupaba de los papeleos en esta casa. A tu madre le horrorizaba todo eso. Voy a buscarte lo que necesitas.

—No te molestes, tú solo dime dónde están y…

El sonido del timbre puso fin a su conversación. Papá se preguntó quién podía ser, no esperaba a nadie, y el cartero siempre venía por la mañana. Fue a abrir y me encontró en el rellano.

—¿Has venido hasta aquí? —me preguntó incómodo.

—Pues ya ves que sí. He pasado por la revista a que me prestaran un coche. ¡Menudos atascos!

—Ya lo sé, precisamente lo estaba hablando con tu hermana.

—¿Maggie está aquí?

—¡Sí, pero no te vayas a creer que me he inventado lo del coche! Figúrate —susurró—, ha venido a escondidas, esperando no encontrarme en casa, para…

—¿Para qué? —le pregunté ansiosa.

—Si no me interrumpieras, podría decírtelo. Para buscar unos papeles, quiere pedir un préstamo bancario. Tu hermana es una verdadera manirrota.

Maggie apareció en el pasillo y me lanzó una mirada asesina.

—Antes de decir nada de lo que luego puedas arrepentirte, harías bien en consultar tu móvil, te he dejado diez mensajes.

Maggie volvió a la cocina y metió la mano en el bolso. Su iPhone estaba en silencio, y pudo comprobar que yo había tratado muchas veces de advertirla de que la vía no estaba libre.

—Estaba despotricando de mi Austin, pero al final tendré que agradecerle esta doble sorpresa. Ya solo falta que aparezca también Michel. Voy a ver si me queda algo en el frigorífico, de haberlo sabido habría ido a la compra —dijo papá, aliviado de que no lo acusara de haber querido jugármela.

Me senté a la mesa y traté de interrogar a Maggie, que me hizo entender con una mirada que nuestro padre no sospechaba nada. Cuando se fue un momento, Maggie volvió a coger el móvil y miró la pantalla riéndose.

—No lo he soñado, Rigby, de verdad me has escrito *Abort Mission* tres veces. ¡No es que veas la tele, es que te la comes!

Papá volvió con un documento en la mano.

—No es tu partida de nacimiento propiamente dicha, sino un extracto de nuestro árbol genealógico, ¡y validado por un notario mormón! A tu banco debería bastarle.

Me apoderé del documento antes que Maggie.

—Anda, qué curioso —dije.

Papá trituraba el interruptor del hervidor eléctrico mascullando para el cuello de su camisa.

—¿Mamá y tú os casasteis después de nacer nosotros?

—Es posible —farfulló mi padre.

—¿Cómo que «es posible»?, lo pone aquí muy claro. ¿No recuerdas la fecha de tu propia boda?

—Antes o después, ¡qué más da! Nos hemos querido hasta su muerte, que yo sepa, y, ojo, que yo la sigo queriendo.

—Pero siempre nos habéis dicho que decidisteis casaros nada más volver a encontraros.

—Nuestra historia era un poco más complicada de lo que queríamos contarles a nuestros hijos por la noche a la hora de acostarse.

—Más complicada ¿en qué sentido?

—Y vuelve a empezar el interrogatorio… Como ya te he dicho, Elby, deberías haber sido policía en lugar de periodista —masculló papá.

Tiró del cable y lo enrolló alrededor del hervidor.

—También se me ha estropeado el hervidor. Esta mañana el coche, ahora el maldito hervidor: francamente, hoy no es mi día.

Cogió una cacerola del aparador, la llenó de agua y la puso al fuego.

—¿Sabéis cuánto tarda en hervir el agua fría?

Mi hermana y yo dijimos que no con la cabeza.

—Yo tampoco tengo ni idea, pero pronto lo sabremos —dijo sin apartar la mirada del segundero del reloj de pared.

—Más complicada ¿en qué sentido? —repetí yo, arrancándole un suspiro a mi padre.

—Las primeras semanas de su regreso no fueron tan sencillas. Le llevó un tiempo acostumbrarse a una nueva vida en un barrio periférico, que en aquella época no era muy alegre que digamos.

—Puedes omitir lo de «en aquella época» —terció Maggie.

—No creo que tu Beckenham tenga nada que envidiarle a mi ciudad, querida. Vuestra madre se agobiaba un poco en este apartamento, todavía no había encontrado trabajo, yo tenía mis horarios y no me los podía saltar, y ella se sentía muy sola. Pero como era una luchadora, se matriculó en unos cursos por correspondencia. Se sacó un diploma, y luego consiguió unas prácticas en un colegio, y por fin su plaza de profesora. A eso hay que añadirle los embarazos, vuestro nacimiento, que nos llenó de felicidad, naturalmente, pero no os hacéis una idea de lo que cuesta sacar a tres hijos adelante, lo sabréis algún día, espero. Bueno, total, que no podíamos permitirnos comprar un vestido de novia, anillos y todo lo que acompaña a una boda. Así que esperamos un poco más de lo que nos habría gustado antes de darnos el sí quiero. ¿He satisfecho tu curiosidad?

—¿Cuánto tiempo después del resurgir de vuestra historia de amor se quedó embarazada mamá?

—Qué bonita manera de decirlo. A vuestra madre no le gustaba nada que yo mencionara nuestro primer escarceo. Habían transcurrido diez años, ella había vivido, se había convertido en una persona distinta y no sentía ninguna empatía por la muchacha que había sido en el pasado. De hecho, la idea de que yo pudiera haber estado enamorado de esa muchacha casi le hacía sentirse celosa. No comprendía que un hombre pudiera prendarse de dos formas de ser tan diferentes. ¡Porque yo no tenía derecho a haber cambiado! Aunque, bueno, algo de razón sí que tenía, porque yo tampoco es que hubiera cambiado tanto. A vuestra madre solo le interesaba el presente, apenas se proyectaba hacia el futuro, y su pasado ya no existía. Los dos periodos de nuestra relación eran para ella como el Antiguo y el Nuevo Testamento. Dos relatos que nunca se han mostrado de acuerdo sobre la venida del Mesías.

—Ah, porque el Mesías en su vida eras tú, claro. —Se echó a reír Maggie.

—Un minuto doce —contestó papá, impasible, mirando hervir el agua.

Cerró el gas y sirvió el té.

—Qué rápidos fuisteis, oye, un minuto doce para que mamá se quedara embarazada, menudo récord —dije yo.

Papá se sirvió delicadamente una nube de leche en la taza y nos miró, primero a una y después a la otra.

—Os quiero, eso lo sabéis. Os quiero más que a nada en el mundo, y a vuestro hermano, claro. Pero qué pesaditas os ponéis a veces. Os tuvimos enseguida. Unos meses después de que retomáramos la relación. ¿Quieres saber cuánto pesasteis tu hermano y tú al nacer? ¡Pues tú eras más gorda, hala!

Maggie se rio sin reparos y me miró inflando los carrillos.

—Y tú, Maggie, más gorda que los dos juntos. Me habéis puesto tristón al hacerme hablar de todo esto. Me voy un rato al cementerio, ¿queréis acompañarme?

Maggie no había vuelto a visitar el lugar donde descansaba nuestra madre desde el entierro. Le era insoportable ver su nombre grabado en una lápida.

—Bueno, no —rectificó papá—, no os lo toméis a mal, pero prefiero ir solo.

Un padre sabe esa clase de cosas.

Se bebió el té, dejó la taza en el fregadero y volvió a darnos un beso en la frente antes de marcharse.

Le oímos gritar desde la entrada:

—Acuérdate de cerrar con llave cuando te vayas, Maggie.

Y se fue, con una sonrisa en los labios.

10

ELEANOR-RIGBY

Octubre de 2016, Croydon

Esperamos hasta estar seguras de que nuestro padre no daría media vuelta antes de ponernos a buscar. El cuarto de baño lo habíamos descartado por juzgarlo demasiado improbable. Maggie rebuscó en el ropero pero no encontró ni trampilla ni doble fondo. Mientras yo me encargaba del dormitorio, fue a la cocina a consultar el árbol genealógico familiar.

—Sobre todo no me ayudes, ¿eh? —le grité.

—Tú tampoco has venido a ayudarme, que yo sepa —me contestó—, ¿todavía no has terminado?

Me reuní con ella decepcionada.

—Nada, hasta he golpeado con los nudillos en las paredes por si sonaba a hueco, pero *niente*.

—No has encontrado nada porque no había nada que encontrar. Esa carta solo dice patrañas; ha estado bien la broma, lo hemos pasado bien, pero ahora te sugiero que nos olvidemos del tema.

—Tratemos de pensar como mamá. Si quisieras esconder un buen montón de dinero, ¿dónde lo meterías?

—¿Por qué esconderlo en lugar de dejar que tu familia lo disfrute?

71

—¿Y si no fuera dinero, sino algo que ella no pudiera utilizar? Vete tú a saber, lo mismo en su juventud era traficante de drogas… Todo el mundo se drogaba en los años setenta y ochenta.

—Lo que te decía, Elby, ves demasiado la tele, y aun a riesgo de que te lleves un buen chasco, todavía mucha gente se sigue drogando ahora. Y si te eternizas en Londres, puede que yo también acabe drogándome.

—De nosotros tres, de quien más cerca estaba mamá era de Michel.

—Supongo que esta afirmación gratuita no tiene más objeto que ponerme celosa. Eres patética.

—No soy patética, es una realidad, y te lo digo porque si mamá hubiera tenido un secreto que no quisiera compartir con papá, se lo habría contado a Michel.

—No vayas a perturbarlo con tu rocambolesca obsesión.

—Tú no mandas en mí, y, de hecho, voy a ir a verlo ahora mismo. ¡Que para algo es mi hermano gemelo y no el tuyo!

—¡Mellizo!

Salí de la cocina. Maggie dio un portazo y me alcanzó en la escalera.

Las aceras estaban cubiertas con un manto púrpura de hojas. Estragos de un mes de octubre en el que el viento había soplado más de lo habitual. Me gusta el crujido de las hojas secas bajo mis pasos, el perfume de otoño que trae la lluvia. Me senté al volante de la camioneta que me había prestado un compañero de la revista, esperé a que Maggie cerrara su puerta y arranqué.

Durante un rato no dijimos ni mu, salvo por un pequeño paréntesis, cuando le hice notar a Maggie que si de verdad no diera ningún crédito a la carta anónima no estaría sentada a mi lado, pero ella replicó que solo estaba ahí para proteger a su hermano de la demencia que se había apoderado de su hermana.

Dejé la camioneta en el aparcamiento y me dirigí con paso decidido a la recepción. No había ningún empleado detrás del mostrador de madera de cerezo barnizada, reliquia de una época remota. El personal de la biblioteca municipal se reducía a dos empleados que trabajaban allí a tiempo completo, la directora, Véra Morton, y Michel, así como una limpiadora que venía a quitar el polvo de los estantes dos veces por semana.

Véra Morton reconoció a Maggie en el vestíbulo y se le iluminó el semblante al ir a su encuentro. Véra, un personaje más complejo de lo que parecía a primera vista, podría haber sido muy atractiva si no se hubiera empeñado tanto en volverse invisible. Sus ojos lapislázuli se ocultaban tras unas gafas redondas de cristales llenos de huellas dactilares, llevaba el cabello recogido en una cola de caballo y vestía con sobriedad monacal. Un jersey de cuello cisne, dos tallas más grande de lo necesario, una falda ancha de pana, unos mocasines y unos calcetines componían una especie de uniforme beis.

—¿Va todo bien? —preguntó.

—Divinamente —contesté.

—Cuánto me alegro, por un instante he temido que fueran ustedes heraldos de alguna mala nueva. Es tan inhabitual que nos honren con su presencia.

¿Quién se expresaba aún así actualmente?, me pregunté, sin compartir con nadie mis pensamientos. Y mientras Maggie le explicaba que estábamos paseando por el barrio y se nos había ocurrido ir a darle un abrazo a nuestro hermano, reparé en que Véra se ruborizaba ligeramente cada vez que pronunciaba el nombre de Michel. Sospeché enseguida una confusión de sentimientos bajo la apariencia austera de Véra Morton. En su descargo tengo que decir que si probáis a dejar dos peces en la misma pecera ocho horas al día, sin más distracción que la visita de una clase de primaria los miércoles, habrá muchas probabilidades de que terminen viendo el uno en el otro lo mejor que la humanidad entera puede ofrecerles. Consideraciones aparte, la idea de que Véra pudiera sentir algo por mi hermano me parecía posible. Pero la cuestión era si sería correspondida.

La joven directora del establecimiento en declive nos acompañó encantada hasta la sala de lectura, donde Michel estaba enfrascado en un libro, sentado solo a una mesa. Sin embargo, Véra susurró como si la sala estuviera abarrotada. Deduje que las bibliotecas eran como las iglesias: en ellas solo se podía hablar en voz baja.

Michel levantó la cabeza, extrañado de ver a sus hermanas, cerró el libro y fue a guardarlo en su sitio antes de reunirse con nosotras.

—Pasábamos por aquí y se nos ha ocurrido venir a darte un beso —declaró Maggie.

—Ah, qué raro, tú nunca me das un beso. Pero, bueno, no quiero contrariarte —dijo acercándole la mejilla.

—Es una manera de hablar —precisó Maggie—. ¿Te apetece que vayamos a algún sitio a tomar un té? Si puedes ausentarte, claro.

Véra respondió en su lugar.

—Claro que sí, hoy no hay mucha gente. No se preocupe, Michel. —Ligero rubor en las mejillas—. Yo cerraré la biblioteca.

—Ah. Pero aún tengo que guardar algunos libros.

—Estoy segura de que pasarán muy buena noche en las mesas donde se encuentran —afirmó Véra (el rubor se intensificó nítidamente).

Michel alargó el brazo y le estrechó la mano agitándola como si se tratara de una vieja bomba de bicicleta.

—Pues muchas gracias entonces —dijo—. Mañana trabajaré hasta un poco más tarde.

—No será necesario. Que pase una buena tarde, Michel (sus mejillas estaban ahora escarlatas).

Y, puesto que los susurros eran obligatorios allí, me incliné al oído de mi hermana para hacerle una confidencia. Maggie puso un gesto de exasperación y arrastró a Michel hacia el coche.

Paramos en un salón de té. Detrás de una cristalera cubierta de cartelitos publicitarios, el negocio ocupaba la planta baja de un pequeño edificio de ladrillos amarillos de los años setenta, vestigio de ese arrabal industrial que había tardado en modernizarse. Como el servicio era minimalista, Maggie se acercó a la barra a pedir tres tés y otros tantos bollos de mantequilla, dejando que yo pagara la cuenta. Nos acomodamos en unas sillas de plástico alrededor de una mesa de formica.

—¿Le ha pasado algo a papá? —preguntó Michel sin alterarse.

Lo tranquilicé enseguida. Bebió un sorbo de té y miró fijamente a Maggie.

—¿Te vas a casar con Fred?

—Pero ¿por qué el hecho de que vengamos a verte tiene que implicar que haya ocurrido una desgracia? —le contestó ella.

Michel se puso a pensar y la respuesta debió de parecerle divertida. Se lo dejó patente con una gran sonrisa.

—Para una vez que me quedo un poco de tiempo en Londres... Tenía ganas de verte, así que he aprovechado para decirle a Maggie que se viniera también —añadí yo.

—¿Te confió mamá algún secreto? —le preguntó Maggie sin rodeos.

—Qué pregunta más rara. Hace tiempo que no he visto a mamá, y tú tampoco.

—Me refería a antes.

—Si me hubiera confiado un secreto, no podría revelártelo. Es lógico, ¿no?

—No te pido que me digas de qué se trata, sino solo si te confió un secreto.

—No.

—¿Ves? —me lanzó Maggie.

—Uno, no, pero varios, sí —añadió Michel—. ¿Puedo comerme otro bollo?

Maggie le pasó su plato.

—¿Por qué a ti y no a nosotras? —preguntó.

—Porque sabía que yo no contaría nada.

—¿Ni siquiera a tus hermanas?

—Sobre todo a mis hermanas. Cuando os peleáis, sois capaces de decir de todo, incluso cosas que no existen. Tenéis muchas virtudes, pero no la de saber callar cuando estáis enfadadas. Es lógico.

Le puse la mano en el antebrazo y lo miré con ternura.

—Pero sabes que la añoramos tanto como tú.

—No creo que exista un instrumento capaz de medir la añoranza, por lo que deduzco que tu frase es una manera de hablar.

—No, Michel, es una realidad —contesté—. Era tu madre tanto como la nuestra.

—Evidentemente, es lógico.

—Si sabes cosas que ignoramos, sería injusto que no nos las dijeras, ¿entiendes? —suplicó Maggie.

Michel me preguntó con la mirada antes de coger mi bollo. Lo mojó en el té y se lo comió de un par de bocados.

—¿Qué te dijo? —insistí.

—Nada.

—¿Y el secreto?

—Lo que me confió no fueron palabras.

—¿Qué fue entonces?

—No creo que tenga derecho a contároslo.

—Michel, yo tampoco creo que mamá pensara irse tan rápido, de manera tan repentina. Estoy segura de que habría querido que lo compartiéramos todo sobre ella después de su muerte.

—Es posible, pero tendría que poder preguntárselo.

—Ya, pero eso es imposible, así que tienes que fiarte de tu propio criterio y de nada más.

Michel se bebió de un trago el resto del té y dejó la taza sobre el platillo. Le temblaba ligeramente la mano y balanceaba la cabeza con la mirada perdida. Le acaricié la nuca e interrumpí la crisis con una sola frase.

—No tienes que decirnos nada ahora mismo. Estoy segura de que mamá habría querido que te tomaras tu tiempo para pensarlo. Y sé que por eso mismo confió en ti. ¿Quieres un último bollo?

—No creo que sea muy razonable pero, por qué no, para una vez que estamos los tres juntos.

Estaba decidida a no levantarme, Maggie se dignó acercarse a la barra y pagó el bollo. Dejó el plato delante de Michel y volvió a sentarse.

—No hablemos más de eso —dijo con voz calmada—. ¿Por qué no nos cuentas cómo es un día normal de trabajo para ti?

—Mis días de trabajo son todos iguales.

—Pues elige uno en concreto.

—¿Te entiendes bien con la directora? —intervine yo.

Michel levantó la mirada.

—Es otra de vuestras maneras de hablar, ¿no?

—No, no era más que una pregunta —contesté.

—Sí, nos entendemos muy bien, lo cual es normal, porque los dos hablamos el mismo idioma. Bueno, susurramos el mismo idioma, porque en la biblioteca no se habla, se susurra.

—Ya me he fijado, sí.

—Entonces sabrás que nos entendemos bien.

—Yo creo que te aprecia mucho. Maggie, deja de mirarme así, puedo hablar con mi hermano sin que vigiles cada una de mis frases.

—¿Vais a discutir? —preguntó Michel.

—No, hoy no —lo tranquilizó Maggie.

—Lo que me fascina de vosotras —prosiguió Michel cogiendo una servilleta de papel para limpiarse los labios— es que por lo general lo que os decís no tiene ningún sentido. Y, sin embargo, cuando no discutís os comprendéis mejor que la mayoría de la gente a la que observo. De lo que deduzco que también vosotras habláis el mismo idioma. Espero haber contestado así a la verdadera pregunta que me hacías, Elby.

—Yo también lo creo. Si alguna vez necesitas consejo femenino, aquí estoy.

—No, ya no sueles estar aquí, Elby, pero, a diferencia de mamá, al menos vuelves de vez en cuando. Eso es tranquilizador.

—Esta vez creo que voy a quedarme más tiempo.

—Hasta que tu revista te mande a un país lejano a estudiar a las jirafas. ¿Por qué te interesa más la gente a la que no conoces que tu propia familia?

A otro hombre que mi hermano quizá le hubiera dicho la verdad. Quise marcharme a descubrir el mundo para encontrar la esperanza que me faltaba a los veinte años, para huir del miedo de ver mi vida trazada ya de antemano hasta el más mínimo detalle, una vida que se habría parecido a la de mi madre, a aquella que mi hermana se resignaba a tener. Había necesitado alejarme de mi familia para seguir queriéndola. Porque, pese a todo el amor recibido, me asfixiaba en ese barrio residencial de Londres.

—Me fascinaba la diversidad humana —le contesté—. Me marché en busca de todas esas diferencias. ¿Comprendes?

—No, no es muy lógico. Visto que yo no soy como los demás, ¿por qué no he bastado para ofrecerte lo que buscabas?

—Tú no eres diferente, Michel, somos mellizos, y eres la persona de la que más cerca me siento.

—Oye, si os molesto me lo decís, ¿eh? —intervino Maggie.

Michel nos miró, primero a una y después a la otra. Inspiró hondo y apoyó las manos en la mesa, dispuesto a liberarse de un secreto que le pesaba.

—Creo que me entiendo verdaderamente bien con Véra —dijo con la respiración entrecortada.

11

THE INDEPENDENT

Junio a septiembre de 1980, Baltimore

Desde el anuncio aquella noche de borrachera, al final de la primavera, May y Sally-Anne se entregaron en cuerpo y alma a la creación de su periódico. Le dedicaron el verano entero y solo se permitieron un domingo en la playa.

Antes de nada tenían que encontrarle un nombre. May fue la primera en proponer uno. Se le ocurrió la idea viendo a Robert Stack encarnar el papel de Eliot Ness en un episodio de *The Untouchables*[1] que volvían a poner por televisión. La cadena ABC retransmitía regularmente en su programación esta serie, aunque se había quedado un poco anticuada.

Sally pensó en un primer momento que se trataba de una broma. La sugerencia de May era ridículamente pretenciosa, por no hablar de los dudosos juegos de palabras a los que daría pie ese nombre por parte de los hombres. Un periódico dirigido por mujeres no podía llamarse *Las Intocables*.

---

[1] *Untouchables* significa «incorruptibles». (N. del. A.).

Una tarde de julio especialmente calurosa, Sally-Anne admiraba la musculatura de Keith, que había acudido a ayudarlas: en un almacén abandonado de la zona de los muelles, esta había encontrado un *loft* en pésimo estado que, según ella, solo requería una buena mano de pintura para recuperar todo su esplendor.

Tras un minucioso examen del lugar, Keith le aseguró lo contrario, y se asombró de los escasos medios de los que disponían para llevar a cabo su proyecto, porque la familia de Sally-Anne, sin embargo, era gente adinerada.

Ignoraba que, tras sus aires de seductora, Sally-Anne tenía una rectitud incontestable. No había necesitado llegar a la adolescencia para entender que era diferente. Compartió con Keith y con May un recuerdo de juventud. Un día le declaró a uno de sus profesores que probablemente era un error de nacimiento, pues no veía que tuviera nada en común con su padre, y menos todavía con su madre. El profesor sermoneó a esa joven insolente que se permitía juzgar a unos padres tan a menudo erigidos como modelo de éxito. El único éxito que Sally-Anne les reconocía era el de haber sabido gestionar aquello que habían heredado, aunque a costa de numerosos embustes y compromisos.

Al suscitar ese recuerdo, Keith puso de acuerdo a las dos chicas. No le deberían nada a nadie, su periódico se llamaría *The Independent*.

—Muy bonito este *loft* pero, sin medios, ¡el trabajo será titánico! —exclamó Keith—. El salitre ha corroído las ventanas, el parqué tiene tantos agujeros y tan grandes que me cabría la mano en cualquiera de ellos. Volver a poner en marcha la caldera será dificilísimo, y el edificio lleva años y años sin corriente eléctrica.

—Solo conozco dos tipos de hombres —le replicó Sally-Anne—, los que tienen problemas y los que los resuelven.

Sally-Anne había aprendido a dejar a un lado su rectitud en caso de necesidad, y a menudo los hombres no eran para ella más que una necesidad. Keith había caído en una trampa tan burda que

May había estado a punto de acudir en su auxilio. No lo hizo, y él se dedicó a reformar el *loft* con un fervor admirable.

Keith no había tenido una infancia desahogada, y eso le había enseñado a apañárselas. El primer domingo que le dedicó al *loft*, se esforzó por tirar un cable del disyuntor principal, y esa misma noche consiguió conectarlo, a costa de una peligrosa escalada, a los bornes del transformador situado en lo alto de un poste eléctrico que se erguía delante de una de las ventanas. La operación le llevó el día entero, pero el almacén volvía a tener electricidad.

Los días siguientes iba al *loft* al salir de trabajar, y también le dedicó el fin de semana entero. Al cabo de una semana, esa obra se había convertido para él en un reto. Empezó por reparar el parqué para que algún día pudieran instalarse escritorios encima, arregló los marcos de las ventanas con trozos de madera que cogía del taller donde trabajaba y cargaba en su camioneta. A su jefe no le pasó inadvertido su tejemaneje, y si no hubiera sido tan buen ebanista, seguramente lo habría despedido. Al concluir la primera semana entró por fin en razón y, ante la magnitud de la tarea, reconoció que nunca podría terminarla él solo. A cambio de unas cuantas comilonas costeadas por las dos chicas, consiguió movilizar a varios amigos que trabajaban en la construcción. Aprendices de fontanero, albañil, pintor y cerrajero fueron a ocuparse de la caldera y las cañerías, de los radiadores de hierro que había que purgar, de las paredes decrépitas y de la herrumbre que cubría todas las superficies metálicas. May y Sally-Anne no se quedaban de brazos cruzados. Ellas también lijaban, atornillaban y pintaban, cuando no daban de comer y de beber a la cuadrilla constituida por Keith.

El ambiente era efervescente, pero entre ellos tres se estableció un sutil juego de seducción. Una de las chicas era experta en la materia, la otra era sincera, y Keith ya no sabía qué pensar.

May lo encontraba encantador. Espiaba todos sus gestos, a la espera de que necesitara ayuda, y se las agenciaba para estar cerca en el momento oportuno. Cuando intercambiaban algunas palabras, él clavando clavos en el parqué y ella lijando a su lado, descubría que su conversación era tan interesante como su físico. Pero la mirada de Keith siempre volvía a posarse en Sally-Anne, la cual, hábil calculadora, se mantenía a distancia. May acabó por sospechar que solo las ayudaba para reconquistarla y se guardó sus sentimientos.

A mediados de mes, el juego tomó otra dirección. Keith había descubierto las intenciones de Sally-Anne e invitó a May a cenar a un restaurante indio en Cold Spring Lane. A ella le sorprendió que tuviera gustos tan exóticos. Al final de la cena, le manifestó su deseo de volver al *loft* para aplicar una segunda capa de barniz en la puerta de entrada.

—Se secará durante la noche y así mañana podré ocuparme de otra cosa —le dijo.

May volvió a agradecerle todas las molestias que se tomaba por ellas y Keith, cogiendo las llaves de la mesa antes de levantarse, se preguntó si cuando decía «ellas» en plural se refería sobre todo a sí misma. Volvieron en su furgoneta.

—¿Quieres escuchar un poco de música? —preguntó Keith.

May aprovechó el gesto de encender la radio para subirse discretamente la falda hasta medio muslo. Su piel lechosa, moteada de pecas, se revelaba cada vez que el parabrisas pasaba debajo de una farola. Keith dirigió la mirada a sus piernas varias veces antes de abandonar allí la mano, y May sintió una oleada de calor recorrerle todo el cuerpo.

Le cedió el paso al pie de la escalera. Ciento veinte peldaños empinados que Keith subió sintiendo cómo le embargaba el deseo de hacer el amor con May.

Esta abrió la puerta del *loft* y llamó a Sally-Anne, esperando que estuviera, como casi siempre, en una fiesta lejana, rodeada de chicos que se la comían con los ojos y de chicas que la admiraban o la odiaban.

Keith ya no trató de fingir y avanzó hacia May. Esta retrocedió hasta la ventana sonriendo. Él se acercó, le acarició el pelo y la besó.

Ese beso, que llevaba semanas esperando, era más tierno de lo que se había imaginado. El cuello de Keith olía a madera y a barniz, ella le mordisqueaba los ágiles dedos que le acariciaban el rostro, provocándole escalofríos. Keith le desabrochó la blusa, la abrazó por la cintura y le besó los pechos mientras ella le abría el pantalón. Era todo suyo, su vigor se lo dejó bien patente.

May se equivocaba. Desde la calle, sentada en su moto, Sally-Anne observaba su espalda desnuda pegada al cristal, sus estremecimientos, el movimiento de sus caderas a cada embestida de Keith. Sally-Anne conocía el placer que estaba sintiendo su amiga. Ella también había acogido a Keith en sus entrañas, también había probado el sabor salado de su piel.

—Toca el cielo con los dedos, bonita, te lo mereces. Te lo regalo, pero te lo tomaré prestado siempre que me apetezca.

Se marchó, sin ponerse el casco, con la melena al viento en la noche, a buscar refugio en el calor de otro hombre.

A mediados de agosto, la obra estaba casi terminada. Sally-Anne había «ganado su apuesta» y el *loft*, aunque no había recuperado del todo su esplendor, desde luego tenía mucha «mejor pinta». Estas fueron las palabras de Keith cuando las chicas lo abrazaron, cubriéndolo de besos, para mostrarle su agradecimiento.

Habían aprovechado la reforma para hacerse un pequeño dormitorio.

Cualquier cosa valía para ahorrar el poco dinero que les quedaba. Aunque Keith y sus amigos habían hecho lo posible por utilizar material de desecho, habían tenido que invertir gran parte de sus ahorros en esa reforma.

A finales de mes expurgaron las subastas para adquirir mobiliario y equipamiento de segunda mano. May encontró un lote de seis máquinas de escribir que una compañía de seguros había descartado pues acababa de adquirir máquinas IBM de bola. Sally-Anne desplegó todos sus encantos para conseguir que un chamarilero le vendiera por cuatro perras un lote compuesto por una vieja Roneo, un par de magnetófonos, una mesa luminosa para el estudio fotográfico, seis sillas y un sofá de terciopelo. Esas cuatro perras eran lo último que les quedaba de sus ahorros a primeros de septiembre.

Era uno de esos domingos en los que May había salido temprano para ir a misa. Se había deshecho de todo, salvo de su fe. Sin embargo, cuando entraba en la iglesia, se sentía culpable. No iba a buscar allí ni a Dios ni su perdón, solo el derecho de sentirse, durante una hora, a salvo del mundo. Se abstenía de rezar, porque hacerlo habría sido ofender a los que se encontraban allí. Miraba a los fieles, trataba de imaginarse la vida de esas familias unidas, observaba a los niños que bostezaban recitando sus letanías, distinguía a las parejas que se querían de las que se limitaban a compartir un mismo techo. May se embriagaba con su libertad, pero esta se acompañaba de miedos, la soledad era el peor de todos.

Sally-Anne había vuelto tarde de una velada benéfica en la que se había aburrido mortalmente. Solo había ido para convencer a un joven empresario de invertir en *The Independent*. No tenía el atractivo suficiente para salirse del terreno profesional y desembocar en valles más profundos. El joven la había escuchado educadamente. ¿Cómo se podía ganar dinero con un periódico de ámbito local? Desde que la televisión acaparaba los presupuestos publicitarios, los grandes diarios apenas resultaban rentables. Esa tendencia iría a más, y cabía preguntarse si la prensa escrita no tenía los días contados. Por más que Sally-Anne hizo acopio de toda su inteligencia, no consiguió convencerlo, pues su interlocutor no veía en el periódico una fuente de beneficios suficientes para invertir su dinero. Sally-Anne le habló de otro tipo de beneficio: el país necesitaba periódicos independientes de todo poder, y en particular del poder del dinero. Por cortesía, el joven empresario le aseguró que si

The Independent demostraba su valía en menos de un año, estaría dispuesto a replantearse su decisión. Sally-Anne volvió furiosa de madrugada y, al encontrar a May y a Keith dormidos en su cama, su malhumor se acrecentó. Estuvo a punto de reunirse con ellos bajo las sábanas, pero por fin se conformó con el sofá.

May la despertó al marcharse temprano. Keith dormía aún profundamente. Desde la puerta de la habitación observaba su respiración regular, su cuerpo relajado en la cama. Incluso tranquilo, irradiaba fuerza. Su piel era una obra de arte, el vello de su pecho, una invitación al placer. Se agachó para coger su camisa, tirada en el suelo, y respiró su olor, impregnado en el algodón. May aún tardaría al menos dos horas en volver, tiempo más que suficiente. Se quitó la ropa interior y se tendió sobre él.

La naturaleza tiene sus misterios, y el hombre, un humor matutino que no puede controlar. Keith no resistió mucho tiempo a la caricia de esos labios que recorrían su vientre.

Una vez compartido el placer, Sally-Anne se levantó, llevándose su ropa interior. Keith se reunió con ella en la ducha. Mientras se vestían, convinieron que el momento que acababan de vivir nunca había existido.

Ocho días más tarde ocurrió un milagro. Rhonda, la auxiliar de contabilidad que soñaba con un puesto de directora financiera —para una empleada de una multinacional a principios de la década de 1980 eso era como aspirar a escalar el Olimpo en chanclas—, había elaborado una rigurosa cuenta de resultados, presupuestos detallados hasta el último centavo, calculado los costes publicitarios y de tesorería necesarios para los dos primeros años de funcionamiento del periódico, y encuadernado todo ese material con unas tapas plastificadas de lo más resultonas. Su marido, que dirigía una sucursal del Corporate Bank of Baltimore, las citó en su despacho.

* * *

El señor Clark era un hombre bajito, de mirada chispeante y sonrisa afable. Un hombre cuya sencillez no estaba exenta de cierto encanto, pese a que su físico no encajaba en ningún canon de belleza. Llevaba quince años casado con Rhonda. Las malas lenguas habrían insinuado que si el señor Clark se hubiera atrevido a poner en duda la solidez del estado financiero que le presentaba Sally-Anne, su esposa lo habría castigado sin sexo durante un tiempo nada desdeñable.

—Permítanme una pregunta —dijo quitándose las gafas, que se le habían resbalado hasta la punta de la nariz—. Si nuestra institución les concediera un préstamo, ¿nunca escribirían un artículo que pudiera poner en peligro nuestros intereses?

May se disponía a contestar cuando su socia le propinó una patada en el tobillo que la cortó en seco.

—Permítame a mi vez otra pregunta, antes de contestar a la suya —dijo Sally-Anne—. El banco que nos ayude a financiar nuestro periódico solo puede ser una institución cuya integridad nadie puede poner en duda, ¿no le parece?

—Por supuesto —contestó el señor Clark—. Y ya que hablamos con tanta franqueza, sepan que admiro su valentía desde que cierta persona que no puedo nombrar aquí empezó a hablarme de su proyecto, y lo hace todas las noches. Ahora compruebo que no había exagerado.

Abrió un cajón de su escritorio, sacó un formulario y se lo puso delante.

—Bien —dijo—, no dudo de que la respuesta a su solicitud de préstamo no se hará esperar. En cuanto la reciban, vuelvan a verme. Presentaré su candidatura en la reunión del comité de crédito. Es una pura formalidad, me encargaré yo mismo del tema. Les abriremos una línea de crédito de veinticinco mil dólares, para devolver en dos años. Al término de los cuales, cuando su periódico haya conocido el éxito al que apuntan sus previsiones, espero que nos devuelvan el favor confiándonos su dinero.

El señor Clark las acompañó a la puerta de su despacho y les alargó la mano para que se la estrecharan. Sally-Anne y May estaban tan felices que le estamparon un beso en la mejilla en señal de gratitud.

Salieron exultantes del banco.

—¡De verdad vamos a poder crear este periódico! —exclamó Sally-Anne, que no se lo podía creer.

—Sí, creo que esta vez sí lo vamos a conseguir. Veinticinco mil dólares, ¿te das cuenta?, ¡menuda fortuna! Podremos contratar a dos secretarias, un técnico de télex, hasta puede que a un recepcionista y por supuesto a una maquetadora, una montadora, una fotógrafa, una periodista política, otra cultural y una o dos reporteras...

—Creía que no íbamos a hacer ninguna discriminación...

—Lo sé, pero escucha un momento estas palabras, verás cómo disfrutas: «Frank, encanto, dese prisa en traerme los documentos que le he pedido». —Imitó el gesto de descolgar un teléfono—. «John, haga el favor de traerme un café». —Colgó lanzándole una miradita seductora a Sally-Anne—. «Me gusta mucho ese pantalón, Robert, le hace un trasero muy bonito...».

—Pues sí que he disfrutado, lo reconozco.

Las malas lenguas podrían decir que si el señor Clark no hubiera sido el marido de Rhonda, nunca les habría concedido ese préstamo, pero se habrían equivocado. El responsable del Corporate Bank de Baltimore sabía muy bien con quién estaba tratando. Los padres de Sally-Anne nunca dejarían deudas en una institución de la que eran accionistas.

Otras malas lenguas podrían haberle apuntado al mismo señor Clark que había hecho mal en comprometerse así sin reservas, y a las dos jóvenes en cantar victoria tan pronto.

Unos días más tarde, un administrador del banco llamó a Hanna Stanfield, la madre de Sally-Anne, para informarla de la naturaleza de una solicitud que pronto se presentaría ante el comité de crédito.

12

GEORGE-HARRISON

Octubre de 2016, Cantones del Este, Quebec

Me llamo George-Harrison Collins. Sí, ya sé que mi nombre resulta divertido, como para no saberlo, con todas las burlas que sufrí de niño en el colegio. Lo más extraño es que ni siquiera escuchábamos a los Beatles en casa, mi madre era más bien de los Rolling Stones. Sin embargo, nunca quiso decirme por qué me puso ese nombre. No es el único de sus secretos que nunca he conseguido desentrañar.

Nací en Magog, y desde hace treinta y cinco años mi vida transcurre en los Cantones del Este, Quebec. Los paisajes son magníficos, los inviernos, largos y duros, pero la luz al final de ese túnel ilumina primaveras en las que todo renace, seguidas de cálidos veranos de bosques rojizos y lagos centelleantes.

Khalil Gibran escribía que la memoria es una hoja de otoño que murmura al viento antes de desvanecerse. Mi madre me dio mis más bellos recuerdos, los suyos se marchitan ya en el otoño de su vida.

Cuando tenía veinte años, me insistía para que me marchara. «Esta provincia es demasiado pequeña para ti, ve a conocer mundo», me decía. No la obedecí. No habría podido vivir en ninguna otra

89

parte. Soy ebanista, por lo que los bosques canadienses, con su profusión de arces, son mi hogar.

Cuando aún le funcionaba la cabeza y su humor era mordaz, mi madre me tildaba de joven viejo cada vez que me veía subirme a mi camioneta.

Me paso la mayor parte del tiempo en mi taller. Trabajar la madera es algo mágico para quien gusta de transformar la materia. Mi vocación nació cuando leí las aventuras de Pinocho. Geppetto me dio que pensar. Si había sabido inventarse un hijo con sus manos, quizá pudiera yo con las mías inventarme el padre al que nunca conocí. Dejé de creer en los cuentos al final de mi infancia, pero nunca en la magia de mi oficio. Fabrico objetos que forman parte de la vida de la gente, las mesas alrededor de las cuales las familias cenarán y crearán ellas también sus recuerdos, las camas en las que se aman los padres, aquellas en las que sueñan los hijos, las bibliotecas que acogen sus libros. No me imagino haciendo otra cosa.

Era una mañana de octubre, estaba trabajando en la superficie de una cómoda que se me resistía. El árbol del que había talado las tablas no estaba lo bastante seco, por lo que se rajaban con mirarlas. Tuve que volver a empezar la tarea cien veces, furioso de que se resistiera a mi cincel. El cartero interrumpió mi labor y lo acogí sin amabilidad. Solo me visitaba para traerme facturas o papeleos de esas administraciones que te amargan la vida. Pero ese día me entregó un sobre manuscrito. La caligrafía me pareció bonita. Era imposible saber si las letras las había trazado la mano de un hombre o de una mujer. Lo abrí y me senté a leer la carta.

Querido George:

Discúlpeme si lo llamo así, pero los nombres compuestos me parecen demasiado largos. El suyo es elegante, dicho sea de paso, aunque ese no es el objeto de esta carta.

Me imagino lo duro que debe de ser perder a su madre, día tras día, aunque aún siga a su lado.

Así son las cosas, no sabemos de nuestros padres más que lo que estos quieren contarnos, lo que queremos ver de ellos, y olvidamos, porque es lo natural, que tuvieron una vida antes de nosotros. Quiero decir que tuvieron una vida solo suya, que conocieron el sufrimiento de la juventud, así como sus mentiras. Ellos también tuvieron que romper sus cadenas y liberarse. La pregunta es: ¿de qué manera?

Su madre, por ejemplo, ¿le dijo la verdad sobre ese padre al que nunca conoció?

¿Quién era? ¿En qué circunstancias se cruzaron sus caminos? ¿Y por qué los abandonó? A usted corresponde dar respuesta a todas estas preguntas, si le interesa hacerlo. En caso afirmativo, le sugiero que lleve a cabo su investigación con inteligencia. Como bien imaginará, una mujer tan sensata como su madre no enterraría sus secretos más íntimos en un lugar fácil de encontrar. Cuando haya descubierto las pruebas de que mis preguntas tienen fundamento, pues sé que su tentación primera será no creerme, tendrá que venir a mi encuentro, cuando llegue el momento, pues vivo en la otra punta del globo, y por ahora debo dejarle reflexionar. Tiene mucha tarea por delante.

Disculpe también el anonimato, no crea que es por cobardía, si obro así es por su propio bien.

Le recomiendo encarecidamente que no hable con nadie de esta carta y que la destruya nada más leerla. Conservarla no le sería de ninguna utilidad. Crea en la sinceridad de mis palabras; le deseo lo mejor y le saludo cordialmente.

Arrugué la carta hasta hacer una bola con ella y la lancé a la otra punta del taller. ¿Quién había podido escribirme eso? ¿Con qué fin? ¿Quién conocía el estado de salud de mi madre? Daba vueltas en mi cabeza a todas esas preguntas sin encontrarles respuesta. Ya no era capaz de concentrarme. Cuando se manejan una sierra, un cepillo y un cincel, los riesgos pueden tener consecuencias temibles. Dejé las herramientas, me puse la cazadora y me subí a mi camioneta.

Tras dos horas de carretera llegué a la residencia en la que está ingresada mi madre desde hace dos años. Es un elegante edificio que se yergue en lo alto de una colina en mitad de un gran parque. La fachada está cubierta de hiedra. Las grandes hojas le dan vida cuando el viento sopla y se diría que bulle.

El personal es amable. Los residentes sufren de los mismos males que mi madre, pero cada cual los expresa a su manera. El señor Gauthier, su vecino de habitación, relee desde hace cinco años la página 201 de un libro del que nunca se separa. Cada día se ríe con el mismo párrafo, cada vez retoma la página exclamando: «Qué divertido, es extraordinario». La señora Lapique hace sin descanso un solitario que nunca le saldrá, coloca las cartas y las contempla. A veces roza alguna con un dedo tembloroso, murmura palabras inaudibles, sonríe y renuncia a darle la vuelta. Luego roza otra con un dedo tembloroso, vuelve a murmurar palabras inaudibles, sonríe y renuncia a darle la vuelta. Son sesenta y siete las personas que ocupan las habitaciones de la Residencia de la Nueva Edad.

Son un batallón de fantasmas vestidos de seres humanos a los que la vida ha abandonado sin que se dieran cuenta.

Mi madre era una mujer de carácter, muy enamoradiza. Su droga era amar y la consumió hasta el exceso. Cuántas veces, al volver del colegio, me crucé con hombres que me daban unas palmaditas amables en el hombro con aire avergonzado y me preguntaban qué tal me iba.

Me iba como a un chico enamorado de su madre y que los despreciaba. Ellos se irían esa misma noche, como mucho al día siguiente, pero a mí no me dejaría nunca.

No sé qué me pasó ese día. La carta anónima hizo resurgir una rabia enterrada desde hacía tiempo, tanto que casi había olvidado su existencia. ¿Es posible, en un momento dado, desdeñar toda razón, como si el día a día no existiera ya, como si la enfermedad fuera a hacerte el favor de desaparecer tranquilamente, como si el señor Gauthier fuera a leernos por fin la página 202, encontrándola aburrida, como si la señora Lapique fuera a dar la vuelta a un rey de corazones, como si mi madre pudiera aún contestarme a una pregunta?

Sonrió al verme, es la única cosa tranquilizadora que aún sabe darme. El tema que me disponía a abordar era tabú. El día que cumplí diez años rechacé su regalo y monté en cólera para obligarla a que me dijera por fin quién era mi padre, si de verdad se había largado justo antes de que yo naciera y por qué no había querido saber nada de mí; mi madre se enfadó aún más que yo, jurándome que si volvía a hacerle esa pregunta no me dirigiría la palabra en mucho tiempo.

La tormenta duró una semana entera, durante la cual no nos hablamos, hasta que el domingo por la mañana, al salir de una tienda de alimentación, me abrazó y me cubrió de besos.

—Te perdono —me declaró suspirando.

Nadie como ella para mostrar tal aplomo, esa frescura imponente al dignarse concederme su perdón, cuando era ella la culpable. Culpable de cultivar con su silencio un misterio cuyo precio pagaba yo. Hasta que cumplí los dieciocho volví a intentarlo varias veces, con idéntico resultado. Cuando no se enfurecía, salía de la habitación llorando, quejándose de que, pese a todo lo que se sacrificaba por mí, yo no dejaba de demostrarle que ella no era suficiente para mí.

A los dieciocho años por fin tiré la toalla. La constatación misma me servía de respuesta. Si mi padre hubiera querido conocerme, habría llamado a nuestra puerta.

No sé qué me pasó ese día, pero la miré a los ojos y me lancé.

—¿Por qué se marchó? ¿Me crucé con él al menos una vez? ¿Era alguno de esos hombres que venían a acostarse contigo mientras yo estaba en el colegio?

Cuánto lamenté después haberle hablado así. Había discutido muchas veces con mi madre, pero nunca le había faltado al respeto. Si me hubiera atrevido a hacerlo cuando aún conservaba el juicio, me habría caído una bronca de antología. Pero entonces nunca se me hubiera ocurrido hacerlo.

—Pronto nevará —contestó mirando a la enfermera guardar los naipes de la señora Lapique antes de empujar su silla de ruedas por el pasillo—. Nos han acortado los paseos, y eso es porque no tardará en nevar. ¿Adónde te vas en Navidad?

—Estamos en octubre, mamá, aún faltan dos meses para Navidad, y la pasaré contigo.

—¡No! —protestó—. Odio el pavo, celebraremos la primavera, me llevarás a ese restaurante que tanto me gusta, no recuerdo el nombre, pero ya sabes cuál digo, el que está a la orilla del río.

El río del que habla es un lago; el restaurante, un merendero en el que sirven cruasanes y sándwiches de pastrami. Asentí con la cabeza. Aunque estaba enfadado, contrariarla no servía de nada. Miró la venda de mi mano. Me había hecho un corte en el pulgar hacía dos días, nada grave.

—¿Te has hecho daño?

—No es nada grave —le contesté.

—¿Hoy no trabajas?

Mi madre vive en la periferia del pensamiento. Por momentos es capaz de mantener algo parecido a una conversación, siempre y cuando se hable solo de banalidades. Y, de repente, sin avisar, se le extravía el juicio y dice algo sin sentido.

—¿No ha venido Mélanie contigo?

Mélanie y yo llevamos dos años separados. Mi vida aislada la cautivó en un primer momento, pero al final acabó por aburrirla. Tras cinco años de convivencia, varias separaciones y otras tantas

94

reconciliaciones, hizo la maleta y desapareció, dejándome una nota en la mesa de la cocina. Una nota muy breve. Solo escribió: *Eres un oso en el fondo del bosque*. Las mujeres son capaces de decir en una sola frase lo que un hombre no sabría expresar en un largo discurso.

—Vas a tener que regalarme un paraguas —prosiguió mi madre mirando al cielo.

En un banco no muy lejos de nosotros, el señor Gauthier soltó una sonora carcajada.

—Qué pesado es ese hombre. Le quité el libro y no lo encontré nada divertido. Tanto es así que se lo devolví. La enfermera me ha prometido que se morirá antes de que acabe el año. ¡Menudo alivio!

—No creo que la enfermera te haya prometido algo así.

—¡Que sí, te lo aseguro! Pregúntale a Mélanie y verás. Por cierto, ¿dónde está?

No tardaría en anochecer. Me sentía ridículo al haber venido a molestarla por algo que sabía inútil. Tenía por delante dos horas de carretera para llegar a mi casa y una cómoda que terminar antes de que acabara la semana. Cogí a mi madre del brazo y la acompañé de vuelta al interior de la residencia, hacia el comedor. En el pasillo nos cruzamos con una enfermera que me miró con una expresión muy compasiva. ¿Qué pintaba una chica tan guapa en un moridero como ese? Sus pechos se erguían orgullosos bajo la bata, y no pude evitar preguntarme qué le contaría de su trabajo al hombre que le hacía el amor por las noches. Por un instante imaginé ser ese hombre que se tendía a su lado en la cama. ¿Qué aroma tenían sus encuentros íntimos?

—¡Si te viera Mélanie! Además, pierdes el tiempo —me murmuró mi madre—, esa es frígida. No me preguntes cómo lo sé, lo sé y punto.

Mi madre ha perdido la cabeza pero no la manía de tener siempre razón, porque sí, «¡y punto!». Su expresión preferida.

Se sentó a la mesa, miró su plato con desprecio y me dio a entender con un gesto que podía irme. Me incliné para besarla.

Ella me ofreció la mejilla. Sus pecas han desaparecido, se las han tragado las manchas de vejez.

Era una tarde de octubre, el día había comenzado de manera extraña y concluyó con una revelación chocante. Mi madre me retuvo en su abrazo con una fuerza desacostumbrada. Acercó los labios a mi oído y murmuró:

—No se marchó, nunca lo supo.

Sentí que se me aceleraba el corazón, me latía aún más rápido que el día que se me resbaló la mano y se detuvo a solo unos milímetros de la sierra circular. Quise creer que había vuelto a sumirse en su desvarío, pero no era así.

—No supo nunca ¿el qué?

—Que existías.

La miré a los ojos conteniendo la respiración, deseando que siguiera hablando.

—Y ahora vete, pronto nevará.

El señor Gauthier se echó a reír. Mi madre levantó los ojos al cielo en un gesto de exasperación y ya no los bajó. Miraba el techo con el mismo asombro maravillado con el que se contemplan las estrellas una noche de verano.

Había tomado una decisión: aún no sabía cómo, pero encontraría a mi padre.

13

ELEANOR-RIGBY

Octubre de 2016, Croydon

Si bien Maggie había decidido no preocuparse más de la carta anónima, yo por el contrario estaba más resuelta que nunca a desentrañar su significado. Tumbada en mi cama, la releía en voz baja dirigiéndome a veces a su autor como si se encontrara en mi habitación.

Era una mujer notable, dotada de una gran inteligencia y capaz de lo mejor y de lo peor, pero usted solo conoció lo mejor... ¿A qué te refieres con eso de «capaz de lo peor»?

Apunté en mi libreta: *lo peor ocurrió antes de nacer yo.*

Y, mientras mordisqueaba el lápiz, me embargó una extraña sensación. No sabía nada de la vida de mamá antes de que se convirtiera en nuestra madre. Había oído de mi padre o de mi madre retazos de historias sobre su primera relación, versiones divergentes de las circunstancias que los habían separado; sabía que mi madre había vuelto a llamar a la puerta de mi padre años después, pero lo ignoraba todo de lo que había hecho en ese intervalo. Dejé la carta sobre la cama, pensativa. Con treinta y cuatro años cumplidos es pronto para perder a tu madre, pero suficiente para haberla conocido mejor si me hubiera tomado la molestia de hacerlo. ¿Qué excusa tenía para no saber nada de la adolescente o la joven que había sido, para haberle preguntado tan pocas cosas sobre su vida? ¿Habíamos sentido las mismas cosas a la misma edad? ¿Qué teníamos en común más allá de lo banal? Oír que tienes los mismos ojos que tu madre, su expresión o su temperamento no quiere decir que te parezcas a ella. Antes de recibir esta carta, yo no dudaba de nuestra complicidad. Dondequiera que me encontrara siempre me las apañaba para llamarla, y desde aquella Navidad en que le compré un ordenador portátil, no transcurría una semana sin que nos viéramos de pantalla a pantalla. Pero ¿de qué hablábamos? ¿Qué conservaba de nuestras conversaciones? Mamá me preguntaba por mi vida y mis viajes, y sus preguntas, preñadas de inquietud la mayoría de las veces, me irritaban. Mis respuestas eran entonces evasivas, a menudo fútiles, típicamente inglesas cuando perdíamos un tiempo valioso hablando del tiempo que hacía.

Me acordé de Michel, cuando me preguntó, mientras devoraba sus bollos de mantequilla en ese salón de té tan feo, por qué me interesaba tanto la vida de la gente a la que no conocía y tan poca la de mi familia. Esa pregunta fue como un puñetazo en la boca del estómago.

Joder, Elby, ¿cómo has podido no conocer a tu propia madre? ¿Por pudor, por miedo, por cobardía o por negligencia? ¿Porque no podías imaginarte ni por un instante que el tiempo podría detenerse brutalmente? ¿Porque reservabas las confidencias para más adelante? Pero, para ti, más adelante era ayer.

Sentí que se me llenaban los ojos de lágrimas, y juro sin embargo que no me emociono fácilmente. Al menos no hasta ese punto.

No he conocido más que lo mejor, ¿y ha tenido que suscitar mi curiosidad un cabrón anónimo para que por fin me interese por ti? ¿Por eso no quisiste compartir tus secretos? ¿Por el egoísmo de tu hija? Alardeaba con las chicas de mi pandilla de que eras mi mejor amiga, las volvía locas de envidia al decirles que podía contártelo todo, que podía hacerte cualquier confidencia, pero tú no supiste contarme nada, porque nunca llamé a tu puerta para que te sinceraras conmigo, porque quería que cada uno de nuestros momentos me estuviera reservado. Todas esas mañanas que me llevabas a clase, todas esas tardes que ibas a buscarme, todas esas noches en que, desde mi habitación, te oía andar por casa, ajetreada, ocupándote de nuestras vidas, eran ocasiones en las que podría haberme interesado por ti. Me sentía tan orgullosa de estar enfrascada en mis lecturas que nunca abrí las páginas del libro de mi madre, y ese libro se borró.

La puerta se entreabrió. Levanté la cabeza. Mi padre me estaba observando.

—¿Estás aquí? Te creía en tu estudio de Londres.

—No, necesitaba… No sé el qué.

Papá vino a sentarse en mi cama.

—¿Consuelo, quizá? ¿Qué te ocurre?

—Nada, estoy bien, de verdad.

—Tienes los ojos enrojecidos… ¿Te está haciendo sufrir algún hombre?

—¿Algún qué? —dije tímidamente.

—¿Sabes?, yo también estuve soltero bastante tiempo. Recuerdo ese periodo como el peor de mi vida. Siempre le he tenido miedo a la soledad.

—Y ahora, entonces, ¿cómo lo haces?

—Ahora soy viudo, no estoy solo. No es igual en absoluto. Y tengo a mis hijos.

—¿Maggie y Michel vienen a verte a menudo cuando yo no estoy?

—Tú no sueles estar aquí. Ceno con tu hermano todos los jueves, Maggie viene a casa a verme dos o tres veces por semana, nunca se queda mucho, siempre está muy ocupada; me pregunto en qué, pero, para contestar a tu pregunta, aunque estés lejos, estás conmigo. Me basta con pensar en tu madre o en alguno de vosotros para que mi soledad desaparezca.

—No te creo.

—Tienes razón, no es verdad. Bueno, ¿me vas a decir ahora lo que te pasa?

—¿Qué hacía mamá antes de volver a Inglaterra? ¿Dónde estaba?

—Ah…, pensaba que estabas aquí porque echabas muchísimo de menos a tu padre —dijo con aire burlón—. No tengo mucha idea, cariño. No le gustaba hablar de ese periodo. ¿Conoces ese dicho tan tonto, bueno, los dichos son todos tontos, ese de que la manzana nunca cae lejos del árbol? Pues, en lo que a vosotros concierne, tampoco es tan tonto. Como su hija, hizo un poco de carrera en el periodismo.

Abrí unos ojos como platos. Mamá enseñaba química, no veía qué podía tener eso que ver con el periodismo, y así se lo dije.

—De estudiante, a tu madre se le daba muy bien la química. Pero dejó atrás esa disciplina, y a mí también, de hecho, para hacerse periodista. No me preguntes por qué ni cómo, nunca lo he entendido. Cuando volvió y se quedó embarazada de ti y de tu hermano, éramos conscientes de que con mi sueldo no bastaría. Durante unas semanas buscó algún trabajo en ese ámbito, pero, cuanto más avanzaba su embarazo, más se le cerraban las puertas. En el mejor de los casos le ofrecían un puesto de secretaria en una redacción, con un mísero sueldo. Eso la enfurecía. Una mujer, embarazada por añadidura, no podía esperar encontrar un trabajo importante. Enfadarse no era muy bueno para los dos bebés. Cuando por fin se convenció de que debía tranquilizarse, volvió a sus amores de juventud, de los cuales formaba parte yo —añadió guiñándome un ojo—. Mientras se preparaba para traeros al mundo, siguió unos cursos por correspondencia, aunque eso ya lo sabías, y consiguió, por no sé qué milagro, aprobar todos los exámenes. En cuanto terminó con la lactancia, se hizo auxiliar, luego profesora en prácticas, hasta que obtuvo su diploma. Tu madre tenía pasión por los niños, nunca había bastantes a su alrededor. Me hubiera gustado tener diez años toda mi vida, ella se habría pasado el día mimándome.

Papá calló y me acarició el pelo. Es un tic que tiene, le da cada vez que otorga cierta seriedad a nuestra conversación.

—Elby, te lo he dicho mil veces, no te pongas triste cuando pienses en ella. Piensa en los momentos privilegiados que pasasteis juntas, en lo mucho que te quería, en vuestra complicidad, de la que te confieso que con frecuencia sentí celos. Su muerte nunca te quitará nada de eso…

Y, antes de que pudiera terminar la frase, me acurruqué en sus brazos sollozando. Porque no me emociono fácilmente, claro.

—Bueno, qué bien se me ha dado consolarte, pero dame una segunda oportunidad. Conozco un remedio para esta clase de tristeza. Vamos, ven —dijo cogiéndome de la mano—. Ya me han arreglado el Austin, vámonos al centro a darnos un banquetazo de helado. ¿Sabes qué?, han abierto un Ben&Jerry's en Croydon, qué buena noticia, ¿verdad? ¡Y ahora que tu hermana ya no se casa, nos vamos a poner morados!

—¿Qué periódico? —le pregunté lamiendo el dorso de la cuchara, que chorreaba chocolate.

—No tengo ganas de hablar de eso —me contestó papá sin apartar los ojos de su copa de helado.

—¿Por qué?

—Porque no quiero meterte ideas raras en la cabeza.

—Si crees que te vas a escaquear así, se ve que no conoces a tu hija.

—Elby, te lo advierto, si les dices una palabra de todo esto a tu hermano o a tu hermana, me pillaré un buen cabreo.

—Si me llamas Elby es que se trata de algo serio.

—*The Independent.*

Miré a mi padre dubitativa, preguntándome si estaría burlándose de mí por el placer de ver hasta dónde era capaz de llegar.

—¿*The Independent*? ¿El diario que albergó a las mejores plumas de la prensa? ¿En qué sección? Cultura, economía, no, espera... ¡las páginas de ciencias! —solté con una pizca de ironía.

—Sociedad.

—¿Seguro que hablamos de mi madre?

—Le encantaba la política, y era muy buena editorialista. No me mires con ese aire burlón, es la pura verdad.

—Menuda lección de humildad para mí, que solo escribo artículos de viajes, en el mejor de los casos recomendaciones turísticas.

—Oh, no empieces otra vez, ¿quieres? No hay ámbitos más importantes que otros. Tú haces viajar a tus lectores a lugares a los que nunca podrán ir, contagias sueños, y cada uno de tus artículos es un llamamiento a la tolerancia, lo cual no es frecuente en los tiempos que corren. Tu trabajo es importante, si lo dudas, echa un vistazo a esa basura que es *The Daily Mail*. Así que, por favor, no te subestimes.

—¿No me estarás diciendo que estás orgulloso de mí?

—¿Es que lo dudas?

—Nunca me hablas de mi trabajo.

—Si no te hablo nunca de ello es porque... porque tu dichoso trabajo te aleja de mí. ¿Quieres otro helado?

—A mil calorías por cucharada, tu antidepresivo es de una eficacia temible. Pero no es muy razonable —contesté pasando el dedo por el borde de la copa para rebañar hasta la última gota de chocolate.

—¿Dónde dice que haya que ser razonable? ¿Estás preparada para asumir riesgos? ¡Porque el de tofe y plátano es excepcional!

Papá volvió con dos inmensas copas de cristal a través de las cuales podían verse rodajas de plátano inmersas en helado, todo ello cubierto de caramelo líquido.

—¿Has recibido un mensaje? —me preguntó al verme teclear frenéticamente.

—No, estoy buscando los artículos de mamá, pero no encuentro ninguno. No lo entiendo, todos los grandes periódicos han digitalizado sus archivos, pero *The Independent* no.

Mi padre carraspeó.

—En esa web no encontrarás ningún artículo de tu madre.

—¿No los firmaba con su nombre?

—Sí, pero no en ese periódico en el que estás buscando. El que yo te decía existía antes y...

—Ah, ¿porque había otro con el mismo nombre?

—Era un semanario, y no se publicó mucho tiempo. Tu madre lo fundó con una pandilla de amigos tan locos como ella.

—¿Mamá fundó su propio periódico? —repetí enfadándome—. ¿Y nunca se os ocurrió hablarnos de ello, ni siquiera a mí, que me hice periodista?

—No —contestó mi padre—, no se nos ocurrió. Pero ¿qué más da? Tampoco es tan grave.

—¿Que no es tan grave? Bueno, en nuestra familia nunca ha sido grave nada, ni siquiera cuando me rompí una pierna. Por poco me mato cuando me caí del tejado, pero todavía recuerdo cuando me dijisteis: «No te preocupes, Elby, ¡tampoco es tan grave!».

—Tenías seis años, ¿habrías preferido que te mirara a los ojos y te dijera que iban a tener que amputártela?

—Hala, ya está, tú siempre te las apañas para burlarte de todo. ¿Por qué me lo ocultasteis?

—Porque temía que eso pudiera darte ideas. Por ese dicho tonto del que te hablaba antes y porque siempre estabas empeñada en querer sorprender a tu madre. Si te hubiéramos contado que ella había fundado un semanario, ¿hasta dónde habrías llegado para impresionarla? ¿Te habrías hecho reportera de guerra? ¿O habrías querido hacerlo mejor que ella, fundando tú también un periódico?

—¿Y qué pasa con eso?, ni que fuera un crimen...

—¡Pues sí! Ese maldito periódico la aniquiló, económica y moralmente. ¿Puedes ponerle precio al sueño de tu vida? Y, ahora, fin de la conversación, o me tomo un tercer helado y tendrás que llevarme a urgencias.

—Por una vez que dramatizas, déjame que lo disfrute.

—No dramatizo, soy un poco diabético.

—¿Desde cuándo eres tú diabético?

—He dicho un poco.

Papá hizo como que contaba con los dedos antes de contestarme con aire burlón:

—Veinte años.

Me llevé las manos a la cabeza.

—¡Será posible, esta es la familia de los secretos!

—Bueno, Elby, tampoco exageres. ¿Qué querías, que pusiera mi historial médico en la pared de la cocina? ¿Por qué crees que tu madre me daba la tabarra en cuanto me acercaba a una caja de galletas?

Le confisqué la copa de helado y le pedí que me dejara de camino en la estación, con la excusa de que tenía que volver a Londres a trabajar. No me gusta mentir, y menos a mi padre.

En cuanto estuve sentada en el tren, llamé a una documentalista de la revista. Necesitaba que me hiciera un favor enorme.

14

ELEANOR-RIGBY

Octubre de 2016, Londres

Estaba de vuelta en mi estudio. Sentada con las piernas cruzadas al pie de la cama, veía un episodio de *Absolutamente fabulosas* comiéndome una tercera bolsa de patatas fritas.

No solo es una serie de culto, sino que además es de utilidad pública.

Para una mujer que se aburre en su casa un viernes por la noche, sintiéndose culpable de haber abierto una botella de un vino malejo que se beberá sola, un vino que, dicho sea de paso, le trajeron unos amigos cuando todavía organizaba cenas entre amigos.

Para una mujer que, mirándose al espejo del cuarto de baño, encuentra anormal seguir soltera, pero que cambia de opinión tras pasar demasiado tiempo mirándose en ese maldito espejo.

Para esa mujer y para otras muchas, Patsy y Edina son dos heroínas esenciales. Ahora porque se cogen una cogorza peor que la tuya, y mañana porque la resaca te recordará que tu vida no es un episodio de una serie de televisión.

Saffron discutía con su madre, lo cual enseguida me recordó a cuando yo discutía con la mía. Su abuela entró para calmar los ánimos. No he conocido a mis abuelos y nunca lo haré, pues mamá creció en un orfanato. Esta era otra nebulosa que de repente se me antojaba más densa. Me abalancé sobre mi bolso y saqué la carta de nuevo.

De nuestros padres solo sabemos lo que ellos quieren contarnos...

Mamá nunca quiso contarnos nada.

Me quedé mirando el sello. Menuda birria de detective habría sido yo; ¿cómo no se me había ocurrido antes? Aunque tenía la efigie de la reina Isabel II, su color difería del de los sellos ingleses. Bastaba sin embargo examinarlo de cerca para ver, justo debajo del rostro sonriente de Su Majestad, la palabra «Canadá» impresa en letras diminutas. ¿Cómo no había reparado en ello? El matasellos era de Montreal. ¿Quién sería ese autor anónimo que me escribía desde Norteamérica?

Mis interrogantes no habían hecho más que empezar.

Al día siguiente, mientras hojeaba una revista viendo mi ropa dar vueltas en el tambor de la lavadora, me llamó mi amiga documentalista. No había encontrado en Inglaterra ni rastro de un semanario llamado *The Independent*. Le pedí enseguida que extendiera la búsqueda al otro lado del Atlántico.

Una hora más tarde abrí mi buzón. Entre los folletos publicitarios reconocí enseguida la bonita caligrafía. Un vecino que recogía su correo se asombró de verme tan pálida.

Subí muy nerviosa a mi estudio y abrí precipitadamente el sobre.

Había una frase escrita en una hoja de un bloc de notas:

22 de octubre, 19 h, Sailor's Café, Baltimore.

Estábamos a 19. Debía de estar algo trastornada, pues metí mi neceser y mi ropa arrugada en la bolsa de viaje antes de buscar en

Internet un billete de avión rebajado. Operación denegada, no tenía dinero suficiente en la cuenta. Con el corazón desbocado, llamé a Maggie para pedirle que me diera un anticipo para el viaje.

—No mentía del todo a papá cuando le dije que estaba tratando de negociar con mi banco una ampliación de mi descubierto —me dijo.

Me sé de memoria todos los defectos de mi hermana, pero tacaña no es, de modo que lo que me decía era verdad.

—¿Para qué necesitas dos mil libras? —me preguntó—. ¿Te has metido en un lío?

Le hablé de la nueva carta que acababa de descubrir hacía unas horas. Me echó la bronca, tildándome de loca de atar. ¿Y si no se trataba más que de un pervertido que me violaría antes de arrojar mi cadáver al mar? Seguramente por eso me había citado de noche en un sitio llamado El Café de los Marinos. A Maggie no le falta imaginación cuando se trata de inventar historias, pero por desgracia no suelen tener final feliz. Le contesté que si un loco buscaba atraer a una presa, seguramente podría encontrar una más cerca de su casa, era más fácil que hacerle cruzar el charco. Es lógico, habría corroborado Michel.

—Qué va, al contrario —se irritó Maggie—, ¿allí quién se percataría de tu desaparición?

—La cita no es en el fondo de los cayos de Luisiana —le recordé—. ¡Estamos hablando de Baltimore!

Maggie se quedó callada un momento. Me conocía demasiado para poner en duda mi determinación.

—¿Has pensado en llamar a tu revista para que te den un anticipo de tus gastos? ¿Los viajes siguen siendo parte de tu trabajo, o me he vuelto estúpida de repente?

La estúpida era yo, ni siquiera se me había ocurrido. Le colgué en las narices para llamar a mi redactor jefe. Mientras esperaba a que atendiera la llamada, me fui inventando un tema para un artículo. Hacía años que la revista no había publicado nada sobre

Baltimore, la ciudad estaba en plena renovación urbana, albergaba uno de los mayores puertos de la costa Este norteamericana, la prestigiosa universidad John Hopkins (soltaba el rollo en tiempo real, mientras iba desfilando por la pantalla de mi Mac, gracias a la Wikipedia) y el Reginald F. Lewis Museum —añadí—, santuario de la historia afroamericana.

—Hmm —murmuró mi redactor jefe, en absoluto convencido—. Baltimore no tiene mucho atractivo que digamos.

—Claro que lo tiene, y es una ciudad injustamente ignorada. Nadie habla de ella.

—Quizá. ¿Puedo saber por qué de repente tú sí quieres hablar de ella?

—Para reparar esa injusticia.

En la parte baja de la pantalla descubrí un dato providencial, una última baza. Mi jefe veneraba a Edgar Allan Poe. Bendije al ilustre poeta por haber querido morir en Baltimore, sería el hilo conductor de mi artículo, del que al instante me inventé un título pomposo: «Baltimore o los últimos días de la vida de Edgar Allan Poe».

Mi redactor jefe soltó una carcajada. No le faltaba razón.

—Interésate más bien por el resurgir económico de la ciudad, se remonta a bien lejos. Habla del atractivo que puede tener para los estudiantes. Aprovecha para tomarle el pulso a la población, faltan solo unas semanas para las elecciones, y no estoy muy convencido de que Trump se lleve el batacazo que predicen los sondeos. Te doy una semana allí. El departamento de contabilidad te hará una transferencia mañana. Pero tráeme de todos modos una bonita foto de la lápida de Poe, nunca se sabe.

Por lo general, cuando lograba convencer a la redacción para que me mandara a un destino de mi elección, saltaba literalmente de alegría. Pero no esa noche. Partir hacia lo desconocido era la esencia misma de mi trabajo, pero sentía que ese viaje me arrastraría a descubrimientos de otra índole. Y, por una vez, echaba de menos mi valentía.

No podía dejar Inglaterra sin despedirme de mi familia. Sabía que Maggie volvería a llamarme loca e intentaría cualquier cosa para hacerme renunciar a ese viaje. Suponía que papá se pondría triste, ya que le había prometido que me quedaría más tiempo en Londres. Pero el que más me preocupaba era Michel. Lo llamé el primero y le pregunté si podía ir a verlo pese a ser tan tarde.

—¿Quieres venir a mi casa?

Al quedarme callada, comprendió.

—¿Cuándo te marchas?

—Mañana, mi avión despega a primera hora de la tarde.

—¿Estarás fuera mucho tiempo?

—No, te lo prometo, una semana, diez días a lo sumo.

—¿Tienes hambre? Puedo ir a comprar algo de cena.

—Es una buena idea, hace mucho que no pasamos un buen rato juntos los dos.

Cuando colgué, Michel se volvió hacia Véra y le anunció mi visita. No me lo confesó hasta mucho tiempo después.

—¿Te sentaría muy mal que compartiera con mi hermana esta cena que has preparado?

—No, al contrario, es solo que no estoy preparada para que se entere ya de...

Lo que traiciona el pensamiento de mi hermano no es la espontaneidad de sus palabras, sino sus ojos. Véra comprendió. Cogió su abrigo, miró la mesa puesta, volvió para quitar las copas de vino y las guardó en la alacena, pues a Michel nunca se le hubiera ocurrido retirarlas, y se marchó.

Menuda sorpresa me llevé al llegar a su casa. Michel me abrió la puerta con un delantal puesto. Sin decir nada, me acompañó hasta el comedor. Nunca habría pensado que pudiera tomarse tantas molestias para invitarme a cenar. Se fue a la cocina y volvió con una olla, que dejó sobre un salvamanteles. Levanté la tapa y olí el guiso.

—¿Desde cuándo sabes tú cocinar?

—Si no me equivoco, es la primera vez que vienes a visitarme antes de marcharte. Bueno, quiero decir con tanta urgencia. Así que he reflexionado mucho tras tu llamada y he pensado que algo no marchaba, que no querías hablarme de ello por teléfono y que por eso venías a mi casa. Es lógico.

—Pero un razonamiento lógico puede ser erróneo. Sobre todo con una hermana tan complicada como la tuya.

—Sí, es posible. Sin embargo...

—Sin embargo —proseguí—, todo va bien, solo me apetecía estar un rato contigo.

Michel miró fijamente la lámpara de araña e inspiró hondo.

—Entonces no quieres que papá y Maggie oigan lo que vas a decirme. Es lógico.

—Te propongo que olvides lo lógico el resto de la velada, porque ya nada lo es. Pero no quiero que eso te perturbe. He venido a contarte un secreto. Tenías parte de razón, no me marcho del todo a causa de la revista, aunque la he utilizado para financiar este viaje, lo cual no es muy honrado por mi parte, lo reconozco. Pero con todo escribiré un artículo, bueno, lo intentaré.

—Lo que estás diciendo no tiene ningún sentido. ¿Dónde dices que no vas a causa de tu revista?

—A Baltimore.

—Cecilius Calvert, lord de Baltimore, fue el primer gobernador de la provincia de Maryland. ¿Sabías que una ciudad costera del sudoeste de Irlanda también lleva ese nombre? Podrías ir allí, está menos lejos.

—No tenía ni idea, ¿cómo consigues enterarte de esta clase de cosas?

—Leyendo.

—En realidad quería preguntarte cómo consigues memorizar esta clase de cosas.

—¿Cómo voy a olvidarlas si las he leído?

110

—La mayor parte de la gente las olvida, pero tú no eres como la mayor parte de la gente.

—¿Y eso es bueno?

—Sí, te lo digo cada vez que me haces esa pregunta.

Michel me sirvió un ala de pollo que se enfriaba en la olla, él se cogió un muslo y me miró a los ojos.

—Me marcho en busca de mamá —le confié.

—Genial, pero me temo que pierdes el tiempo. No pienso que esté en Baltimore. Nadie sabe dónde están los muertos. Desde luego no en el cielo, eso no tiene ningún sentido. Yo creo más bien que en un mundo paralelo. ¿Has oído hablar de la teoría de los mundos paralelos?

Antes de que Michel se lanzara a una explicación interminable, le puse la mano en el antebrazo para que me escuchara.

—Era una manera de hablar. Me marcho en busca de su pasado.

—¿Por qué, es que lo ha perdido?

—Lo ha extraviado. Sabemos muy poco de la joven que fue.

—Probablemente porque ella así lo quiso. No creo que sea buena idea contrariar su voluntad.

—La echo de menos tanto como tú, pero soy una mujer y necesito saber quién era mi madre para poder madurar por fin, o al menos para comprender quién soy.

—Eres mi hermana melliza. ¿Y qué tiene Baltimore que ver en todo esto?

—Alguien me ha citado allí.

—¿Alguien que la conocía?

—Supongo.

—¿Y tú conoces a ese alguien?

—No, no sé quién es.

Le hablé de la carta, sin revelarle en detalle su contenido, pues no quería preocuparlo. Su equilibrio es muy frágil. Entonces me inventé historias bonitas. Adornar las cosas es un arte que mi profesión me ha enseñado a dominar.

—Entonces —dijo alzando el índice—, si te he entendido bien, te marchas a una ciudad lejana para encontrarte con alguien a quien no conoces pero que, según tú, debería decirte cosas que ignoras sobre nuestra madre, y así sabrás quién eres… Mi psicóloga me ha dicho a menudo que le gustaría mucho conocerte algún día.

El humor socarrón de mi hermano siempre me sorprenderá. Se quedó callado un momento y luego se levantó con aire serio.

—Mamá trabajó en Baltimore —dijo llevándose nuestros platos a la cocina.

Me levanté a mi vez para seguirlo. Ya estaba lavando los cacharros.

—¿Cómo sabes eso?

—Porque me dijo que pasó allí los años más hermosos de su vida.

—¡Y a nosotros que nos zurzan!

—Yo también se lo dije, pero se apresuró a precisar que eso había sido antes de que naciéramos nosotros.

—Michel, te lo suplico, cuéntame todo lo que mamá te confió.

—Quería a alguien allí —contestó en tono lacónico, alargándome un trapo—. No me lo dijo, pero parecía triste las pocas veces que hablaba de esa ciudad. Como pasó allí los mejores años de su vida, antes de nuestro nacimiento, no era lógico. Deduje que sentía nostalgia, y, en todos los libros que he leído, una contradicción así siempre tiene que ver con una historia de amor. Es lógico.

—¿No mencionó nunca ningún nombre?

—Nunca me habló de ello; si me hubieras escuchado bien, no habrías tenido que hacerme esa pregunta.

Michel guardó los platos y se quitó el delantal.

—Tengo que irme a dormir, si no mañana estaré cansado y no trabajaré bien. No le digas nada a papá. Te he contado un secreto porque tú me has contado uno a mí. Era equitativo hacerlo. Y el resto no son más que suposiciones, aunque no me quepa ninguna duda, pero aun así se pondría triste. Los hombres sufren siempre al

112

enterarse de que su mujer quiso a otra persona antes que a ellos, y más todavía cuando lo convierten en un secreto. En cualquier caso, así suele ocurrir mayoritariamente en los libros, y no creo que la mayoría de los escritores tengan tanta imaginación.

Movía la cabeza con gestos nerviosos, por lo que renuncié a intentar saber más. Bostezó para darme a entender que de verdad quería que me marchara. No insistí. Michel fue a buscar mi abrigo, tardó un poco en volver, me pareció más tranquilo, y me lo puso sobre los hombros mirándome para saber si podía besarme. Lo abracé con ternura.

Le prometí que lo llamaría desde Baltimore; le describiría la ciudad y le contaría todos los descubrimientos que hiciera sobre mamá. Era una mentira descarada, porque no sabía cómo me las iba a apañar. Todas mis esperanzas se basaban en una cita que me había dado el autor anónimo de una carta. Eran, pues, muy endebles.

A la mañana siguiente llamé a papá para que hiciera el favor de avisar a Maggie de que me marchaba de viaje.

—Pero bueno, ¡menuda cara tienes!

Lo reconozco, a veces la cobardía me aguza el ingenio. Adiviné su sonrisa triste al decirme eso. Él también quiso saber adónde me iba y si estaría fuera mucho tiempo. Las típicas preguntas a las que me había acostumbrado a contestar en cada uno de mis viajes. Le mandé un beso y me disculpé por no dárselo en persona, faltaba poco para que despegara mi avión, y aún tenía que pasar por la revista para recoger mi billete. Otra mentira. Hacía tiempo que los billetes de avión eran tan virtuales como el correo. Pero me faltaba valor para mirarlo a los ojos y tener que inventarme otra historia que explicara las razones de esa partida tan precipitada.

Camino de Heathrow al menos llamé a Maggie, amenazándola con colgarle en las narices si me hacía el más mínimo reproche, pero le prometí que la mantendría al corriente de mis descubrimientos.

Había mucho tráfico, como de costumbre. A pocos kilómetros del aeropuerto se avanzaba tan despacio que terminé por preguntarme si no perdería el avión, pero llegué por los pelos.

Me bajé del taxi de un salto, atravesé corriendo el vestíbulo de la terminal, supliqué a los pasajeros que me precedían que me dejaran colarme, y me presenté ante los controles justo cuando en las pantallas parpadeaban en rojo unas palabras que decían *Última llamada*, junto al número de mi vuelo.

Al rebuscar en los bolsillos para dejar mis llaves y mi móvil en la cinta transportadora del control de seguridad, descubrí un viejo sobre de cuero desgastado. No lo había visto nunca y no sabía qué pintaba en mi bolsillo. Había corrido demasiado para que un pasajero con malas intenciones acertara a meterlo allí. Pero no tenía tiempo de pararme a pensar. Me quité los zapatos y adelanté a todo el mundo para pasar el detector. En cuanto recuperé mis pertenencias, reanudé mi carrera, sin aliento, gritándole a la azafata que se disponía a cerrar la puerta que me esperara. Al alargarle mi tarjeta de embarque le ofrecí una sonrisa a modo de disculpa y recorrí como una loca la pasarela. Tras embutir mi bolso en el poco espacio que quedaba en el compartimento para equipaje, me desplomé sobre el asiento.

La pasarela se alejó de la ventanilla, me abroché el cinturón y dejé sobre mi regazo el misterioso sobre. Contenía una carta escrita en un papel que ya amarilleaba y una notita garabateada por Michel.

Elby:

Este sobre era de mamá, en su origen contenía un collar. Lo he sacado para meter esta vieja carta. Estaba en un cofrecito de madera que también era suyo. Como podrás suponer, era demasiado voluminoso como para meterlo en el bolsillo de tu abrigo.

Mamá me lo confió para que papá no lo encontrara por casualidad cuando volvieron a pintar el piso. Hay otras muchas cartas en ese cofre, esta es la primera del montón. No las he leído nunca, le prometí que no lo haría. Tú no le prometiste nada, así que haz lo que quieras. Cuando vuelvas, si no has encontrado lo que buscas, te daré las otras. Sé prudente, te voy a echar de menos, te lo escribo porque, por una razón que ignoro, nunca soy capaz de decírtelo cuando te tengo delante, pero te echo de menos todo el tiempo.

Tu hermano

Guardé la notita de Michel y examiné el sobre. El matasellos también era de Montreal.

15

MAY

Septiembre de 1980, Baltimore

May se había pasado la tarde estudiando currículos y sus correspondientes cartas de motivación. Para no llamar la atención sobre un proyecto que querían mantener en secreto el mayor tiempo posible, habían publicado en diferentes medios las ofertas para cubrir los puestos de periodistas, secretarios de redacción, documentalistas y maquetadores.

La irritó que Sally-Anne no hubiera vuelto pasada la medianoche, pero cuando vio que Keith la acompañaba hasta la puerta del *loft* a las tres de la mañana, se enfureció. Mientras ella trabajaba, ellos divirtiéndose tan campantes.

Sally-Anne entró en la habitación y se tendió a su lado. May fingió dormir y le dio la espalda sin decir palabra cuando su amiga le preguntó qué le ocurría.

A la mañana siguiente, May seguía sin decir ni mu. Se puso a examinar el correo sin prestar atención a Sally-Anne, pese a que esta le había preparado el desayuno.

—Por favor, May, soy yo la niña rica, pero tú quien se comporta como una pequeñoburguesa. Te quiero más que a nada en el mundo, pero también me gustan los hombres. ¿Me convierte eso en mala persona? Keith es un maravilloso montón de músculos y, extrañamente, un mar de dulzura al que ni tú ni yo somos capaces de renunciar. ¿Qué importa que lo compartamos? Para una vez que nos damos las mujeres esta alegría… ¿Acaso crees que él no hace lo que le da la gana por ahí? Y ¿quién, en los tiempos que corren, sigue siendo monógamo?

—¡Pues yo misma!

—¿En serio?

May bajó la mirada, consciente de sus propias contradicciones.

—Y no me digas que estás enamorada de él, porque no me lo creo —prosiguió Sally-Anne—. Reconoce más bien que es muy buen amante…

—Cállate, Sally, no tengo ganas de oír tus sermones amorales. No soy ninguna santa, me amoldo a las costumbres de nuestros tiempos, pero eso no quiere decir que me gusten, y de nosotras dos la más progresista soy yo porque todavía quiero creer en el gran amor.

—Pero no con Keith, ¿no? No me asustes… Es buen amante, atento al placer de su pareja, y, vale, te lo concedo, no es algo muy frecuente. Eso es lo que te atrae de él y punto, para decirlo con tu expresión favorita. Y, ahora, ¿qué tal si dejamos a un lado esta discusión que no lleva a ningún lado y nos vamos a almorzar juntas? Te invito al Sailor's Café. Es un restaurante de ostras que acaban de abrir en el puerto, las traen cada mañana de Maine y son deliciosas.

—¿Es allí donde fuisteis a cenar anoche?

Sally-Anne frunció el ceño e hizo una mueca.

—Vaya, se me había olvidado que había quedado con mi hermano. Si todavía me quieres, ven en mi auxilio y hazme compañía. Nada me aburre tanto como la suya.

—Entonces ¿por qué quedas a comer?

—Me lo ha pedido él.

—Encantada de que me acerques al centro en tu moto, pero una vez allí os dejo a solas.

* * *

Era más de la una, las dos chicas se subieron a la Triumph. May se había maquillado ligeramente, lo que divirtió a Sally-Anne. No paró en el centro y siguió a toda pastilla hasta el club del campo de golf de Baltimore.

El aparcacoches admiró tanto la motocicleta como a las dos amigas. El empleado de la puerta saludó a Sally-Anne con una deferencia que a May no le pasó inadvertida. El *maître* las acompañó hasta su mesa, May estaba fascinada por la opulencia del lugar. Las paredes del pasillo que llevaba al comedor estaban decoradas con retratos de personajes de la alta sociedad en grandes marcos de oro laminado.

Los Stanfield tenían una mesa reservada todo el año. Édouard esperaba a su hermana leyendo el periódico.

—Tan impuntual como siempre —dijo.

—Buenas tardes a ti también —le contestó ella.

Édouard levantó la mirada y vio a May, que estaba detrás de su hermana.

—¿No me presentas a tu amiga?

—Puede presentarse ella sola, tiene boca y la sabe utilizar perfectamente —contestó Sally-Anne.

Édouard apartó su silla, se levantó y le besó la mano a May. Esta se preguntó si debía reírse del gesto y se contentó con sonreír. Esa delicadeza contrastaba con la tosquedad del recibimiento que Édouard le había reservado a su hermana, pero en realidad le gustaba su galantería.

—Os dejo solos —dijo incómoda.

—No, por favor, quédate —le suplicó Édouard—. Con un poco de suerte, gracias a ti este almuerzo no acabará en pugilato —contestó devolviéndole la sonrisa.

—¿Tan mal os lleváis? —preguntó May sentándose en el sillón que Édouard le ofrecía.

119

—Como perro y gato —dijo Sally-Anne.

—Vaya par de niños mimados, que no aprecian la suerte que tienen. A mí me habría encantado tener un hermano.

—¡Uno como este no, créeme!

—Puedes seguir con tus pullas, pero solo conseguirás que tu amiga se sienta incómoda. Bueno —prosiguió Édouard con tono alegre—, ¿qué andáis tramando las dos? Nunca había oído hablar de ti.

—¿Y qué has oído sobre mí? —le preguntó Sally-Anne—. ¿No me irás a decir que habláis de mí en casa?

—Te equivocas, querida hermana, y si te dignaras visitar de vez en cuando a tus padres, lo comprobarías tú misma.

—Eso no va conmigo, y además no creo una palabra.

May carraspeó.

—Somos socias —dijo.

Y, antes de poder seguir, Sally-Anne le pegó una patada por debajo de la mesa.

—¿Socias? —repitió Édouard.

—Es una manera de hablar, trabajamos en la misma sección del periódico —precisó Sally-Anne.

—¿Sigues en *The Sun*? —preguntó su hermano extrañado.

—¿Dónde si no?

—Pues en ningún sitio, precisamente. Me han dicho que presentaste tu dimisión al principio del verano.

—Pues te han informado mal —intervino May—. Tu hermana está muy bien considerada en la redacción. Y hasta puede que pronto pase a ser periodista.

—¡Nada menos! Perdón por dar crédito a las malas lenguas. Estoy impresionado. ¿Y tú qué haces en *The Sun*?

El almuerzo fue un largo intercambio de preguntas y respuestas entre May y Édouard, que se iban conociendo así. Sally-Anne no se molestó por ello, al contrario. La conversación acaparaba a su hermano, y así ella no se veía en la necesidad de mentirle. Sabía muy bien que el objeto de los almuerzos trimestrales que este le imponía no era otro que el de mantener a su familia informada sobre sus andanzas. Édouard era un espía al servicio de su madre, demasiado orgullosa para ir en persona a preguntarle a su hija por la vida, a su juicio decadente, que esta llevaba.

Y prueba de ello era que Hanna, que acostumbraba a frecuentar el club, casualmente nunca se encontraba allí cuando Sally-Anne almorzaba con su hermano.

En el momento del café, Édouard le preguntó a May si le gustaba el teatro. La compañía que había tenido un éxito tremendo en Nueva York representando una obra de Harold Pinter actuaba al día siguiente en Baltimore. *Traición* era una obra maestra, no se la podía perder, afirmó. Un amigo le había regalado dos excelentes localidades y necesitaba acompañante.

—¿Ya no sales con esa rubia tan guapa? —le preguntó Sally-Anne inocentemente—. ¿Cómo se llamaba? Ya sabes a quién me refiero, la hija de los Zimmer.

—Jennifer y yo hemos decidido distanciarnos para hacer balance —contestó Édouard con la mayor seriedad—. Todo estaba yendo demasiado rápido.

—Vaya, qué disgusto se habrá llevado nuestra madre. Con lo buen partido que era.

—Ya basta, Sally-Anne, te estás poniendo grosera.

Su hermano pidió la nota, la firmó para que la pasaran a la cuenta familiar y se levantó.

—Mañana a las siete en el vestíbulo del gran teatro, te espero junto a la taquilla. No me falles —dijo volviéndole a besar la mano.

Besó a su hermana en la mejilla y se marchó.

Sally-Anne le hizo un gesto al camarero y le pidió dos licores.

—¡No vayas! —le aconsejó a May, removiendo el coñac en la copa.

—Según tú, ¿cuántos años tendría que ahorrar para poder sacarme dos entradas de patio de butacas para una obra de Harold Pinter?

—No lo sé, pero el título de la obra seguro que es premonitorio.

—No exageres, no es más que una cita para ir al teatro.

—No lo subestimes, te seducirá. Es su deporte favorito, y se le da de maravilla. Sé de chicas más precavidas que tú que aun así perdieron el honor.

—¿Quién habla de honor? —contestó May dándole un codazo.

Al día siguiente, mientras May se arreglaba, Sally-Anne entró en el cuarto de baño con un cigarrillo en los labios. Se sentó en el borde de la bañera y la miró largo rato.

—¡Menuda cara pones! Te prometo que volveré en cuanto acabe la función.

—No lo creo, pero luego no digas que no te he avisado. Eso sí, no le cuentes nada a Édouard de nuestro proyecto.

—Ayer ya capté el mensaje, gracias por la patada. ¿Qué ha pasado entre tu hermano y tú? Nunca hablas de él. Casi me había olvidado de que existía, ¿por qué…?

—Porque los miembros de mi familia son unos impostores; entre los Stanfield todo es pura fachada y mentiras. Mi madre es la matriarca del clan, y mi padre, un hombre débil.

—Exageras un poco, Sally, tu padre es un héroe de guerra.

—No me parece haberte contado nunca eso.

—Tú no, lo sé por otros.

—¿Quiénes?

—Ya no me acuerdo… Vale —suspiró May—, cuando nos hicimos más amigas, pregunté aquí y allá. No te enfades, fue por pura deformación profesional; y era señal de que me interesaba por ti. En cualquier caso, nunca oí hablar mal de tu padre, cuyo éxito suscita admiración.

—No es el hombre que tú crees, y ese éxito es de mi madre, no suyo. Pero ¡a qué precio!

—¿A qué te refieres?

—Aún no somos lo bastante íntimas como para que te revele esto —zanjó Sally-Anne.

May se incorporó en la bañera, cogió la mano de Sally-Anne, la llevó a sus pechos desnudos y la besó.

—¿Y así ya somos lo bastante íntimas?

Sally-Anne la rechazó delicadamente.

—Con la hermana y el hermano la misma noche sería de bastante mal gusto.

Salió del cuarto de baño, cogió su cazadora y se marchó del *loft*.

Sally-Anne no se había equivocado.

La velada fue deliciosa y cautivadora. La función no defraudó, la obra era sobrecogedora, y los actores, de primera categoría. Lejos de ser un vodevil sobre una relación extramatrimonial, el texto sumía al espectador en una reflexión profunda sobre el peso de los secretos. May se dio por aludida, no pudo evitar encontrar en él un eco de la vida disoluta que llevaba desde hacía varios meses. Pero en su triángulo amoroso, si el amante era Keith, ¿quién de las dos era la mujer traicionada?

Esa reflexión le dio deseos de repente de una apariencia de normalidad, de pasar una velada en compañía de un hombre cuya conversación apreciaba, porque hablaba con refinamiento, porque su atuendo traducía una elegancia que no tenía nada que ver con la vulgaridad de los hombres que frecuentaba ella. Porque en lugar de robarle un cigarrillo como hacían los chicos de su pandilla, le había ofrecido uno de los suyos. Porque, por estúpido que pareciera eso, tenía un mechero bonito. Porque le había gustado su gesto al acercarle la llama, porque le había preguntado dónde quería cenar en lugar de decidirlo por ella. Y, extrañamente, May había elegido el Sailor's Café porque, pese a todo, era a Sally-Anne a quien amaba.

Con su suelo, sus mesas y sus sillas de madera tosca y sus camareros con delantal de ostrero, el Sailor's Café no se parecía en nada a los restaurantes que Édouard solía frecuentar. Se adaptó, para agrado de su invitada. Era demasiado fino para comerse las ostras si no era pinchándolas con el tenedor.

May cogió una concha y la llevó a los labios de Édouard.

—Aspira —dijo sonriendo—. Verás qué buenas están cuando te las tomas con el agua de mar.

—Tengo que reconocer que están mucho más ricas así —dijo Édouard.

—Y ahora prueba este vino blanco, la mezcla de sabores es divina.

—¿Cómo has descubierto este sitio? —quiso saber Édouard.

—No vivo lejos.

—Entonces así es como pasas tus veladas, cuánto te envidio.

—¿Cómo puede un hombre como tú envidiar a una chica como yo?

—Pues por vivir así —dijo recorriendo la sala con la mirada—. Por esta libertad, aquí todo es tan sencillo y tan alegre...

—¿Tú pasas tus veladas en la morgue? —le preguntó May.

—Búrlate lo que quieras, no estás muy alejada de la verdad. Los restaurantes donde ceno yo son siniestros, y la gente que los frecuenta, muy estirada.

—¿Como tú?

Édouard se la quedó mirando.

—Sí, como yo —contestó tranquilamente—. ¿Puedo preguntarte algo?

—Tú pregunta, y luego ya veremos.

—¿Quieres ayudarme a cambiar?

Esta vez le tocó a May observarlo atentamente, primero conmovida y después dubitativa, antes de echarse a reír.

—¡Me tomas el pelo!

—¿Te parezco ridículo?

—Sally-Anne me había avisado, pero eres aún más temible de lo que ella me ha insinuado.

—Mi hermana juzga a la gente de manera muy radical. Te voy a confesar algo, siempre que me prometas que no se lo dirás.

—Escupiría en el suelo para sellar mi promesa, pero no quiero hacerte pasar vergüenza.

—Si nos llevamos tan mal, la culpa es toda mía, la envidio tanto como la admiro. Ella es mucho más valiente que yo, ha sido capaz de liberarse.

—Sally-Anne no tiene solo virtudes.

—Y yo muchos defectos.

—Te has referido a ti mismo cuatro veces en dos frases.

—Ese es uno de los defectos a los que me refería. ¿Entiendes hasta qué punto te necesito?

—¿Y qué podría yo hacer para ayudar a un hombre que parece tan desdichado?

—No puedo ser desdichado porque no tengo ni idea de lo que es la dicha.

Ni siquiera el seductor más pérfido habría sido capaz de inventarse tamaña confesión. La enfermera de servicio que dormitaba en May pudo con su última resistencia. Llevó a Édouard a pasear por los muelles y se besaron al final del espigón.

No, Sally-Anne no se equivocaba cuando le dijo a May: «Los Stanfield son unos impostores, en mi familia todo son mentiras y mera fachada».

16

ROBERT STANFIELD

Marzo de 1944, aeródromo de Hawkinge, Kent

Las estrellas brillaban. La noche ofrecería la claridad necesaria para volar sin instrumentos, y la débil luz de una luna en cuarto creciente no revelaría la carlinga negra del Lysander cuando se sumiera entre las líneas enemigas. Sentado en el asiento trasero de su biplaza, Robert Stanfield comprobó las amarras de su arnés. El motor de estrella carraspeó, y la hélice giró con un rugido que se fue haciendo regular. Un mecánico quitó las cuñas y el aparato llegó a trompicones hasta la pista de tierra.

La base de la Royal Air Force, situada a ocho millas al oeste de Dover, había conocido rotaciones incesantes durante el puente aéreo establecido para asegurar la evacuación de los soldados atrapados en la debacle de Dunkerque en 1940. Desde que la 91.ª escuadrilla la había abandonado por Westhampnett, no servía más que de punto de reabastecimiento de carburante para los aviones que despegaban rumbo a largos trayectos sobre Francia.

El agente especial Stanfield había llegado a Inglaterra dos meses antes, tras una azarosa travesía del Atlántico. Los submarinos alemanes surcaban sus aguas como tiburones de acero dispuestos a torpedear a toda presa que pasara delante de su periscopio.

Desde su llegada a la hermosa Albión, Robert había perfeccionado su francés. Había pasado los últimos dos meses preparando su misión, memorizando la topografía y la geografía de la zona en la que aterrizaría, aprendiéndose los nombres de los pueblos, las expresiones clave que le abrirían todas las puertas, la identidad de aquellos en quienes se podía confiar y aquellos otros en quienes no. En esas ocho semanas sus superiores habían puesto a prueba sus capacidades.

Al atardecer, un oficial fue a buscarlo a su habitación. Robert se llevó su petate, su documentación falsa, un revólver y un mapa de la región de Montauban.

El viaje llevaría al Lysander hasta el límite de su radio de acción. En tres horas de vuelo recorrería los novecientos kilómetros previstos, siempre que la meteorología se mantuviera estable durante el trayecto.

Robert no había sido reclutado para hacer la guerra, sino para prepararla. Las fuerzas aliadas organizaban el desembarco en el mayor de los secretos. Una condición de la victoria residía en el abastecimiento de armas y munición de aquellos que se unirían al combate cuando las tropas aliadas hubieran avanzado tierra adentro. Los ingleses llevaban meses lanzando ese arsenal regularmente en paracaídas, en grandes cajas que la Resistencia se encargaba de recoger y guardar a buen recaudo.

Stanfield era agente de enlace. Su misión consistía en reunirse con un jefe de la Resistencia y obtener de él información sobre la ubicación de esos depósitos de armas con el fin de cartografiarlos. Un mes después de su infiltración, un Lysander lo recogería para llevarlo de vuelta a Inglaterra.

Su destino se había decidido una noche de invierno de 1943, durante una cena de gala en Washington en la que sus padres estaban reunidos con otras familias acomodadas a las que se había solicitado que contribuyeran financieramente al esfuerzo de la guerra. En medio de ese círculo, los Stanfield trataban de causar buena impresión. El demonio del juego, que poseía al padre de Robert desde hacía tiempo, había dilapidado su fortuna. Pero seguían viviendo por encima de sus posibilidades mientras se les acumulaban las deudas. A los veintidós años, Robert era muy consciente del estado real de las finanzas familiares y de los extravíos de su padre, con el que mantenía una relación distante. El joven alimentaba el sueño de ser quien algún día devolviera a la familia el poder y la fortuna que antaño ostentaba.

Entre otros comensales se hallaba un hombre discreto de rostro demacrado, cabello ralo y frágil silueta. Edward Word, conde de Halifax, era el embajador del Reino Unido, y como Churchill y Roosevelt gustaban de comunicarse directamente, su tarea quedaba bastante reducida. Desde el inicio de la cena no había dejado de observar a Robert, incluso durante el discurso que había inaugurado la velada. Todo era suntuoso, la sala, la vajilla, los vestidos de las señoras, las viandas servidas en abundancia, hasta el discurso había sido magnífico, y, sin embargo, Word solo tenía ojos para el joven Stanfield. Había un motivo para la fascinación que Robert ejercía sobre el embajador. Un año antes, este había perdido en la guerra a un hijo de la misma edad.

—No le hablo de una contribución financiera, quiero contribuir personalmente —le murmuró Robert a su vecino de mesa.

—Pues no tiene más que alistarse, es lo que hacen los jóvenes de su edad, si no me equivoco —contestó Word.

—No cuando sus padres son personas tan influyentes. Me declararon no apto por oscuros motivos médicos. Sé perfectamente que detrás de ellos se oculta la voluntad de mi padre.

—Suponiendo que haya tenido ese poder, no lo juzgue por ello, estoy seguro de que solo lo ha hecho por temor a perderlo. ¿Cómo puede un padre soportar ver partir a sus hijos al frente?

—¿Condenarlos a la cobardía no es acaso reservarles un destino más difícil?

—Lo anima el ardor de la juventud, lo cual es loable, pero ¿tiene usted la menor idea de lo que es de verdad la guerra? Yo me he opuesto a ella con todas mis fuerzas, he albergado tantas esperanzas de poder evitarla que hasta fui a entrevistarme con Hitler.

—¿En persona?

—Si es que a ese individuo se le puede considerar persona. Estuve a punto de causar un incidente diplomático mayor cuando, en el porche de la casa a la que fue a recibirme, le entregué mi abrigo confundiéndolo con un mayordomo. —Se rio el conde de Halifax.

Wood era un hombre complejo y ambiguo. Consideraba el racismo y el nacionalismo dos fuerzas naturales que no eran necesariamente amorales. En tiempos gobernador de Su Majestad en la India, había ordenado detener a todos los miembros del Congreso y encarcelado a Gandhi. Puritano, ultraconservador y feroz partidario de Chamberlain, al final sin embargo había rechazado todo compromiso con el Reich y declinado el puesto de primer ministro, considerando a Churchill más competente para dirigir el país en tiempo de guerra.

—Si quiere proseguir esta conversación en privado, venga a verme a mi despacho, veré lo que puedo hacer por usted —le dijo al joven Stanfield al final de la cena.

Unos días más tarde, Robert fue a Washington. El embajador lo recibió y se lo encomendó a uno de sus amigos que trabajaba para el servicio secreto.

La víspera de Navidad, a bordo de un carguero, Robert veía alejarse las luces del puerto de Baltimore.

Una fuerte tormenta se abatió sobre el Lysander cuando sobrevolaba la región del Lemosín. Al piloto le costaba mantener la trayectoria. El ala del aparato no resistiría mucho más a los embates de la tormenta que se había formado en la capa de nubes, pero descender significaba exponerse a otros peligros. Stanfield tenía miedo, aferraba con fuerza las correas del arnés y el estómago se le revolvía con cada turbulencia. Los bordes del ala se resentían y parecían a punto de desprenderse en cualquier momento. Al piloto no le quedaba otra que buscar refugio a baja altitud. El Lysander descendió a mil pies. Llovía con fuerza. El carburante estaba casi a cero. De pronto, el motor carraspeó y se caló. A trescientos metros del suelo, aterrizar planeando exigía decidir en pocos segundos el lugar idóneo para hacerlo. El piloto distinguió un sendero en la linde de un bosque, viró sobre el ala y tiró del timón de profundidad para evitar entrar en pérdida. Las ruedas tocaron la tierra empapada antes de hundirse en ella. La hélice seguía girando y estalló al entrar en contacto con el suelo, la cola se elevó bruscamente y Stanfield se sintió propulsado hacia delante primero y pegado al asiento después, mientras el avión daba una vuelta de campana. La luna de la carlinga estalló en el momento del impacto. El piloto murió en el acto. Con un corte en la cara y equimosis en las partes del cuerpo por donde pasaban las correas del arnés, Stanfield sobrevivió milagrosamente. Pero la poca gasolina que contenía el depósito situado bajo su asiento lo empapaba por completo.

Consiguió salir con dificultad de la carcasa, bajo el diluvio, y se arrastró hasta el sotobosque antes de desmayarse.

Al día siguiente, unos campesinos descubrieron los restos del Lysander. Enterraron el cuerpo del piloto, prendieron fuego al aparato y organizaron una batida para encontrar a su pasajero.

Descubrieron a Robert Stanfield inanimado al pie de un árbol y lo llevaron a una granja, donde recobró el conocimiento. Un médico rural acudió a vendarle las heridas. A la noche siguiente lo condujeron a lugar seguro, un albergue de caza en lo profundo de un bosque que la Resistencia había convertido en depósito de armas. En el subterráneo excavado debajo, conoció Stanfield a los Goldstein. Sam y su hija llevaban seis meses ocultos allí. Hanna tenía dieciséis años, era pelirroja, de tez clara, con unos ojos azules fulminantes, una mirada belicosa y una belleza que quitaba el hipo.

17

GEORGE-HARRISON

Octubre de 2016, Cantones del Este, Quebec

Envolví la cómoda en unas mantas y la cargué en la camioneta, sujetando con correas el travesaño para que no se dañara durante el transporte. Magog es una pequeña y pintoresca ciudad al norte del lago Memphrémagog, donde todo el mundo se conoce. La vida allí es apacible, pautada por el paso de las estaciones del año. El verano trae consigo un torrente de turistas, gracias a los cuales viven los comerciantes el resto del año. El lago, una larga franja de agua, atraviesa al sur la frontera americana. Durante la prohibición, ¡cuántas barcas lo surcaban todas las noches!

Pierre Tremblay es mi cliente más fiel. Es dueño de una tienda de antigüedades especializada en mobiliario rústico. No faltan técnicas para envejecer la madera, y con unos cincelazos bien dados, la ayuda de un soplete, los ácidos y barnices adecuados, una cómoda puede acumular cien años más en un solo día.

Cuando sus clientes le preguntan si tal o cual mueble es antiguo, Pierre responde invariablemente: «Principios de siglo», sin precisar nunca cuál.

Examinó mi cómoda y me dio una palmadita en la espalda obsequiándome con su habitual: «George-Harrison, eres el mejor», sin añadir sin embargo «falsario», cosa que le agradecí. Una vez me sentí incómodo cuando, cenando en el restaurante de Denise, la oí alardear de la autenticidad de la rinconera que adornaba su comedor. Se la había comprado a Pierre, y su autor era yo.

Pierre es un vividor, te jurará, convencido, que sus tejemanejes benefician a todo el mundo, a él, por supuesto, pero también a sus clientes. «Vendo sueños, y los sueños no tienen edad», repite siempre que me muestro reticente a realizar sus encargos. Me conoce de toda la vida. De niño pasaba delante de su tienda al volver del colegio. Creo que le gustaba mi madre, no perdía nunca la ocasión de hacerle algún cumplido por cómo iba vestida o por su peinado, y su mujer le ponía mala cara cuando nos cruzábamos con ellos en el centro. Cuando me hice ebanista, él fue el primero que confió en mí, me ayudó mucho a hacerme un nombre, por lo que le estaré eternamente agradecido.

—¿Por qué tienes tan mala cara? —me preguntó mirándome.

—La culpa la tiene tu cómoda, me ha tenido sin dormir varias noches.

—¡Mentiroso! ¿Te has peleado con la rubia?

—Ya me gustaría a mí, pero estoy en dique seco desde que Mélanie se fue.

—No la eches de menos, tampoco era para tanto. Entonces es el trabajo. ¿Te falta? No ha sido muy buen año. Si lo necesitas, puedo encargarte una mesa y varias sillas, ya conseguiré colocarlas antes de que acabe el invierno. ¡Espera! ¿Y por qué no me haces un par de viejos trineos, pero muy muy antiguos? He encontrado diseños del siglo pasado. Harían furor para Navidad.

Me incliné sobre el libro que Pierre se había apresurado a coger de su escritorio. Los trineos que me enseñaba eran del siglo XIX. Reproducirlos no sería tan fácil como me daba a entender. Me llevé el libro y le prometí que los estudiaría.

—Sabes que te conozco desde que eras un crío. Así que déjate de tonterías y dime qué te pasa.

Me volví desde la puerta. Soy incapaz de mentirle.

—He recibido una carta muy rara, Pierre.

—Por la cara que pones, debía de ser más que rara. Ven, vamos a almorzar, tenemos que hablar tú y yo.

Instalados en el restaurante de Denise, desdoblé la carta y se la di a Pierre para que la leyera.

—¿Quién es este entrometido?

—No tengo ni idea; como puedes ver, la carta no está firmada.

—Pero te ha metido ideas en la cabeza.

—Estoy harto de secretos, quiero saber quién era mi padre.

—Ha tenido tiempo de sobra; si hubiera querido conocerte, ¿no crees que ya lo habría hecho?

—Quizá no sea tan sencillo. He ido a ver a mi madre.

—No te voy a preguntar si está mejor.

—Va y viene en su mundo, no es fácil. Pero me ha confesado algo y no dejo de pensar en ello.

Le relaté a Pierre las palabras de mi madre.

—Y, cuando te dijo eso, ¿sabía lo que decía?

—Creo que sí.

Pierre me miró e inspiró hondo.

—Si mi mujer se entera de que te lo he dicho me mata, pero tengo que confiarte algo que me pesa desde hace tiempo. Cuando tu madre llegó a Magog, estaba embarazada. De ti. No le resultó fácil hacerse un hueco. No era de aquí y, en aquellos tiempos, una mujer con un crío sin padre, digamos que no era algo corriente como ahora. Era guapa, y la gente pensaba que era de las que van de cama en cama, sobre todo las mujeres, que se sentían celosas. Pero ella era una mujer valiente, siempre amable y, poco a poco, supo hacerse querer. En parte gracias a ti. La gente veía que te criaba como es debido. Eras siempre muy educado, no como muchos de los niños de por aquí. Tenías más o menos un año cuando apareció por Magog un tipo alto. Preguntó aquí y allá dónde encontrar a tu madre. No parecía mal tipo, tenía orejas de soplillo. Al final alguien le dio la información que buscaba y fue a vuestra casa. Cuando me enteré, corrí hasta allí para asegurarme de que no tuviera intención de haceros daño. Mi mujer me dijo que me metiera en mis asuntos, pero no la escuché. Cuando llegué, espié un poco por la ventana. Tu madre y él estaban hablando. Todo estaba en calma, así que me quedé un poco antes de marcharme a casa. Él también se fue a la mañana siguiente. Cogió la carretera y nunca más lo volvimos a ver. Un hombre no hace tantos kilómetros para pasar la noche en un sitio y después marcharse deprisa y corriendo. No tiene sentido. A la fuerza tenía que tener un motivo serio para recorrer todo ese camino. En tu casa, quitando algunos muebles que yo le había vendido a tu madre, una vajilla barata y un cuadro malo en la pared, no había gran cosa de valor. No hace falta ser muy listo para saber qué era lo único que sí podía tenerlo: ella y tú. Así que, si te cuento esto es porque siempre me he preguntado si ese hombre no vendría buscándote a ti.

—¿Cómo sabes que venía de lejos?

—Por la matrícula de su coche. Ya no recuerdo el número, lo apunté en mi libro de caja, a lo mejor podría encontrarlo, pero lo que sí recuerdo es que era de Maryland. Me gustaría poder decirte más, pero es todo lo que sé.

—¿Cómo era ese hombre?

—Era un tipo alto, con cara de buena persona. Solo lo vi por la ventana. Quería a tu madre, de eso estoy seguro. Tenía la mirada alterada. En un momento dado quiso subir al piso de arriba y ella se puso delante, bloqueándole la escalera. Yo estaba dispuesto a entrar, por si acaso… Pero era un hombre de buenos modales y bajó a sentarse en el sillón. Desde ese momento ya solo le vi los hombros y los zapatos.

—¿Crees que podrías encontrarme el número de la matrícula?

—Haré lo que pueda, pero eso fue hace treinta y cuatro años… De todos modos, no creo que sirviera de mucho. Pero, bueno, nunca se sabe.

Invité a Pierre a cenar. En el porche del restaurante se disculpó por no haberme hecho antes esa confidencia. Debería habérmelo contado cuando mi madre aún no había perdido el juicio. Le prometí que le devolvería el libro de los trineos en cuanto hubiera copiado los diseños. Era una manera como otra cualquiera de hacerle entender que no le guardaba rencor.

Al volver a mi casa, encontré una carta debajo de la puerta. La caligrafía ya no me era desconocida.

En una hoja de bloc, había escrito lo siguiente:

22 de octubre, 19 h, Sailor's Café, Baltimore.

Faltaba una hora para que fuera el 21 de octubre.

18

ROBERT STANFIELD

Abril de 1944, cerca de Montauban

Robert seguía esperando a que le presentaran al jefe de la red. Cada día, los partisanos se servían de un nuevo pretexto: estaban preparando una misión y la brigada limitaba los desplazamientos, los movimientos de los enemigos prohibían exponerse a riesgos inútiles, el jefe estaba ocupado, otros agentes de enlace requerían su atención…

En Londres había sido testigo de la falta de coordinación entre los servicios franceses y los ingleses. Las directivas de unos solían contradecir las órdenes de los otros. Conseguir comprender quién en el terreno respondía de quién al otro lado del canal equivalía a desenmarañar una madeja inextricable. Y, desde su llegada, su misión se había revelado harto complicada. Una noche lo llevaron bosque a través para enseñarle una caja de ametralladoras Sten; otra noche lo presentaron a unos maquis, tres granjeros que se repartían dos pistolas. Estaban muy lejos de la cifra de armamento que sus superiores daban por sentada, y Robert acababa preguntándose qué pintaba él ahí. Habían transcurrido ya dos semanas y apenas había logrado situar tres pobres cruces en su mapa. Una sola correspondía a un verdadero depósito, sobre el que dormía desde la primera noche, pues las armas estaban enterradas en un túnel excavado en el fondo del sótano del albergue de caza.

Solo la compañía de los Goldstein ponía remedio a su aburrimiento. Sam era un hombre culto y apasionante, pero su hija se obstinaba en no dirigirle la palabra. Tras observarse un tiempo, Robert y Sam se hicieron inseparables, dedicando las tardes a charlar sobre su pasado y sobre lo que les deparaba el porvenir. El padre de Hanna quería ser optimista, no por convicción propia, sino por no desalentar a su hija. Cada noche, Radio Londres transmitía mensajes en código que advertían a la población de la inminencia del desembarco. Pronto volvería la paz, aseguraba.

Robert fue el primero en sincerarse. Le habló a Sam de su familia, de la manera en que se había alistado, en contra de su opinión. De su partida sin una mísera despedida.

Un día, Robert trató de entablar conversación con Hanna; esta leía, sentada en una silla, y no le contestó. Con un gesto discreto, Sam lo invitó a salir a fumar. Robert lo siguió. Se sentaron sobre el tocón de un árbol donde solían reunirse y, a su vez, Sam le contó.

—Hanna no tiene nada contra usted, está encerrada en su silencio. Tengo que explicarle el motivo, no porque se lo deba, sino porque necesito hablar de ello con alguien o me volveré loco. Teníamos documentación falsa. Me había costado una fortuna. En el pueblo nadie sabía que éramos judíos. No éramos más que unos lioneses que habían abandonado su ciudad. Vivíamos de manera discreta, sin aparentar más ni menos que nuestros vecinos. Yo siempre le decía a Hanna que la mejor manera de pasar inadvertido es mostrándose a la vista de todo el mundo. Esto era antes de que unos resistentes desvalijaran una oficina de correos, mientras otros levantaban los raíles de la vía férrea. Un convoy enemigo, escoltado por dos sidecares, pasaba por la carretera no muy lejos del lugar del sabotaje. Los maquis que se escondían en el sotobosque lanzaron granadas y mataron a todos los soldados. Las dos acciones no estaban coordinadas, pero se produjeron el mismo día, y el mando alemán decidió de inmediato tomar sangrientas represalias que llevaron a cabo al día siguiente. Una columna de SS, a la que se habían unido unos milicianos, entró en el pueblo. Detuvieron a todo el que pasaba por allí, abatiendo a algunos a quemarropa y fusilando a otros en el patio del colegio. Mi mujer había ido a buscar huevos a una granja cercana. La ahorcaron, junto a diez personas más, de un poste telegráfico. Hanna y yo estábamos encerrados en casa. Cuando los alemanes se marcharon, los milicianos nos permitieron ir a recuperar los cadáveres. Los muy malvados nos ayudaron incluso a descolgar los cuerpos de la horca. Enterramos a la madre de Hanna. Los resistentes temían otras represalias. Al anochecer vinieron a buscarnos y, desde entonces, vivimos escondidos aquí.

Sam temblaba de pies a cabeza.

—Hábleme de Baltimore —prosiguió encendiendo un cigarrillo—, es una ciudad que no conozco. En la década de 1930 solíamos ir a menudo a Nueva York. A Hanna le fascinaba el Empire State, tenía tres años cuando nos invitaron a su inauguración.

—¡Es increíble! —exclamó Robert—. Yo también acompañé a mis padres el día de la inauguración, tenía justo diez años, podríamos habernos cruzado. ¿A qué iban a Nueva York? ¿Trabaja usted en el sector inmobiliario?

—No, soy marchante de arte; bueno, era. Y entre mi clientela había grandes coleccionistas norteamericanos, neoyorquinos en su mayoría —contestó Sam, orgulloso—. La depresión de 1929 afectó a mis negocios, pero tenía la suerte de proveer a la galería Findlay, así como a los Wildenstein, e incluso a los Perl. En mi último viaje, en el verano de 1937, le vendí un cuadro de Mont al señor Rothschild. Wildenstein actuó de intermediario y conseguí comprarle un Hopper que me costó una fortuna. Me enamoré de ese cuadro nada más verlo. Representa a una muchacha sentada en una silla mirando por la ventana. Se parece tanto a Hanna… Cuando lo adquirí, me juré que nunca lo vendería. Llegado el momento se lo regalaré a mi hija, que a su vez algún día se lo dará a sus hijos.

Siempre se quedará en la familia. Ese Hopper es mi posteridad. Y pensar que estaba tan feliz por traérmelo a Francia... Qué estúpido, si hubiera imaginado el futuro que nos esperaba, nos habríamos quedado en Nueva York.

—De modo que era un rico marchante.

—Como usted bien dice, lo era.

—¿Qué ha sido de esos cuadros? ¿Aún eran suyos cuando empezó la guerra?

—Hablaremos de eso otro día, a Hanna no le gusta quedarse sola tanto tiempo.

Pasaron las semanas. Robert acabó por hacerse un hueco en la brigada. A veces atravesaba la campiña en bicicleta para entregar un mensaje. Una noche en que un maquis no dio señales de vida, se subió al volante de un camión y aseguró el transporte de dos cajas de granadas. Otra noche se unió a un grupo que debía iluminar una pista de aterrizaje improvisada. Dos aviones trajeron a un inglés y a un americano. Estrecharle la mano a un compatriota lo llenó de nostalgia, sobre todo porque apenas pudieron intercambiar unas pocas palabras. A su compatriota se lo llevaron rápidamente unos hombres a los que Robert nunca había visto y jamás supo nada de la misión que le había sido confiada.

Pero, fuera de estas acciones, se pasaba la mayor parte del tiempo dando paseos alrededor del pabellón de caza. Todas las noches se sentaba un rato en el tocón del árbol, donde Sam se reunía con él. El marchante de arte le ofrecía un cigarrillo y le preguntaba por las operaciones en las que había participado. Sam se sentía en deuda con ese joven americano que se había comprometido, tan lejos de su casa, en una lucha que le era ajena.

Se hicieron amigos. Robert encontraba en Sam la escucha que su padre siempre le había negado.

—¿Lo espera alguien en Baltimore? —le preguntó un día Sam.

Robert captó el sobreentendido.

—¡Vamos, seguro que tiene éxito con las mujeres!

—No soy ningún mujeriego, Sam. Nunca he sido un gran seductor y tampoco he conocido a tantas chicas.

—Hablemos de la que ocupa ahora su corazón, ¿tiene una foto?

Robert se sacó la cartera del bolsillo. Un carné de identidad cayó a sus pies. Sam lo recogió.

—Robert Marchand, ¡nada menos! Pues con su acento le aconsejo que nunca enseñe este documento en un control, y si no tiene más remedio, hágales creer que es sordomudo.

—¿Tan malo es mi acento?

—Peor. Bueno, qué, ¿me va a enseñar la foto?

Robert recuperó su carné y le alargó una foto.

—Es bien guapa, ¿cómo se llama?

—No tengo ni idea. La encontré en el suelo en una crujía del barco durante la travesía y me la guardé en la cartera. No sé por qué lo hice. Me gustaba imaginar que en casa me esperaba una mujer. El típico lugar común, ¿verdad?

Sam observó el rostro sonriente de la fotografía.

—¿Y qué me dice de Lucy Tolliver, veintidós años, enfermera voluntaria en el ejército, hija única, de padre electricista y madre ama de casa?

—Pues que, en cuestión de lugares comunes, me gana usted.

—No se apegue a este rostro, no es anodino. Ningún engaño lo es, y menos aún las mentiras que nos contamos a nosotros mismos. Cuando era pequeño, para vengarme de mis padres, a los que consideraba demasiado severos, me inventé un amigo íntimo. Naturalmente, en su familia todo le estaba permitido. Podía hablar en la mesa, leer en la cama hasta las tantas, y hasta hacer los deberes cuando le daba la gana. Lo hice católico para darle aún más rabia a mi madre y, por supuesto, no le imponía las limitaciones del *sabbat*. Vamos, que Max tenía derecho a todo lo que a mí me estaba prohibido. Y, con la fuerza que le daban esas libertades, destacaba en todo. Yo no veía más razón para mis fracasos que el autoritarismo familiar. Mi madre descubrió el engaño bastante pronto, pero me dejó enredarme en mi mentira. Y, durante todo un curso escolar, el amigo imaginario fue tomando vida. Mi madre me preguntaba por él regularmente. Un día que le atribuí unas anginas de tomo y lomo, me metió unos caramelos de miel en la cartera. A veces me doblaba la ración de merienda para que la compartiera con Max. Otra vez, ya no recuerdo de qué me quejaba, pero de nuevo le estaba explicando lo maravilloso que era todo en casa de los padres de Max, y mi madre me obligó a invitarlo a almorzar. Llevaba tanto tiempo oyendo hablar de él que era natural que quisiera conocer al mejor amigo de su hijo, al genial Max.

—Y ¿qué hizo usted?

—Pues a Max lo atropelló un tranvía.

—Es, cuando menos, radical —dijo Robert con un silbido.

—No le falta razón, pero no sabía qué inventarme para salir del mal paso. Y lo más ridículo de todo es que ese día perdí de verdad a un amigo, y tardé meses en superar el duelo de esa pérdida. Durante meses sentí un vacío inmenso. Aún hoy pienso en él de vez en cuando. Uno no se libra nunca del todo de una mentira cuando acaba creyéndosela. Pero ya es tarde, proseguiremos esta conversación mañana.

—Sam, mañana no estaré aquí, me marcho a una misión, y esta vez me parece que por fin es algo serio.

—¿De qué se trata?

—No estoy autorizado a decirlo pero, si no volviera, me gustaría pedirle un favor.

—No, no me va a pedir ningún favor y volverá usted sano y salvo.

—Por favor, Sam, si me ocurriera algo, para mí es muy importante que me entierren en mi país.

—¿Y qué podría hacer yo para asegurarle lo que me pide? —protestó el marchante de arte.

—Cuando se restablezca la paz, estoy seguro de que encontrará la manera.

—¿Y si yo nunca llegara a ver esa paz?

—Entonces quedaría libre de su promesa.

—No he hecho ninguna.

—Sí que la ha hecho, se lo veo en la mirada.

—Espere un momento, ¿se cree que no voy a obtener nada a cambio? ¡Se ve que nunca ha tratado con Sam Goldstein, muchacho! Hagamos un trato: si me ocurriera a mí alguna desgracia, se llevará a Hanna consigo a Baltimore. Y no me diga que soy demasiado duro negociando, porque esto es muy ventajoso para usted. ¡Embarcarse en compañía de mi hija es mucho más agradable que para mí hacerlo con su ataúd!

Los dos hombres sellaron el pacto con un franco apretón de manos.

Robert volvió sano y salvo de su misión. Pasó el mes de mayo de 1944, y ningún Lysander vino a recogerlo.

A primeros de junio, las acciones se intensificaron. Abandonado a sí mismo, Robert se comprometió aún más con los resistentes.

Una vez anunciado el desembarco, los maquis salieron de sus escondites. Por todas partes surgían hombres armados dispuestos a enfrentarse al enemigo. Pero el sur estaba lejos de las costas normandas y el avance de los Aliados no terminaba de traer la paz que Sam tanto deseaba. Los alemanes estaban al acecho, la represión se intensificaba. Los milicianos más fanáticos seguían creyendo en su orden establecido y duplicaban sus esfuerzos para perseguir a los resistentes.

Una noche una de sus patrullas estuvo a punto de descubrir el pabellón de caza. Sam y Hanna se escondieron en el sótano, mientras que los partisanos se apostaban en las ventanas blandiendo sus armas.

145

Sam le suplicó a Robert que lo ayudara y lo arrastró al sótano. Apiladas contra la pared, una veintena de cajas de madera ocultaba la entrada del subterráneo que albergaba las armas y la munición. Robert ayudó a Sam a desplazarlas. Cuando el hueco fue lo bastante grande, el marchante cogió a su hija de la mano y la obligó a meterse dentro. El túnel tenía unos diez metros de profundidad, lo suficiente para que Hanna pudiera ponerse a salvo.

—Sola no, no me esconderé ahí abajo sin ti —le suplicó.

—Haz lo que te digo, Hanna, y no protestes. Sabes cuál es tu responsabilidad.

Sam besó a su hija y se puso a devolver las cajas a su lugar. Era la primera vez que Robert oía la voz de Hanna y estaba mudo por la sorpresa.

—Bueno, ¿piensa quedarse ahí como un pasmarote, o va a echarme una mano?

—Métase en el túnel con su hija, yo cerraré la entrada.

—De ninguna manera, esta vez no, llevo demasiado tiempo viviendo como un animal asustado. Si los que nos han salvado la vida van a luchar, yo lucharé con ellos.

Nada más colocar las cajas en su sitio, Sam y Robert subieron al salón. Cada cual se apostó en una ventana, ametralladora en mano.

—¿Sabe manejarla? —le preguntó Robert.

—No soy tonto perdido, supongo que habrá que apretar el gatillo.

—Si la sujeta del cargador, errará el tiro y ametrallará el techo —intervino un resistente desde la ventana de al lado—. Sujétela fuerte, con nada se le puede disparar una ráfaga.

Los milicianos rondaban por el bosque, al acecho. Se los oía avanzar entre la vegetación. Los maquis contenían la respiración, decididos a abrir fuego, pero el enemigo dio media vuelta antes de llegar a lo alto del sendero.

Una vez pasada la alerta, los dos hombres fueron a liberar a Hanna de su escondite. Nada más salir, se encerró en su habitación.

Sam le pidió a su amigo americano que se quedara en el sótano con él.

Se adentraron juntos en la oscuridad del túnel, Sam se sacó un mechero del bolsillo y lo encendió.

—Al ver cavar a los maquis, se me ocurrió una idea —susurró Sam—. Ellos han escondido sus cajas con armas al fondo, pero ahí, detrás de ese madero —dijo pasando la mano por una de las vigas que sostenían el techo abovedado—, tengo yo mi propio escondite.

Apartó un poco el madero, lo suficiente para desvelar un agujero excavado bien hondo en la pared. Dentro, un tubo de metal brillaba a la luz de la llama del mechero.

—Los tengo a buen recaudo, enrollados dentro de este cilindro. Ocurra lo que ocurra, los nazis no deben hacerse con ellos bajo ningún concepto.

Intrigado, Robert observó a Sam volver a poner el madero en su sitio.

—Manet, Cézanne, Delacroix, Fragonard, Renoir, Ingres, Degas, Corot, Rembrandt y, sobre todo, mi Hopper, los diez cuadros más bellos de mi colección, el fruto de toda una vida de trabajo, obras maestras inestimables y que me permitirán, espero, asegurarle un futuro a Hanna.

—¿Lo saben los maquis?

—No, pero usted ahora sí. No olvide nuestro pacto.

19

ELEANOR-RIGBY

Octubre de 2016, camino de Baltimore

El avión sobrevolaba Escocia. Veía por la ventanilla la costa lamida por el océano, hasta que desapareció bajo el ala del aparato. Desde el despegue, tenía en el regazo el sobre de cuero y lo apretaba como si se hubiera tratado de una valiosa reliquia. El cuero estaba resquebrajado y la hebilla de cierre, descosida. Lo había observado tanto que tuve que rendirme a la evidencia: temía leer la carta que contenía. Pensaba en Michel, en lo que debía de haberle costado adjuntarle una notita y meterme ese sobre en el bolsillo del abrigo sin decirme nada. Y la idea de que hubiera podido faltar a su impecable rectitud me llevó a pensar que quizá estuviera mejor de su dolencia. Tiene narices pensar que tu hermano se aproxima más a la normalidad porque ahora ya es capaz de andarse con tapujos o mentiras.

El sobre estaba impregnado del perfume de mi madre, ¿cuánto tiempo lo habría llevado encima? Cerré los ojos y la imaginé abriéndolo y descubriendo, como yo, las palabras que había escritas.

* * *

Querida mía:

*Antes de nada, tienes que saber que esta será mi última carta.
No creas que he perdido el gusto o las ganas de escribirte, esta cita
anual ha sido para mí un momento de evasión en una soledad que
no habrá tenido más parangón que la que tú misma has vivido.*

*¿Puede un instante de extravío, por dramático que fuera, arruinar
dos vidas hasta este punto? ¿Crees que semejante fatalidad pueda
transmitirse de una generación a otra, como una maldición?*

*Estarás pensando que desvarío y no te falta razón. Estoy perdiendo
la cabeza, querida. El veredicto lo recibí ayer en el despacho
de un médico que examinaba el escáner de mi cerebro con aire
compasivo, eludiendo mi mirada. El muy imbécil no sabe decirme
durante cuánto tiempo seré capaz aún de recordar quién soy. Lo
más grotesco de todo es que ni siquiera me moriré de esta enfermedad,
solo voy a perder la memoria, y no alcanzo a saber si esto es
una tragedia o una bendición. Me hago la valiente, como siempre,
pero estoy muerta de miedo. Me ocurra lo que me ocurra, quiero
que de mí conserves el recuerdo de aquella a la que conociste, y no
de una vieja loca que te escribía tonterías. Por eso tienes ahora
entre las manos las últimas palabras que te escribo.*

*Pero, antes de que mi memoria se desvanezca, me vuelven a la
mente tantos recuerdos… Nuestros viajes en tu moto, nuestras
noches locas, nuestro periódico y ese* loft *en el que viví los momentos
más hermosos de mi juventud. Dios sabe cuánto te he querido. Eres
la única a la que he querido toda mi vida. Quizá, si hubiéramos
compartido nuestra vida, habría acabado por odiarte, como les
ocurre a tantas parejas a las que el tiempo pasa factura. Al menos
eso tuvo de bueno la suerte que corrimos.*

*Tú elegiste romper con tu pasado, y yo siempre he respetado
tu decisión. Pero tú también te irás algún día. Y pienso en lo que
robamos. Te lo suplico, no dejes que ese valioso tesoro caiga en el
olvido. Por mucho que te cueste, devuélvelo a la luz, transmíteselo*

a quien por derecho le corresponde, sabes que Sam habría querido que así fuera.

Ya es hora de perdonar a los muertos, amor mío. Albergar rencor no sirve de nada. La venganza nos habrá salido muy cara.

Mañana ingresaré en una residencia de la que ya no saldré. Habría podido disfrutar un poco más todavía de mi libertad, pero no quiero arruinarle la vida a mi hijo. Y, para que no se sienta culpable, voy a fingir estar más loca de lo que de verdad estoy. Es bien poco sacrificio comparado con el que le he impuesto yo.

Hemos causado tanto sufrimiento... Nunca habría imaginado que el amor pudiera ser tan cruel. Y, sin embargo, te quiero y siempre te he querido.

Piensa en mí de vez en cuando, no en la que firma esta carta, sino en la joven con la que compartías tus sueños. Pues soñamos y rozamos con los dedos lo imposible.

La independiente y tu cómplice más fiel,
May

La releí. Aparecían ante mis ojos las primeras piezas de un extraño puzle. Era, pues, cierto que mi madre había participado en la fundación de un semanario, pero no en Inglaterra.

¿Quién era esa mujer que le escribía y que la llamaba «amor mío»? ¿Por qué mamá nunca aludió siquiera a su existencia? ¿Qué soledad era esa que la había hecho sufrir y por qué habría arruinado mamá su vida? ¿Cuál era ese tesoro que mencionaba, quién era Sam, de qué sufrimiento hablaba, qué era aquello tan dramático y esa venganza a los que se refería? ¿A qué muertos había que perdonar y, sobre todo, perdonarles qué?

Dondequiera que estuviera ahora esa desconocida, me prometí encontrarla, esperando egoístamente que su enfermedad no hubiera progresado demasiado desde... Volví el sobre con gesto febril y me juré que desde ese momento me fijaría en los sellos. Era idéntico al de la carta anónima. Por un instante tuve la esperanza de que fuera ella la autora, en el anonimato de su locura, pero la letra era distinta.

El matasellos tenía fecha de hacía tres años. Si desde entonces su memoria había mermado, la de su hijo en cambio seguiría intacta, y, de hecho, ¿qué sacrificio le había impuesto? ¿Acaso lo había mantenido, como a mí, al margen del pasado de su madre? ¿Cómo sería ese hijo? ¿Qué edad tenía?

Consulté mi reloj, impaciente por que el avión aterrizara en Baltimore, pero aún quedaban seis horas de vuelo.

El agente de inmigración me preguntó por el motivo de mi estancia. Le enseñé mi carné de prensa y le expliqué que estaba allí para dedicarle un reportaje a su ciudad en la prestigiosa revista para la que trabajaba. Oriundo de Charleston, el agente, que ostentaba su cargo desde hacía dos años, no pensaba que Baltimore fuera nada del otro mundo. Pese a todo, me puso el sello en el pasaporte y me deseó buena suerte.

Una hora más tarde dejé mi maleta en un hotelito barato a dos manzanas del Sailor's Café. Era demasiado tarde en Croydon para llamar a mi hermano, pero urgía que me hiciera con las otras cartas de las que me había hablado, en ellas quizá encontrara algunas respuestas a la multitud de preguntas que me habían impedido pegar ojo durante todo el vuelo. Mientras tanto, decidí ir a dar un paseo por el puerto.

Al pasar delante del Sailor's Café, observé la sala pegando la nariz a la cristalera. Mi cita allí era al día siguiente, pero me sentía como una espía que hubiera ido a estudiar el lugar antes de pasar a la acción.

El local tenía un aire como pasado de moda. Suelo y mesas de madera, fotografías antiguas enmarcadas en una de las paredes y una gran pizarra sobre la barra que separaba la sala de la cocina en la que podía leerse el menú: ostras y crustáceos con la salsa del día.

La clientela era más moderna, jóvenes urbanitas reunidos la mayoría en grandes grupos animados. Decidí entrar, apenas había comido nada desde que salí de Londres y mi estómago protestaba. La encargada me instaló en una mesa contra la pared.

En todos los países en los que he estado me he fijado en que en los restaurantes no gusta la gente que cena sola. Eso explicaba que me hubiera instalado de cara a la pared… Levanté la cabeza para observar las fotos, testigo de otro tiempo. En ellas aparecía gente de mi edad brindando una noche de fiesta, todos achispados y alegres, disfrutando de una libertad que les envidiaba. Y, por puros celos, decidí encontrarlos ridículos con esa ropa pasada de moda. Los pantalones acampanados hacían a los hombres unas siluetas grotescas y los peinados de las chicas también clamaban al cielo. Sea como fuere, en su época la moderación no estaba de moda, cada uno sostenía una copa en la mano y un cigarrillo en la otra, y por su expresión de alegría suma, deducía que no era tabaco solo lo que fumaban. Mi mirada se paseaba de marco en marco y se detuvo de pronto en una fotografía. Me levanté para observarla de cerca. Salían dos mujeres besándose. El rostro de una de ellas me era desconocido, pero el de la otra me resultaba familiar.

Se me aceleró el corazón, hasta entonces nunca había visto los rasgos de mi madre a los treinta años.

20

SALLY-ANNE

Septiembre de 1980, Baltimore

La fiesta estaba en pleno apogeo. Sally-Anne recorría el Sailor's Café con un mágnum en la mano, rellenando las copas que se alzaban a su paso. May le guiñó un ojo desde la barra, le lanzó un beso con la mano y cruzó la sala para reunirse con ella.

—Frena un poco con el champán o esta fiesta nos va a costar una fortuna —le aconsejó May.

—El banco nos ha concedido el préstamo, podemos permitirnos divertirnos esta noche.

Habían registrado los estatutos del semanario y obtenido del dueño del *loft* que les pusiera el alquiler a nombre de su nueva empresa. Habían contratado a un buen equipo y lo habían reunido para celebrar el nacimiento del semanario *The Independent*. Joan, la maquetadora, había diseñado unos tipos de letra que les habían entusiasmado. El Caslon itálico le daría una connotación internacional al titular. El primer número saldría dentro de un mes, a May le sobraba tiempo para actualizar el reportaje que su antiguo jefe no se había dignado publicar.

Sally-Anne tenía otro escándalo en mente, la historia de una estafa gracias a la cual una familia de notables había vuelto a levantar su fortuna nada más terminar la guerra. Llevándose la copa a los labios, saboreó una venganza que llevaba urdiendo desde los doce años.

Al terminar la fiesta, estaban demasiado borrachas para volver en moto al *loft*. Keith se ofreció a llevarlas.

Dos días después, el personal al completo se presentó en el *loft* a las ocho de la mañana. Primera sesión del comité de redacción. Cada cual se sentó ante su escritorio y, antes de marcharse al taller, Keith contempló el trabajo realizado.

Cada uno proponía ideas que May apuntaba en una gran pizarra a la vista de todos.

Por la ciudad corría un rumor según el cual unos funcionarios habían cobrado sobornos para atribuir un contrato a una empresa de obras públicas de un estado vecino. Sally-Anne no quería contentarse con un rumor. Antes de publicar nada, había que conseguir pruebas. *The Independent* no sería una gacetilla de escándalos, sino un periódico de ética irreprochable.

Otro colaborador propuso escribir un artículo sobre la falta de equidad de los presupuestos de educación. Los de los centros de los barrios más desfavorecidos disminuían año tras año, mientras que los de los barrios con población blanca aumentaban.

—Eso no es una verdadera primicia —opinó Sally-Anne—. Lo sabe todo el mundo, y a los que pueden votar les trae sin cuidado.

—Sí, pero no a quienes sufren esas disminuciones —replicó May—. El alcalde basará su próxima campaña en la seguridad de sus ciudadanos, promete poner fin a la violencia que gangrena la ciudad, pero es el primero en crear auténticos guetos.

—Entonces abordemos mejor la cuestión desde ese ángulo, denunciemos la incoherencia de su política y sus consecuencias.

El tema pasó a formar parte del índice del primer número. La reunión acabó poco antes de mediodía, y aún quedaba mucho que hacer para llenar las páginas del periódico. Sally-Anne se subió a su moto para ir al banco. Al concluir la semana tendrían salarios que pagar.

El empleado de la ventanilla comprobó el casillero de talonarios, pero no encontró ninguno a nombre de *The Independent*. Sally-Anne solicitó ver al director, pero el empleado le contestó que estaba en una reunión. Haciendo caso omiso de sus protestas, se aventuró por la sucursal y entró sin llamar en el despacho del señor Clark.

El marido de Rhonda había perdido su aire bonachón; con expresión abatida le anunció que había un problema.

—¿Qué clase de problema? —quiso saber Sally-Anne.

—Lo siento mucho, señorita. Créame que he hecho cuanto estaba en mi poder, pero el comité ha decidido rechazar su solicitud de préstamo.

—¡Estamos hablando del dinero que me había prometido!

—Las decisiones no las tomo solo yo. Tenemos administradores y...

—Míreme a la cara y dígame que mi familia no tiene intereses en su banco, pues le juro que, si es así, van a perder clientes de envergadura.

El señor Clark le indicó con un gesto a Sally-Anne que cerrara la puerta y la invitó a acomodarse en una silla frente a él.

—Cuento con su discreción, pues me arriesgo a perder el puesto. Y si mi esposa no se hubiera involucrado tanto en su proyecto, no tendría más opción que callarme. Pero, de todas formas, mi mujer se enterará de que no les han concedido el préstamo, y si quiero poder volver a mi casa a cenar, tendré que explicarle por qué. Ella se lo contará a usted, así que para eso mejor se lo cuento yo mismo. Los miembros de nuestro comité no están dispuestos a enemistarse con su madre.

Sally-Anne se incorporó en la silla abriendo unos ojos como platos.

—¿No estará insinuando que ha intervenido para que no consiga los fondos que necesito para lanzar mi periódico? ¿Y quién le ha informado del proyecto?

—Yo no, se lo aseguro, pero puede que fuera el mismo administrador que influyó en los demás en la reunión del comité para que su petición fuera denegada.

—¿Y qué hay del secreto bancario? ¡No hay ética ninguna en este cochino banco!

—No levante la voz, se lo ruego. Créame que lo siento. Pero, señorita, conoce usted a su madre mejor que yo. Ni usted ni yo damos la talla para enfrentarnos a ella.

—Usted quizá no, pero le juro que yo no he dicho mi última palabra.

Sally-Anne se levantó y salió del despacho sin una palabra de despedida para el señor Clark.

Cuando llegó a la calle corrió hacia su Triumph. Tuvo una arcada, esperó a que se le pasara, se subió a la moto y arrancó a todo gas.

Quince minutos después dejó la moto en el aparcamiento del club de golf, recorrió el pasillo a grandes zancadas e irrumpió en el comedor.

Hanna Stanfield estaba almorzando en compañía de dos amigas. Sally-Anne avanzó hacia la mesa y fulminó a su madre con la mirada.

—Puedes decirles a estas dos cotorras que se vayan a cotorrear a otra parte, tenemos que hablar y no puede esperar.

Hanna Stanfield suspiró con aire afligido.

—Os ruego que disculpéis a mi hija. Aún no ha superado la adolescencia y la grosería es una de sus armas de rebelión.

Las dos señoras se levantaron y se despidieron de Hanna, indolentes y cómplices. La ironía era preferible al escándalo.

El *maître*, que se había apresurado siguiendo a Sally-Anne, las condujo a una mesa vecina, molesto por esa situación que había atraído sobre ellas todas las miradas.

—Bueno, pues siéntate entonces —le ordenó Hanna—. Pero te invito a que cambies de tono si no quieres que me vaya ahora mismo.

—¡Cómo has podido hacerme algo así! ¿Es que no te bastaba con mi exilio?

—¡Qué grandilocuente te pones siempre! Te ofrecimos una educación, ¿y tú qué hiciste de ella? Ahora que lo mencionas, creía que habíamos convenido a tu regreso que cada una viviría en paz sin altercados. Era la condición para que tu padre y yo te ayudáramos. Si la infringes, no te quejes por sufrir las consecuencias.

—¿En qué me habéis ayudado? ¿Manteniéndome hábilmente apartada de la familia?

—¿Porque crees haber conseguido ese puesto en *The Sun* por tu cara bonita? Volviste de Londres sin un mísero diploma. La señorita se pasó ocho años divirtiéndose y disfrutando de su juventud a costa de sus padres. ¿Y qué has logrado desde entonces, aparte de ir de fiesta en fiesta o de recorrerte la ciudad con tu preciosa motocicleta vestida como una cualquiera? Por no hablar de lo que me cuentan sobre tus amistades. Si al menos fueras un poco discreta… Tu hermano me ha dicho que tuviste el descaro de traerla aquí, ¡al club!

—¡Si quieres hablar de su última conquista, se llama May!

—¿Su conquista o la tuya? Y, para tu información, que sepas que estoy encantada de que te la robara. Reconoce que si te hubiera pedido que pusieras fin a esa relación indecente no habrías movido un dedo, como siempre.

—No te creo, no me digas que Édouard actuaba a tus órdenes, no puede ser tan…

—¿Responsable, contrariamente a su hermana? ¿Es que nuestra reputación debería sufrir indefinidamente tus ultrajes? Ahora resulta que quieres mezclarnos con la prensa amarilla de la peor especie… ¡estás loca!

—Y tú te crees que las personas son marionetas cuyos hilos puedes manejar a tu antojo.

—La gente hace lo que quiere.

—¿Queda en ti algo de la mujer que eras a mi edad o ya no eres más que amargura y rencor?

—A tu edad yo era una superviviente, había restaurado la gloria de mi padre y su herencia. ¿Y tú, qué has hecho de la tuya? ¿Qué has logrado tú para concederte el derecho a juzgarme? ¿Has hecho una sola vez el bien a tu alrededor? Tú no has sembrado más que tristeza y desolación.

—Te equivocas, amo y soy amada por lo que soy y no por lo que represento.

—¿A quién amas? ¿A un marido? ¿A unos hijos a los que hayas criado? ¿A una familia que hayas fundado? ¿A quién amas tú aparte de a ti misma? Decididamente, careces por completo de moral.

—Por favor, no vengas a hablarme de moral cuando tu vida entera se asienta en una mentira. ¿Cómo te atreves a mencionar a mi abuelo? Soy la única de su sangre que no ha traicionado su memoria.

Hanna estalló en una carcajada.

—Estás muy lejos de la verdad. No eres como nosotros, Sally-Anne, nunca lo has querido y nunca lo has sido. No soy tu enemiga, al menos mientras tú no lo seas. Pero no esperes de mí que te deje destruir lo que me ha llevado toda una vida construir.

Hanna abrió su bolso y sacó un bolígrafo y su talonario.

—Ya que es dinero lo que quieres, es inútil que se lo pidas a un banco —dijo rellenando el talón.

Lo arrancó del talonario y se lo alargó a su hija.

—Ni se te ocurra gastártelo en ese odioso periódico, sería inútil, no llegará a ver el día. Sé lo que tenías en mente, pero por una vez no seas tan egoísta. Si te obcecas, no perjudicarás a los notables de la ciudad, sino a nuestra clientela. Querías veinticinco mil dólares, aquí tienes la mitad, con esto te basta y te sobra. Y, ahora, déjanos en paz. Deberías abandonar el país, sería una idea fantástica. Vete a ver mundo, un largo viaje te abrirá los ojos y te vendrá muy bien.

Puedes incluso volver a Londres si quieres, pero no vengas a interferir en nuestros negocios. Tu padre y yo preparamos una venta importante que tendrá lugar dentro de dos meses, los beneficios servirán para financiar su campaña. Por si no lo sabías, ya que te interesa tan poco nuestra vida, los amigos de tu padre lo animan a presentarse a gobernador del estado. Cuento con tu discreción hasta que lo haga público, y no quiero que nos causes problemas hasta entonces, espero haber sido clara.

Sally-Anne cogió el cheque y se lo guardó en el bolsillo de la cazadora.

—Y, por el amor de Dios, empieza por comprarte ropa decente.

Sally-Anne apartó su silla y se levantó.

—¿Qué pensaría mi abuelo si te viera hoy? Vuelvo a preguntártelo: ¿qué queda en ti de la joven que eras a mi edad? Dime que algún día despertará, que no se puede vivir toda una vida en la mentira.

21

GEORGE-HARRISON

Octubre de 2016, Baltimore

Me pasé la noche conduciendo bajo el aguacero y llegué agotado a Baltimore. Me instalé en un hotel cerca del puerto. Desde la ventana de mi habitación miraba a un callejón pensando inquieto en lo que me revelaría la persona con la que me había citado esa noche. Aproveché la mañana para dormir.

A primera hora de la tarde, recorrí las calles de la ciudad. Me habría gustado poder comentar con alguien mis recuerdos. Todavía añoraba a Mélanie de vez en cuando, como en ese momento, y pensé en ella demasiado… hasta que volví al hotel.

En la recepción, una joven estaba pidiéndole la llave a la empleada del hotel y su voz ronca atrajo mi atención. Su acento inglés tenía su encanto. Mientras esperaba a que me atendieran a mí, me entregué a un jueguecito de suposiciones que me encanta. Era extranjera, ¿qué la traía a Baltimore? La ciudad no es un destino turístico, y menos aún en octubre. Debía de estar allí por motivos profesionales. ¿Habría venido a un congreso? El centro de convenciones no estaba lejos, pero, de ser así, se habría alojado en uno de esos hoteles de negocios. ¿Vendría a visitar a su familia?

—Es normal que le dé ocupado —le explicó la recepcionista—. Hay que marcar primero el 9 y luego 011 para poder contactar con el extranjero.

Viajaba sola, y probablemente quería llamar a su marido, o más bien a su novio, pues no llevaba alianza. Preguntó cuánto costaba ir en taxi a la universidad Johns Hopkins. ¡Bingo! Debía de ser profesora, supuse que de literatura inglesa, y se alojaba en ese hotel mientras esperaba a que se liberase el apartamento que iba con el puesto.

De pronto se volvió y me miró fijamente.

—Lo siento, enseguida termino.

—No se preocupe, no tengo ninguna prisa —le contesté yo.

—¿Y por eso me observa? Por si no se había dado cuenta, hay un espejo detrás de la recepción, y no es usted invisible.

—Lo siento. No me lo tenga en cuenta, es una vieja manía, me divierte adivinar a qué se dedica la gente.

—¿Y a qué me dedico yo?

—Es usted profesora de literatura inglesa y acaba de conseguir un puesto en la universidad de Baltimore.

—Pues se equivoca usted en todo. Eleanor-Rigby, reportera de la revista *National Geographic* —anunció alargándome la mano para que se la estrechara.

—George-Harrison.

—¡Muy gracioso! Al menos tiene don de réplica.

—No entiendo.

—Eleanor-Rigby… George-Harrison…, ¿sigue sin entenderlo?

—Sí, bueno, al menos no veo qué tiene de gracioso.

—¡Soy el título de una canción de los Beatles y usted, el guitarrista del grupo!

—No conozco esa canción, nunca me han gustado mucho los Beatles, y a mi madre tampoco, de hecho, a ella le encantaban los Rolling Stones.

—Pues qué suerte. Bueno, ha sido un placer conocer a un George-Harrison, a mi madre le habría dado un síncope, pero el deber me llama.

Dicho esto, se marchó.

Recogí mi llave, ante la mirada divertida de la recepcionista, que no había perdido ripio de nuestra conversación, y subí a mi habitación de buen humor, algo que no me ocurría desde hacía bastante tiempo.

ELEANOR-RIGBY

Yo también podía jugar a su jueguecito, tenía que matar un cuarto de hora en taxi.

¿Qué lo traía a Baltimore? Con sus vaqueros, sus viejas botas de cuero y ese jersey que le quedaba grande no tenía el aspecto de un hombre de negocios, y nuestro hotel no parecía atraer a esa clase de clientela. Un músico tal vez. Aunque, llamándose George-Harrison... Se habría cambiado el nombre. Figúrate un pintor contemporáneo que se llamara Rembrandt... A no ser que de verdad me hubiera tomado el pelo. Al menos habría demostrado tener sentido del humor. ¿Pintor? ¿Qué pintor vendría a exponer sus cuadros a Baltimore? Y, además, en su ropa no había ni el menor rastro de pintura. No parecía lo bastante atormentado para ser cineasta. ¿Por qué este empeño por mi parte en que fuera artista?

Si fuera periodista, habría dado un respingo al presentarme yo. Reportera, reconozco que he exagerado un poco. Sí, pero tenía ganas de impresionarlo. O si no, simplemente ha venido a visitar a su madre, ya que la ha mencionado. Lo que seguía sin decirme a qué se dedicaba. ¿Qué necesidad tenía yo de desentrañar el misterio? Pues para darme el gusto de dejarlo a cuadros si volvía a cruzármelo en el vestíbulo del hotel. Vale, pero ¿por qué querría yo dejarlo a cuadros? Pues ¡porque sí, y punto!

Pasé por la secretaría general de la facultad para recoger documentación, hice algunas fotos para ilustrar mi artículo y, como la luz seguía siendo bonita, fui al centro a hacer otras fotos. Más me valía adelantar el trabajo que debía entregar para justificar el viaje.

Cuando volví al hotel me sentía nerviosa. ¿Cómo reconocería a la persona con la que tenía cita? Suponiendo que fuera de verdad una cita y no una nueva etapa de un juego de pistas al que había querido prestarme que descubriera. Estaba cansada de hacerme preguntas, y más aún de oír una vocecita en mi fuero interno que me decía que tenía miedo.

Decidí ir al Sailor's Café con un poco de antelación. Así podría sorprender a aquel o aquella que entrara en el local a la hora convenida.

Al entrar, le anuncié a la encargada en tono digno que seríamos dos para cenar.

—¿Tienen reserva?

Reprimo una sonrisa cada vez que me preguntan si tengo reserva cuando la mitad de la sala está vacía.

—Que yo sepa, no —contesté con prudencia.

—¿Su nombre?

—Eleanor-Rigby.

—Su mesa la espera —me dijo.

Su respuesta me heló la sangre.

Consultó el plano de sala y me condujo hasta la mesa. Le dije que prefería otra desde la que se viera la puerta. Al menos, había contravenido los planes de aquel que, desde hacía un tiempo, orquestaba mi vida en exceso. Ya no tenía más que esperar a ver quién vendría pronto a sentarse en el lugar que me había sido asignado. Llegado ese momento, decidiría qué hacer.

Me senté y pedí un Pimm's. Dondequiera que vaya, nunca dejo de ser inglesa.

A las siete menos cinco entró una pareja. Debía de ser su primera cita, pues parecían tan incómodos el uno como el otro. A las siete menos tres minutos, dos chicas, que no tenían ninguna pinta de conspiradoras, se instalaron en la barra. Pero a las siete en punto no entró nadie… A las siete y diez, el hombre con el que me había encontrado en el vestíbulo del hotel se presentó jadeando ante la encargada. Más elegante esta vez. Se metió el faldón de la camisa dentro del pantalón, se ajustó la chaqueta y se alisó el cabello revuelto. No se había fijado en mí.

Curiosamente, su presencia me parecía tranquilizadora. Quizá porque tenía la impresión de ver un rostro familiar en ese lugar desconocido. Lo seguí con la mirada y lamenté no haberme traído un periódico, lo habría abierto para espiarlo mejor... lo cual habría sido ridículo... y Maggie me habría reprochado de nuevo que veía demasiado la tele. Sin embargo, la encargada lo condujo a la mesa reservada en un principio para mí. Y la vocecita de mi fuero interno me ordenó que reflexionara bien antes de actuar.

Solo veía dos soluciones. La más probable: el autor del anónimo era él. Ello explicaba también que hubiera elegido residir en mi hotel, y lo convertía en un actor notable, pues en ese vestíbulo no parecía en absoluto que me conociera. Podría haber pensado en ello mientras jugaba a las adivinanzas en el taxi. O... prosiguió la vocecita: había decidido ir a cenar al único restaurante del barrio digno de ese nombre y lo habían puesto en esa mesa porque se había quedado libre. Y, cuando llegara el autor del anónimo, la encargada lo llevaría hasta mí. Era incapaz de decir cuál de esas dos opciones me parecía más inquietante.

Lo observé diez minutos durante los cuales no dejó de consultar su reloj suspirando, sin mirar la carta. Esperaba, pues, a alguien, y ese alguien ¡era yo!

De pronto se levantó y avanzó hacia mí.

—Esta vez no hace falta espejo. Lleva espiándome desde que he entrado —me dijo.

Por toda respuesta, mascullé un vago «ajá».

—¿Espera usted a alguien? —me preguntó.

Me quedé callada.

—No era una pregunta trampa... —añadió divertido.

—Todo depende de las circunstancias —me aventuré a decir, todavía con reservas.

—¡Ah! —contestó él dejando de sonreír—. Entiendo.

—¿Qué es lo que entiende?

—Le han dado plantón.

—Y usted ¿a quién espera?

—No lo sé, y temo que sea a mí a quien no han esperado —dijo volviendo a consultar su reloj.

Se rascó la frente. Los hombres suelen hacerlo cuando algo les preocupa. Yo me enrollo el pelo alrededor del dedo, cada cual lidia con los nervios a su manera.

—He conducido toda la noche para acudir a esta cita. Pero me he quedado dormido y he llegado tarde —suspiró.

—Llámela y discúlpese.

—Lo haría si supiera a quién llamar.

—Entiendo.

—¿Qué es lo que entiende?

—Llegar tarde a una cita a ciegas no es muy inteligente. Pero puede quedarse tranquilo, ha llegado usted el primero; yo llevo media hora esperando y no he visto entrar a ninguna mujer sola, a no ser que se las ligue a pares y, en ese caso, están sentadas en la barra. Perdone, me estoy metiendo con usted, no es muy amable por mi parte. La chica con la que ha quedado aún no ha llegado, es ella la que se ha retrasado mucho... o la que le ha dado plantón.

—Ya que no soy el único al que desdeñan, ¿puedo sentarme y seguir esperando un poco más en su compañía?

Consulté mi reloj, eran las siete y media.

—Sí, supongo que puede sentarse.

No estaba más cómodo que yo. Se volvió para llamar a la camarera y quiso saber lo que había estado tomando.

—Un Pimm's.

—¿Eso está bueno?

—Amargo.

—Entonces tomaré mejor una cerveza, ¿y usted?

—Lo mismo.

—¿Una cerveza?

—No, otro Pimm's.

—¿Qué la trae a Baltimore?

—Hágame una pregunta más original y cuya respuesta no conozca.

—Antes me felicitaba por mi don de réplica, pero aquí me gana usted.

—¿He ganado porque no se llama de verdad George-Harrison? ¡Dígame al menos que es actor!

Tenía una risa bonita, un punto para él.

—¿Actor? No, en absoluto. ¿No me habrá robado mi juego favorito?

—Puede.

—¿Y qué más se ha imaginado sobre mí?

—¡Que era pintor, músico y cineasta!

—Es mucho para un solo hombre. Pero se equivoca por completo, soy ebanista. Y de verdad me llamo George-Harrison. Parece decepcionada.

—No, bueno, si de verdad se llama George-Harrison, entonces no tiene el sentido del humor que esperaba.

—Gracias por el cumplido.

—No he querido decir eso.

—¿Me da otra oportunidad?

—Ya la ha malgastado. Tenía una cita amorosa y está flirteando conmigo. ¿Tengo pinta de plan B?

—¿Quién le dice que era una cita amorosa?

—Recupera usted un punto.

—Le propongo que dejemos este jueguecito en cuanto estemos empatados. Y, para su información, no estaba flirteando con usted. Pero, ya que los nombres parecen tener mucha importancia, ¿cómo se llama quien le ha dado plantón? Entre planes B, podemos contarnos esta clase de cosas, ¿no cree?

—Empate.

—Volvamos a empezar desde el principio, ¿qué la trae a Baltimore?

—Un artículo para mi revista. ¿Y a usted?

—Mi padre.

—¿La cita era con él?

—Eso esperaba yo.

—Eso no está bien. Un padre no debería dar plantón a su hijo. El mío nunca lo haría. Pero igual el suyo simplemente llegará con mucho retraso, ¿no podría ser?

—Treinta y cinco años de retraso... Creo que eso ya es mucho para considerarse retraso.

—Ah... Lo siento mucho.

—¿Por qué? Usted no tiene culpa de nada.

—No, pero aun así. Perdí a mi madre el año pasado, conozco el vacío que provoca la ausencia de un progenitor.

—Cambiemos de tema. La vida es demasiado corta para afligirnos con tristezas inútiles.

—Qué frase más bonita.

—Es una expresión de mi madre, pero basta de hablar de mí. Le toca a usted. ¿Qué va a escribir sobre Baltimore?

«Es el momento de la verdad, Elby, ¿vas a sincerarte con él, sí o no?».

—Sus labios se han movido, pero no he oído la respuesta.

—Ha dicho antes que había conducido toda la noche, ¿de dónde viene usted?

—De Magog, es una pequeña ciudad a cien kilómetros de Montreal, en los Cantones del Este.

—Sé dónde está Magog —contesté secamente.

—Claro, por su revista... Debe de haber dado la vuelta al mundo —prosiguió sin reparar en lo mucho que se me había endurecido el semblante—. Es una región magnífica, ¿verdad? No sé en qué estación habrá ido usted, pero cada una revela un paisaje tan diferente que parece que uno viviera en varios sitios distintos.

171

—¡Pero todos en Canadá!

Me miró como si fuera una auténtica idiota.

—Sí —farfulló—, sin duda alguna.

—¿Y el correo canadiense funciona bien?

—Pues… supongo, bueno, yo solo recibo facturas.

—¿Y el correo que envía usted?

—Lo siento, pero no entiendo…

—Yo intento entender a qué está jugando. Y ya va siendo hora de que me lo explique.

—¿He dicho algo que la haya ofendido? No quiero importunarla, me vuelvo a mi mesa.

O era el mejor actor del mundo o tenía ante mí a Maquiavelo en persona.

—Muy buena idea, vamos a sentarnos juntos en esa mesa, me gustaría enseñarle algo.

Me levanté sin dejarle tiempo para pensar y fui a sentarme donde estaba él antes. Me miró de una manera extraña y me siguió.

—Su historia sobre el abandono paterno me ha conmovido mucho —proseguí—. Haría falta un corazón de piedra para no dejarse conmover, y más aún para inventársela. Ahora levante la mirada, observe bien esta foto y dígame que nuestro encuentro en el hotel y ahora aquí no es más que pura casualidad. ¡Esta que ve aquí es mi madre!

Levantó la cabeza y palideció. Se acercó a la foto sin pronunciar palabra.

—¿Y bien? —insistí yo levantando la voz.

—La que está a su lado… —murmuró— es la mía… Es mi madre.

Se volvió para mirarme fijamente, inquieto y receloso.

—¿Quién es usted? ¿Qué quiere de mí?

—Me disponía a preguntarle lo mismo.

Se llevó la mano al bolsillo interior de la chaqueta y sacó un sobre que dejó delante de mí. Enseguida reconocí la caligrafía.

—No sé de qué me acusa, pero léala, me llegó ayer. Léala y sabrá por qué he conducido toda la noche.

Desdoblé la carta conteniendo la respiración. Cuando terminé de leerla, saqué la mía de mi bolso y se la alargué. Puso la misma cara que yo al verla, y peor después de leerla.

Nos observamos en silencio, hasta que la encargada vino a preguntarnos si íbamos a cenar juntos y si por fin habíamos elegido mesa.

—¿Cuándo recibió la suya? —quiso saber.

—Esta me llegó hará unos diez días, y otra que me citaba aquí, una semana más tarde.

—Más o menos igual que yo.

—Sigo sin saber quién es usted, George-Harrison.

—Pero yo ahora sé quién es usted, Eleanor-Rigby, solo que mi madre no la llamaba así cuando me hablaba de usted.

—¿Su madre le hablaba de mí?

—De usted en concreto no, pero sí de su familia. Cada vez que me hacía algún reproche, me decía: «Mi amiga inglesa tiene unos hijos que nunca le habrían contestado así a su madre», o que tienen mejores modales en la mesa, o que ordenan su habitación, o que no refunfuñan cuando su madre les pide algo, o que se aplican en los estudios… En resumen, en mi infancia, todo lo que yo hacía mal, ustedes lo hacían bien.

—Entonces su madre no nos conocía en absoluto.

—¿Quién nos ha gastado esta broma de mal gusto, y con qué fin?

—¿Quién dice que no ha sido usted?

—Yo podría decirle lo mismo.

—Es una cuestión de perspectiva —contesté—. Pero no puede saber lo que pienso, ni yo lo que piensa usted, tenemos cada cual nuestros propios motivos para desconfiar el uno del otro.

—Creo que nos han reunido aquí para que hagamos lo contrario exactamente.

173

—Explíquese.

—Nuestras madres se conocían, ya se lo he dicho, he oído hablar de la suya en numerosas ocasiones...

—Pues yo no.

—Lástima, pero no se trata de eso. Esta foto demuestra que se llevaban muy bien, su mirada cómplice lo dice todo, y sin duda era eso lo que el autor de los anónimos quería que descubriéramos juntos.

—¿Para que confiáramos el uno en el otro? Va usted un poco rápido, pero pongamos que sí. Pero ¿con qué fin?

—Para ganar tiempo, supongo.

—Que sea capaz de un razonamiento tan retorcido no dice mucho en su favor.

—Igual sí dice mucho de mi inteligencia —contestó.

—Y de su modestia.

—Alguien nos está manipulando; con qué fin, no tengo ni idea. Pero si unimos esfuerzos, tendremos más probabilidades de desenmascararlo.

—¿Y no cree que eso podría haberlo previsto?

—Sí, desde luego, pero ha decidido correr ese riesgo.

—¿Por qué habla de esta persona en masculino?

—Exacto, esa es una pregunta que yo también puedo hacerme.

—Creía que teníamos que confiar el uno en el otro. Pero la pregunta la he hecho yo...

—Lo cual dice mucho de su sinceridad, a menos que sea más retorcida...

—¿Que usted?

Nos observamos largamente, hasta que se acercó un camarero a preguntarnos si por fin habíamos decidido lo que íbamos a tomar. George-Harrison eligió un Lobster Roll, y como yo no era capaz de apartar mis ojos de los suyos, en un claro gesto de falta de personalidad pedí lo mismo que él.

22

MAY

Octubre de 1980, Baltimore

Había intentado contactar tres veces con Édouard. Habían pasado otra maravillosa velada juntos. Pese a Sally-Anne, May se estaba enamorando, y la delicadeza con la que la trataba él daba fe de reciprocidad en sus sentimientos. Ella lo arrastraba consigo a su universo, y a él le gustaba. Era el mundo al revés, él tan adinerado, y ella, sin blanca, convertida en su Pigmalión.

Poco importaba que Sally-Anne le tuviera rencor. De todos modos, desde hacía unos días estaba enojada con el mundo entero. En el comité de redacción había mandado a paseo a sus colaboradores oponiéndose a todos los temas que proponían y buscándoles las cosquillas. Tanto, que habían tenido que acortar la reunión.

¿De qué se quejaba? Había deseado a Keith y ahora lo tenía para ella sola. May no era tonta, sabía que Sally no soportaba que su hermano se hubiera encaprichado de ella y, más todavía, que se mostrara tan atento con ella cuando su propia hermana le traía sin cuidado. Y May no veía motivo alguno para sentirse culpable. No era ella quien había tratado de seducirlo, sino él quien la había cortejado a ella. Y Sally se había equivocado por completo al predecir que se desharía de ella como de una colilla cuando hubiera conseguido lo que quería.

La noche de su primer beso se había comportado como un auténtico caballero, acompañándola hasta la puerta de su casa, sin pasar del umbral. Dos días más tarde la había invitado a un restaurante elegante.

—Ahora me toca a mí —le había dicho mientras ella se sentaba ante unos cubiertos de plata.

Al día siguiente fueron de compras. Édouard le regaló un precioso pañuelo y ella, una billetera de cuero.

—La llevaré en el corazón —dijo guardándola en el bolsillo interior de su chaqueta.

El fin de semana anterior la llevó a la isla de Kent. Se alojaron en una *suite* en una casa solariega en lo alto de una duna frente al mar, donde pasaron el tiempo haciendo el amor. Ningún hombre la había tratado tan bien, ninguno la había mimado tanto; y May sentía no poder compartir su alegría con su amiga. Podría haberle reprochado un egoísmo que consideraba infantil, pero tenía buen corazón y comprendía a su amiga. Estaba celosa, nada más. Sus celos no durarían, pues ese amor incipiente no sería vano ni egoísta. Los reconciliaría. Los hermanos estaban hechos para entenderse. Ella, que hubiera dado tanto por tener un hermano, no podía concebir siquiera que fuera de otra manera.

Para que Édouard le otorgara su confianza, ella debía dar el primer paso. En Kent le habló del periódico.

Caminaban del brazo por la playa.

—Aún no es más que un proyecto —mintió—, pero en *The Sun* nuestra carrera no tiene futuro. Nos dirigen unos falócratas que piensan que las mujeres no valen más que para investigar y hacer café.

Édouard pareció extrañarse y le preguntó por la línea editorial de *The Independent*. Ella se lo explicó a grandes rasgos. La felicitó y alabó su valentía por aventurarse en esa búsqueda de la verdad. Pero le suplicó que tuviera cuidado. Denunciar la corrupción, los abusos de poder o las políticas sesgadas tenía sus riesgos. Los que se atrevían a ello acababan por atraerse tarde o temprano la ira de los poderosos.

—He crecido entre ellos, sé de lo que son capaces —le advirtió.

Édouard conocía a gente influyente, y May pensó que, si actuaba con mano izquierda, podría serle útil. Tenía innegables cualidades, pero también una debilidad común a muchos hombres: le gustaba aparentar. Bastaría con hacerle las preguntas adecuadas en el momento oportuno.

—Solo espero que no te dejes manipular por mi hermana. No me extraña que quiera lanzarse en una empresa así.

—¿Qué ocurrió entre vosotros? —quiso saber May.

—Me reprocha que no me ponga de su parte. Desde la adolescencia, les muestra a mis padres una hostilidad sin límites, y considero su actitud tan injusta como insoportable. Reconozco que mi madre no siempre es fácil. A veces es incluso dura, pero sufrió tanto en su juventud... Aun a riesgo de parecerte anticuado, siento gran admiración por mis padres. Y no solo por su notable éxito social. Ambos han sufrido mucho. Mi madre viene de una familia humilde. Cuando llegó a América, era huérfana y no tenía un céntimo. No conocí a mis abuelos maternos, los alemanes los asesinaron. Eran judíos y se ocultaban de los nazis. Si se salvó, fue solo por su valentía y por el heroísmo de su padre. Así que no puedo aceptar que Sally los juzgue como lo hace. Siempre he tratado de limar asperezas entre ellos, de protegerla, a menudo de sí misma, de sus excesos, de sus ataques de ira, pero ella siempre ha hecho lo que le daba la gana, y yo al final acabé por tirar la toalla.

—Pero ella te quiere muchísimo —se inventó May.

—Permíteme que lo dude.

—Habla siempre de su hermano con mucha admiración.

—Eres generosa, pero no te creo. Sally es una egoísta a la que solo le interesa ella misma. El odio que cultiva por su familia le ha agriado el carácter y ha hecho de ella una amargada.

—No puedes decir eso, entonces es que no la conoces de verdad. Si crees que soy generosa, tu hermana lo es mil veces más. Solo piensa en los demás; al contrario que su madre, ella ha nacido rica, podría haberse limitado a disfrutar de una vida acomodada. Pero no lo ha hecho. Sí, Sally-Anne se subleva, pero por causas nobles, porque no soporta la injusticia.

—Hablas de mi hermana como si estuvieras enamorada de ella.

—Por favor, Édouard, no te hagas el inocente.

—Vale, he captado el mensaje, no criticar a mi hermana delante de ti si no quiero que me muerdas.

May cogió a Édouard del brazo y lo arrastró hacia la casa solariega.

—Volvamos —dijo—, tengo sed y ganas de emborracharme. No me gustan los domingos, quisiera que este fin de semana no terminara nunca.

—Habrá otros.

—Quizá, pero no vayamos demasiado rápido, he tomado buena nota de lo que me has dicho sobre… ¿cómo se apellidaba? Ah, sí, Zimmer. No la conozco, pero no quiero que nuestra relación termine así. De hecho, ¿todavía piensas en ella de vez en cuando?

—¿Crees que voy a caer en una trampa tan femenina? Si te contesto que no, me tildarás de grosero, y si te contesto que sí, seré de verdad un grosero. Pero, tienes razón, disfrutemos de lo que nos ofrece la vida sin hacernos preguntas. En especial sobre nuestro pasado sentimental. Aunque yo lo ignore todo del tuyo.

—Porque no hay nada que saber.

Volvieron a la casa solariega y se instalaron en el salón de fumar. El fuego crepitaba en la chimenea. May pidió una copa de champán, Édouard prefirió un *bourbon*.

Al ponerse el sol, subieron a la habitación para hacer el equipaje. Al guardar sus cosas, May paseó la mirada en derredor. La gran cama con dosel en la que había pasado la noche, los tapices sedosos que había admirado al amanecer, mientras Édouard aún dormía, las gruesas cortinas que cubrían las ventanas y que había descorrido cuando les trajeron el desayuno, las alfombras persas que había pisado descalza, todo ese lujo al que no estaba acostumbrada y que la fascinaba. Se volvió y observó a Édouard, que doblaba su ropa con esmero.

—¿No podríamos quedarnos hasta mañana? No me apetece nada volver al *loft* esta noche.

—Tengo que trabajar mañana temprano, pero como llegaremos tarde, ¿por qué no te vienes a dormir a mi casa?

—¿Bajo el mismo techo que tus padres?

—Es una casa grande, yo ocupo un ala. No te preocupes, no tendremos ni que cruzarnos con ellos.

—¿Y mañana?

—Saldremos por la puerta de servicio, no tienes que agobiarte por nada.

El Aston Martin avanzaba a toda velocidad. El habitáculo olía a cuero, May oía rugir el motor.

—Prométeme una cosa.

—Antes dime de qué se trata, soy un hombre de palabra y no prometo nada a la ligera.

—Quiero que os reconciliéis.

—¿Mi hermana y yo? Nos cuesta llevarnos bien, pero no estamos enfadados.

—Tu hermana y vosotros, los Stanfield. Solo tú puedes devolver la paz a la familia, ni ella ni tu madre darán el primer paso.

Édouard aminoró la velocidad y miró a May a los ojos sonriendo.

—No puedo prometer que lo logre, pero sí que haré cuanto esté en mi mano, eso sí.

May se inclinó para besarlo y le ordenó que ya solo tuviera ojos para la carretera. Bajó la ventanilla para embriagarse de aire. Con el cabello al viento, se sentía feliz.

23

ELEANOR-RIGBY

Octubre de 2016, Baltimore

Nos dimos las buenas noches en el pasillo, cada cual delante de la puerta de su habitación. Tumbada en la cama, me bastaba cerrar los ojos para que aparecieran los de Maggie diciéndome: «Bueno, ¿qué vas a hacer ahora?».

Y, como me veía incapaz de contestarle, mejor adelantarme a su pregunta. «Marque 9 seguido de 011», me había indicado la recepcionista, como si yo nunca hubiera viajado.

—¡Sabes qué hora es aquí! —refunfuñó mi hermana con su voz ronca.

—No podía esperar más. Perdona por haberos despertado.

—Fred se ha quedado en Primrose —contestó con un largo bostezo—, anoche había mucha gente en el *pub*, cuando por fin pudo cerrar ya era demasiado tarde para venirse conmigo.

—Me alegro por él, es bueno que su restaurante esté abarrotado.

—Sí, es fantástico dormir sola cuando mi novio está loco de alegría porque llena el local, y tenerlo solo para mí cuando no le van bien las cosas y está de un humor de perros. ¡Algo va mal en mi vida! Pero no me llamas a las cinco de la mañana para que te hable de Fred.

No pensaba llevarle la contraria, la sacaba de la cama para hablarle de nuestra familia, de la carta que me había dado Michel, de la foto en la pared del Sailor's Café, de la mujer que estaba con mi madre hacía treinta y cinco años y sobre todo de la persona a la que había conocido y de aquello de lo que me había enterado en esa velada. Y, por una vez, Maggie me escuchó sin interrumpirme.

—¿Y cómo es?

—No me digas que es la primera pregunta que se te ocurre hacerme.

—No, pero eso no te impide contestarme.

Le describí vagamente al hombre con el que había pasado la velada.

—Así que no está tan mal, ¿y de verdad se llama George-Harrison?

—No le he pedido que me enseñara el carné de conducir, pero le creo.

—Si nuestras madres se conocían tan bien, ¿crees que su nombre es casualidad?

—Tiene mi edad más o menos, así que puede que haya alguna relación.

—Me parece probable, en efecto. Por si no te hubieras dado cuenta, su madre llamaba a la nuestra «amor mío». Aunque también reconoce estar perdiendo la cabeza, así que tal vez una cosa explique la otra... Me cuesta mucho imaginarme a mamá por ahí en moto, ¿te acuerdas de cómo se abrochaba el cinturón de seguridad en el Austin? Sinceramente, ¿tú la ves de motera?

—Sinceramente, no es eso lo que más me ha intrigado esta noche. Me cuesta más imaginármela de atracadora, y sobre todo me gustaría saber lo que robaron y de qué acontecimiento dramático se trata.

—Eso confirma las acusaciones de la carta anónima.

—La carta entera adquiere ahora sentido. Las zonas oscuras del pasado de mamá, su relación cuando menos extraña con la madre de George-Harrison, la fortuna que no había heredado y *The Independent*.

—¿Quién es *The Independent?*

—Es el nombre de un periódico que mamá fundó con May. Papá te lo explicará con detalle.

—¿De verdad estamos hablando de nuestra madre?

—Reaccioné igual que tú al enterarme.

—Ese valioso tesoro, ¿sabe George-Harrison de qué se trata?

—No, ha sabido de su existencia al entregarle yo la carta escrita por su madre. Y hay más cartas, mamá y ella se cartearon durante un tiempo.

—¿Y si te estuviera manipulando desde el principio? Vuestro encuentro se asienta en un buen montón de coincidencias. ¿Y si fuera él el autor de los anónimos?

—¿Para qué tomarse tantas molestias?

—¡Para reunir las piezas del rompecabezas! Dices que se cartearon, él debe de tener las cartas que mamá escribió y nos necesita a nosotras para conseguir las de su madre. ¿No nos invitaba el autor de los anónimos a buscar pruebas de lo que él sostenía? ¡Ahí tienes su artimaña!

—Te juro que se ha quedado sin voz al descubrir esa foto en el Sailor's Café, y él también recibió una carta anónima.

—Que podría muy bien haberse escrito él mismo. ¿Y por qué se extrañaba de la foto, si conocía la existencia de una correspondencia entre nuestras madres?

—No la conocía, me habló de ella Michel. No le digas nada, Maggie. Le he prometido que guardaría el secreto. Le he llamado diez veces desde que llegué a Baltimore para que me mande las otras cartas.

—¿Y hay más secretos en esta familia que no me hayáis dicho? Papá te cuenta que mamá fundó un periódico en Baltimore, Michel te da una carta de la que nunca me ha hablado… ¿Soy una apestada o qué?

—Papá no quería contarme nada, estábamos compartiendo un helado y se pilló los dedos en la conversación.

—Si me dices que te llevó a Ben&Jerry's, te cuelgo ahora mismo.

—En cuanto a Michel, me presenté en su casa la víspera de mi partida y, no sé por qué, me metió esa carta en el bolsillo del abrigo.

—Fuiste a ver a Michel, cuando de mí te despediste a través de papá... Fantástico, oye. Si tan poco cuento para ti, no veo en qué podría ayudarte.

—Ya lo has hecho aconsejándome que me ande con ojo con George-Harrison.

—Pero con mucho ojo. Si nuestras madres de verdad escondieron un tesoro en alguna parte, cuento contigo para encontrarlo antes que él. Mi banquero se ha negado a darme más crédito.

—Podrías trabajar, es una manera como otra cualquiera de ganarse la vida.

—Estoy retomando los estudios, no puedo hacer las dos cosas a la vez.

—¿Con treinta y cinco años?

—Tengo treinta y cuatro, y vete a la porra. ¿Vas a volver a verlo?

—Hemos quedado mañana para desayunar.

—¡Elby, no te enamores de ese tío!

—Primero, no es para nada mi tipo, y segundo, todavía no confío en él.

—Primero, no te creo, y segundo, tú confías en todo el mundo, así que te lo repito: no vayas a encapricharte de él, al menos no hasta haber aclarado toda esta historia.

Maggie me ordenó que la llamara todos los días para tenerla al corriente, prometió que no me traicionaría con Michel y colgó. Yo me dormí por fin, pero mucho más tarde.

Me encontré con George-Harrison por la mañana en el vestíbulo del hotel. El comedor era siniestro y me llevó en su camioneta a desayunar al centro.

—¿Qué tipo de ebanista es usted? —le pregunté para romper el hielo.

184

—No creo que haya muchos tipos.

—Sí, están los que construyen casas, los que fabrican muebles y los que…

—Los primeros son carpinteros… Quizá simplemente no tenga padre.

—¿Qué tiene eso que ver?

—Con su pregunta, nada, pero me he pasado la noche pensando en la carta de mi madre. Si llamaba a la suya «amor mío», quizá recurriera a un procreador anónimo y el famoso drama sea yo.

—Que usted sea el drama, lo dudo; pero que sea patéticamente dramático, de eso estoy segura. Y, aunque esté de bastante buen ver, de ahí a hablar de un tesoro que haya que sacar a la luz…

No debería haberme echado a reír después de decir eso, lo había ofendido. El coche paró en un semáforo y George-Harrison se volvió hacia mí con expresión seria.

—¿No la turba en absoluto imaginar que nuestras madres se hayan amado?

—Lo que lo incomoda no son los sentimientos que pudieran tener la una por la otra, y lo sabe de sobra, es la palabra para calificar su relación la que usted no es capaz de pronunciar. Y ya que eso lo turba hasta ese punto, no olvide que, en el momento de escribir esa carta, su madre…

—¿Ya estaba perdiendo la cabeza?

—Qué manía tiene de terminar mis frases. Tenía cierta edad, y se expresaba con el léxico propio de esa edad. Amor o amistad, ¿qué importa? Ahora, sigamos su razonamiento hasta el final, le demostraré que no se sostiene. Pongamos que sí, que nuestras madres están enamoradas; deciden criar juntas a un hijo, para lo que recurren a un procreador anónimo, o no, y justo cuando la suya se queda embarazada, ¿la mía va y la abandona?

—¿Y por qué no se sostiene mi razonamiento?

—¡Arranque! ¡Es que no oye los bocinazos! Ya sé que a los hombres les cuesta hacer varias cosas a la vez, pero tendría que poder escucharme mientras conduce, hasta mi padre lo consigue, y no hay persona más distraída que él.

La camioneta recorrió unos metros y se detuvo en la cuneta.

—¿Qué edad tiene? —le pregunté.

—Treinta y cinco años.

—¿Su fecha de nacimiento?

—Cuatro de julio de 1981.

—Bien, su razonamiento no se sostiene porque mi madre volvió a Inglaterra antes de que la suya se quedara embarazada.

—¿Que soy incapaz de hacer dos cosas a la vez? ¿De verdad? ¿Tiene más prejuicios sobre los hombres?

—Creo que ha aparcado, hasta ha apagado el motor.

—Porque estamos delante del sitio al que la llevo a desayunar, un café le sentará de maravilla.

George-Harrison pidió unos huevos Benedictine, beicon, tostadas y un zumo de naranja grande, sin consultar siquiera la carta. Y no sabría decir por qué me gustó tanto eso. Yo me contenté con una taza de té, era imposible que se tomara todo eso, le robaría una tostada.

—Ya que no soy el drama al que aludía mi madre —prosiguió, con una sonrisita apenas perceptible—, ¿a qué se referiría? ¿Su madre mencionó alguna vez algo…?

—No hablaba de esa época de su vida, y nunca le hacíamos ninguna pregunta, por pudor, supongo. Era huérfana, y sabíamos que su pasado era doloroso. No por pudor en realidad, sino más bien por miedo.

—¿De qué?

—De abrir el telón sobre un escenario que queríamos ocupar entero.

—¿Qué escenario?

—El escenario en el que uno crece. Y usted, ¿qué sabe del pasado de su madre?

—Nació en Oklahoma, su padre era mecánico, y su madre, ama de casa. Mi abuelo era un hombre duro, no se prodigaba en gestos de cariño. Mi madre me contaba que nunca quería cogerla en brazos ni besarla, con la excusa de que tenía grasa en las manos y no quería mancharla. La vida en Oklahoma era aún más dura que él, y creo además que era una época en la que los padres no sabían mostrar sus sentimientos. Se escapó muy joven de allí. Llegó a Nueva York con la cabeza llena de los libros que había leído de niña. Encontró un trabajo como secretaria en una editorial. Por las noches estudiaba periodismo en NYU. Solicitó empleo en todos los periódicos de la costa Este, y consiguió un puesto de documentalista. Dejó Estados Unidos para instalarse en Montreal cuando nací yo.

—¿Sabía que había vivido en Baltimore al final de la década de 1970?

—No, no lo sabía. A mí solo me habló de Nueva York. Pero en cuanto yo me interesaba por la época en la que estaba embarazada de mí, se cerraba a cal y canto, y acabábamos discutiendo. ¿Qué ha venido a buscar aquí?

—Ni idea, me marché de Inglaterra porque me dio la ventolera.

—¿Es ese tesoro lo que le interesa?

—Ya estaba en el avión cuando me enteré de su existencia. Sé que resulta difícil de creer, pero descubrí la carta de su madre en el bolsillo de mi abrigo cuando estaba pasando el control de seguridad.

—Entonces, vuelva a su casa, pues el autor de las cartas anónimas debe de estar en Inglaterra, puesto que puede acercarse tanto a usted.

—¿Y qué busca usted?

—A mi padre, ya se lo he dicho.

—¿Dónde están las cartas de mi madre?

—No tengo ni idea, ni siquiera sé si aún existen. ¿Le importa devolverme las de la mía?

—No sé dónde están, si es que aún existen, y tampoco sé qué podemos hacer ahora.

187

Hubo un largo silencio. Cada cual miraba su plato. George-Harrison me pidió por favor que lo esperara y salió. Por la ventana lo vi abrir la portezuela de su camioneta. Si no se hubiera dejado la cazadora, habría podido pensar que me daba esquinazo, pero volvió a sentarse enfrente de mí y dejó sobre la mesa la foto que habíamos descubierto en el Sailor's Café.

—La dueña del restaurante no conoce la historia de las fotos que decoran las paredes. Ya estaban allí cuando ella compró el negocio. Solo las cocinas no son de la época, quitando una mano de pintura, la sala sigue tal y como era.

—Pues vaya, eso no nos da ninguna información.

George-Harrison me puso otras dos fotos delante.

—Se tomaron la misma noche, y en estas se ven claramente las caras de otras dos personas.

—¿Cómo se las apañó para robarlas? No me enteré de nada.

—Qué malpensada es, de verdad. Anoche volví al restaurante. No sé usted, pero yo no consigo dormir. El dueño estaba cerrando, le dije que era mi madre la que salía en la foto.

—¿Y la quitó de la pared y se la dio sin más, junto con otras dos fotos más, solo por su cara bonita?

—Gracias por el piropo. Le ofrecí veinte dólares, no le importaba dármelas. Va a reformar la sala este invierno. ¿Cómo dijo que se llamaba el periódico? —me preguntó.

—*The Independent*.

—Entonces igual tenemos un principio de pista. Si se publicó en Baltimore, tendríamos que encontrar un rastro en alguna parte.

—Yo ya he buscado en Internet y no he encontrado nada.

—Tiene que haber algún lugar donde se archivaran los periódicos publicados en esa época; siendo reportera, usted debería saberlo.

Enseguida pensé en Michel.

—¡La biblioteca municipal! Si queda algún ejemplar, lo encontraremos allí. La mancheta será un filón de información.

—¿La mancheta?

188

—Es la página en la que aparecen los nombres de los principales colaboradores de un periódico.

Volvimos a su camioneta. George-Harrison esperaba a que le diera una dirección.

—Vamos al 400 de Cathedral Street —le dije tras consultar mi iPhone.

—¿Puedo saber qué la ha puesto de pronto de tan buen humor?

—La biblioteca a la que vamos posee una colección de ediciones originales donadas por la familia de Edgar Allan Poe.

—¿Y eso es una buena noticia?

—Para usted no, pero para mí sí. ¡Arranque!

Nos presentamos ante la recepcionista. No tenía ni la menor idea de cómo orientarnos en ese laberinto de libros y de documentos. Consulté mi reloj, eran las tres de la tarde en Croydon, y conocía a alguien que podría ayudarme.

Fiel a su puesto, Véra me contestó inmediatamente. Me preguntó cómo estaba y se ofreció a ir a llamar a Michel. Pero era ella con quien quería yo hablar. Se sintió halagada cuando le pregunté cómo funcionaban los archivos de un establecimiento similar al suyo, solo que un poco más grande, reconocí. Y dónde encontrar un ejemplar de un semanario publicado a finales de los años setenta.

—En el departamento de las microfichas —me contestó. Era así como se conservaban los periódicos en el pasado.

Si hubiera estado a mi lado, le habría plantado un beso.

—¿Está segura de que no quiere que llame a Michel? Él se alegraría de hablar con usted. Justo acabo de verlo pasar delante de mí, no cuelgue.

Oí un murmullo... Mi hermano cogió el auricular.

—No me has dado noticias tuyas, pero sabía que habías llegado bien. He visto los informativos y ningún avión se ha estrellado desde que te fuiste.

—Es una manera como otra cualquiera de comprobar que sigo viva —le contesté—. He intentado hablar contigo varias veces, pero nunca coges el teléfono.

—Lógico, aquí están prohibidos los móviles. Y apago el mío cuando estoy en casa.

Quería poder hablar en privado con mi hermano y me alejé lo suficiente de George-Harrison para que no pudiera oír mi conversación.

—Michel, he leído la carta que recibió mamá.

—No quiero que me hables de ella, era nuestro pacto.

—Y pienso cumplirlo, pero me hablaste de un cofrecito donde había otras cartas.

—Treinta en total.

—Si no me las quieres leer, ¿podrías enviármelas aquí?

—No, mamá me ordenó que las tuviera siempre cerca de mí.

—Maldita sea, Michel, mamá está muerta y necesito esas cartas.

—¿Por qué?

—Me has reprochado que me intereso por los demás pero no por mi familia, estoy corrigiendo eso.

Oí su respiración entrecortada. Por mi culpa, mi hermano estaba sumido en una gran desazón. Su mente necesita lógica, le es indispensable para tomar una decisión. Nada puede ser irracional en la trayectoria de su pensamiento, y lo que yo le pedía lo colocaba ante una contradicción de envergadura, traicionar a su madre o permitir que su hermana reparase lo que él consideraba una injusticia.

Al estar lejos de él, me aterraba la idea de provocarle una de esas crisis en las que se pondría a temblar, gimiendo y cogiéndose la cabeza entre las manos. No tenía derecho a hacerle eso, encima en su lugar de trabajo y, peor aún, delante de la única mujer con la que se entendía bien, para emplear su expresión. Me hubiera gustado dar marcha atrás, disculparme por haber ido tan lejos, pero era demasiado tarde; Véra había recuperado el auricular.

190

—Espero que no le importe que interrumpa su conversación, pero necesito que Michel vaya a buscar unos libros en la sala grande.

Se mostraba más bondadosa y sensata que yo, y me sentí avergonzada. Le di las gracias y le pedí disculpas.

—No se preocupe, todo irá bien —murmuró—. Si puedo ayudarla de alguna manera, estaré encantada de hacerlo, no dude en pedírmelo.

No podía pedirle que intercediera ante mi hermano para que me enviara las cartas, y menos aún que me las leyera ella. Pensaba encargarle el trabajo sucio a Maggie, pero ¿cómo hacerlo sin que Michel se enterase de que lo había traicionado?

Colgué y fui a reunirme con George-Harrison, que me esperaba en el vestíbulo.

—¿Podemos acceder a la sala de microfichas? —le pregunté a la recepcionista.

—Solo si puede justificar una razón profesional que los autorice a ello. ¿Es usted profesora, estudiante universitaria o investigadora?

Le enseñé mi carné de prensa esperando que le bastara. La recepcionista lo estudió dubitativa. Georg-Harrison le alabó el atuendo y le preguntó con todo el descaro del mundo si quería tomar una copa con él cuando terminara su turno.

—¿No son ustedes pareja? —preguntó ella ruborizándose.

—Oh, no —contestó George-Harrison.

Casi incómoda por mí, cogió una pequeña libreta, arrancó dos pases y nos los entregó.

—La sala que buscan está en el sótano, tomen la escalera del fondo y no hagan ruido. Denle estos tiques a la persona que se ocupa de ese departamento.

Cruzamos la biblioteca. Al contrario que la de Croydon, era inmensa, y la modernidad de sus instalaciones habría hecho palidecer de envidia a Véra y probablemente habría mandado a mi hermano al paro. La mayor parte de las sillas estaban ocupadas por simples lectores, estudiantes e investigadores que consultaban las pantallas de los ordenadores que había en las mesas. Los teclados repiqueteaban, como un ejército de pequeños roedores.

Nos instalaron ante un aparato de otro tiempo. Su pantalla negra dominaba una tableta transparente. Yo había visto ya visores de ese tipo en películas antiguas, pero nunca en la realidad. El encargado de los archivos rebuscó en un casillero, después en otro y en un tercero antes de volver con una funda de celofán en la que aparecían ocho imágenes, tan pequeñas que cabían en la palma de la mano.

—No debió de tener mucho éxito, solo se publicó un número —me dijo el encargado.

Puso la funda sobre la tableta y encendió el aparato. Ante mis ojos apareció la bonita tipografía de *The Independent*. Tenía fecha del 15 de octubre de 1980. Contuve la respiración al hacer desfilar las ocho hojas sobre la pantalla.

El semanario abría sus columnas con la campaña electoral, que estaba en pleno apogeo. Desde hacía varias semanas, el presidente saliente y su adversario se enfrentaban en justas de una violencia verbal inaudita hasta entonces. Reagan ridiculizaba la visión pacifista de Carter, y este acusaba a Reagan de ser un peligroso extremista de derechas cuyos discursos fomentaban el odio y el racismo. El eslogan del gobernador de California: «América ha vuelto», las promesas hechas al consorcio militar, la intención de devolver a los estados un poder acaparado de forma abusiva por Washington podían ofrecer a los republicanos la Casa Blanca y el Congreso, lo nunca visto desde hacía treinta años.

—Si funcionan las mismas recetas, vamos directos a una victoria de Trump —masculle yo.

—No tiene ninguna posibilidad, ese tío no es creíble —me corrigió George-Harrison.

Seguí recorriendo las páginas. Se sucedían los artículos polémicos. Uno sobre las consecuencias de la disminución de las ayudas sociales, que haría estallar la miseria en el país, donde el treinta por ciento de la población vivía por debajo del umbral de la pobreza. Otro denunciaba el comportamiento de la Fuerza Aérea estadounidense después de que un pueblo se contaminara por la explosión de un misil balístico en el interior del hangar. Otro informaba de la detención de una periodista que se había negado a revelar sus fuentes en un caso polémico de guarda y custodia. La última página estaba dedicada a la cultura, *Evita* era la comedia musical del año, Coppola presentaba una película de Godard en Nueva York, Ken Follet ostentaba el número uno en la clasificación de los libros más vendidos, Elizabeth Taylor se subiría por primera vez, a sus cuarenta y siete años, a un escenario de Broadway.

Pero, al término de mi lectura, no había encontrado la mancheta. Repasé las fichas hacia atrás, comprobando la numeración de las páginas, para asegurarme de que no faltaba ninguna. No había mancheta. Quienes habían escrito ese periódico no habían querido desvelar sus nombres. Solo firmaban los artículos con sus iniciales.

—¿Cuál es su apellido?

—Collins —contestó George-Harrison.

—Entonces —le dije, señalando la pantalla con el dedo—, este artículo sobre una fábrica que había contaminado un río y los depósitos cercanos de agua potable probablemente lo escribió su madre.

George se acercó y leyó las iniciales: *M. C.*

—No veo ningún artículo escrito por mi madre. A menos que tuviera el sentido del humor, en calidad de redactora jefa, de firmar como *Su Alteza Serenísima* este sobre los desengaños de una familia de notables…

—Quizá no fuera periodista. Se puede dirigir una clínica sin ser médico.

—Quizá —contesté yo perpleja.

Fotografié cada página con mi móvil. Quería poder leer en la tranquilidad de mi habitación el periódico que mi madre había creado. Era extraño, sentía su presencia, como si hubiera ido a darme su consentimiento para que prosiguiera con mi investigación.

—Y ahora, ¿qué hacemos? —preguntó George-Harrison.

—Pues no lo sé todavía, pero tenemos la prueba de que *The Independent* existió. Tenemos que tomarnos tiempo para buscar en él la más mínima información que pueda llevarnos a alguien que las haya conocido, un colaborador del semanario, por ejemplo.

—Pero, si ningún artículo está firmado, ¿cómo podríamos identificar a nadie?

Se me ocurrió una idea rocambolesca, una de tantas, así que una más no podía ser muy arriesgada para mí. Bastaba hojear el periódico para saber cuál era su línea editorial: se trataba de un semanario de investigación comprometido.

Me volví hacia el encargado y, al hacerlo, reparé en que de trabajar en el sótano se le había quedado en la cara el mismo tono pálido de sus microfichas, y le pedí que me proporcionara las ediciones del *Baltimore Sun* publicadas entre el 12 y el 19 de octubre de 1980.

—¿Qué hace? —me preguntó George Harrison.

—¿Conoce el dicho «Cuando a Roma fueres haz lo que vieres»?

Yo era incapaz de escribir un artículo sin ir al lugar que debía describir. Me puse en la piel de los periodistas de *The Independent*. Dónde habrían ido a buscar la información si no era interrogando a los notables de la época: políticos, miembros de la alta sociedad y profesores. ¿Y qué era lo que más gustaba a todos esos eminentes personajes? Las ceremonias oficiales y los encuentros mundanos. Los artículos y las fotografías de los cuadernillos de ecos de sociedad publicados en *The Baltimore Sun* en esa misma época quizá me proporcionaran rostros y, con un poco de suerte, quizá la identidad de aquellos a los que habían interesado esos acontecimientos para escribir sus artículos. Así habría procedido yo en su lugar.

24

MICHEL Y VÉRA

Octubre de 2016, Croydon

Véra abrió la puerta del frigorífico. Cada cosa estaba en su sitio. Las verduras en su cajón, los lácteos en el estante superior y el trozo de carne en el del medio. Suspiró, mirándose en el cristal del microondas, se quitó las gafas, se soltó la coleta y salió de la cocina. En el salón, Michel ponía los cubiertos en la mesa baja delante del televisor.

—¿Algún problema? —preguntó.

Véra se sentó en el reposabrazos del sillón y volvió a suspirar.

—¿Para qué darle esa carta, si conservas las demás?

—Para ayudarla, pero sin traicionar a mi madre.

—En ese caso, ¿por qué ahora? Sé muy bien que tenías una idea en la cabeza al actuar así. Tú nunca haces nada porque sí, nunca haces nada al azar.

—Porque nunca he encontrado ninguna prueba de que exista el azar. No quería que renunciara a su búsqueda. Estoy seguro de que Maggie habrá intentado desanimarla. Aunque Elby sostenga lo contrario, nuestra hermana pequeña tiene influencia sobre ella.

—¿No era más sencillo contárselo todo?

—Eso no sería lógico. Supongamos que encuentro la manera de desdecirme de mi promesa, y esto no deja de ser una suposición tan… azarosa… que podría atenerme a esta única razón, pero supongamos que la encuentro… Todo lo que yo le contara sería sesgado, parcial.

—No veo por qué —protestó Véra.

—Cuando leo una biografía y hay datos que me llaman la atención, busco otras fuentes para comprobarlos. De esta manera puedo apropiarme de la historia. Pero si alguien me cuenta esa misma historia, con sus propias palabras, sus entonaciones y sus propios sentimientos, la interpreta en mi lugar, y por muy ajustado a la verdad que sea su relato, la historia no dejará de ser suya. Elby tiene que encontrar su verdad y no la mía. Quiero dejarle la posibilidad de que la descubra ella misma. Y hace falta tiempo para aceptar este tipo de cosas. Si piensa que tiene el control, le será más fácil aceptarlas.

—¿De verdad lo crees?

—No es fácil descubrir que siempre te han mentido.

—Pero tú has perdonado.

—No, yo lo he aceptado, que no es lo mismo.

196

25

ELEANOR-RIGBY

Octubre de 2016, Baltimore

Pasamos el día en la biblioteca y yo aproveché para comprar una edición facsímil de los documentos donados por la familia de Edgar Allan Poe. Mi redactor jefe se llevaría un alegrón.

George-Harrison me ayudó a espulgar las columnas de *The Baltimore Sun*. Estábamos los dos al acecho del más mínimo indicio que nos permitiera avanzar en la investigación.

Un artículo elogiaba la política del alcalde, se le debía el proyecto de reforma de los muelles, que quería transformar en lugar de vacaciones para aumentar la afluencia de turistas; la construcción de un nuevo palacio de congresos, que había abierto sus puertas unos meses antes, para atraer a una clientela de negocios; aparte, el 21 se celebraría allí un debate entre los dos candidatos a las elecciones presidenciales. El diario relataba el enfrentamiento que oponía al alcalde con el propietario de los Colts, furioso ante los pocos medios de que disponía el estadio, cuya vetustez era flagrante. Había amenazado con trasladar a su equipo a otra parte. El 17 se había declarado un incendio en el casco antiguo que había arrasado un instituto y parte de la iglesia presbiteriana.

Leía las páginas culturales divirtiéndome con las fotos de un concierto de los Who; mi padre los llamaba «sub-Beatles». Baltimore se estaba convirtiendo en un escenario importante del *punk*, el *rock* duro y el *heavy-metal*. Me hubiera gustado vivir en esa época, me parecía que todo en ella respiraba libertad.

—Espere —le dije de pronto a George-Harrison—, vuelva atrás.

Él giró la rueda del lector de microfichas, lo detuve en una página en la que una foto ocupaba la mitad del espacio. Se veía a personas disfrazadas con ocasión de una fiesta. El pie de foto me había llamado la atención.

Una magnífica velada para celebrar el compromiso de Édouard Stanfield.

—Stanfield... —dije señalando la pantalla—, he visto este nombre en *The Independent*.

—Sí, lo recuerdo, pero no sé a santo de qué —contestó él con un bostezo.

El empleado nos había abandonado sin decirnos dónde había guardado los archivos del periódico. Yo había fotografiado las páginas, las leería esa noche en mi habitación. George-Harrison se frotaba los ojos, tan cansado como yo de observar tanto tiempo aquella pantalla.

Durante la cena en un pequeño restaurante del puerto, contestó a las preguntas que le hice sobre su vida. Me habló de su taller, me reveló su habilidad para envejecer muebles, lo cual, dijera lo que dijera, lo convertía en un falsificador, pero sobre su madre se mostró muy discreto.

Me pregunté en un par de ocasiones si no estaba coqueteando conmigo. No solo se bebía mis palabras y me reía todas las gracias, sino que también me confesó que mi familia le parecía tan alegre que le gustaría conocerla algún día... Esa clase de comentario nunca es inocente... Perdía el tiempo. Primero, no era mi tipo, y segundo, estaba decidida a seguir los consejos de Maggie.

El final de la velada me dio la razón.

GEORGE-HARRISON

Tenía el ánimo por los suelos y ya no aguantaba seguir oyéndola hablarme de su familia. Había tenido el mal tino de hacerle unas cuantas preguntas, por pura educación, y ella me había hecho a mí otras cuantas. Con sus prejuicios sobre los hombres, si yo no me hubiera interesado por sus cosas, me habría acusado de ser la encarnación del egocentrismo masculino. Más me habría valido no preocuparme por eso y, más aún, no abrir la boca, pues ella no callaba ni debajo del agua. Tuve que tragarme un relato pormenorizado de la vida de su padre, su diabetes, su pasión por los Beatles y su viejo coche; de la de su hermana y las desavenencias de esta con su novio, dueño de un *pub*; y de la de su hermano bibliotecario, del que sospechaba que mantenía una relación secreta con una compañera de trabajo. Ya había desperdiciado el día entero viéndola leer viejos periódicos, y todo eso ¿para qué?

—¿No le estaré aburriendo? —preguntó por fin.

—En absoluto, al contrario —le contesté educadamente—. Me habría encantado conocer a una familia tan llena de vida como la suya. ¿No la alquila?

—Ya lo sé, hablo demasiado, pero es que los echo de menos.

—Entonces siga hablando cuanto quiera.

—Si algún día viene a Inglaterra, se los presentaré.

¿Estaba coqueteando conmigo? Porque esa clase de propuesta nunca es del todo inocente.

—¿Por qué no? —contesté yo—. Quién sabe dónde nos conducirá esta investigación.

—A Canadá, tal vez. Después de todo, desde allí se enviaron las cartas anónimas.

—Las primeras sí, pero la segunda que recibí se envió desde Baltimore.

—¿Por qué se tomaría el autor esa molestia? Podría haberlas enviado todas desde el mismo sitio.

—Para confundirnos. O quizá simplemente porque él también viaja.

—¿Cree que estará en Baltimore en este momento? Da un poco de miedo, ¿no le parece?

—Mientras no conozcamos sus intenciones, no veo por qué habríamos de tener miedo, y ¿miedo de qué, de hecho?

—De no conocer sus intenciones.

Tenía razón. Un punto para ella.

—Quería reunirnos, y lo ha conseguido —proseguí yo.

—Quería que nos enterásemos de que nuestras madres se conocían, y lo ha conseguido; quería también que partiese usted en busca de su padre, y eso también lo ha conseguido —me contestó ella enseguida.

—No, eso es algo que siempre he querido hacer.

—Siento llevarle la contraria, pero la carta lo ha obligado a pasar a la acción. Pero estamos obviando lo esencial. ¿De qué le sirve todo eso?

—¿Me lo pregunta de verdad o ya sabe la respuesta?

Se inclinó sobre la mesa y me miró a los ojos. No había duda, estaba coqueteando conmigo. Yo seguía sin pareja desde que se había marchado Mélanie, nunca he tenido el aplomo de un seductor, pero reconozco que me desconcertaba que una mujer tomara la delantera.

—El dinero —soltó ella con tono seco—. Quiere que encontremos el dinero que ellas robaron.

—¿Quién le dice que era dinero?

—¿Me lo pregunta de verdad o conoce la respuesta?

—¿Y por qué habría de conocer la respuesta?

—¡Eso mismo le estoy preguntando!

200

—¿Sigue desconfiando de mí?

—Sea sincero, ¿no se le ha pasado por la mente ni una sola vez que sea yo quien le ha escrito esa carta anónima?

—No tengo la mente tan retorcida como para considerar esa posibilidad. Me voy a dormir, y si mañana por la mañana sigue pensando que soy una mala persona, nos separamos y listo. Cada cual investigará por su cuenta.

—Muy buena idea —contestó ella levantándose la primera.

Aparentemente, no coqueteaba conmigo en absoluto. Pagué la cuenta y la dejé allí plantada.

De vuelta en mi habitación, me acosté, decepcionado, cansado y de mal humor. Dormir me permitiría seguramente ver las cosas más claras. También a ese respecto me equivocaba.

201

ELEANOR-RIGBY

Un grosero y sin el más mínimo sentido del humor. Me había dejado tirada como a una colilla. Vale, sí, había pagado la cuenta, muy elegante por su parte, y yo no lo había tratado del todo bien. Aun así estaba que me subía por las paredes. Maggie me habría dicho que si no tenía nada que reprocharse, no se habría marchado así del restaurante. De hecho, ese tinglado suyo de los muebles demostraba que no era trigo limpio. A no ser que fuera al contrario: se había ido porque lo había ofendido, y lo había ofendido porque era inocente de lo que yo sospechaba.

Volví al hotel con la esperanza de que una noche de sueño me aclarara las ideas. Sentada en la cama, encendí el portátil, después de mandarme por *e-mail* las fotos que había sacado en la biblioteca. Me disponía a releer *The Independent* cuando recordé haber anotado un nombre en un papelito. Lo encontré en el bolsillo de mi abrigo y me enfrasqué en la lectura del artículo que le dedicaban.

El clan Stanfield, dirigido por Hanna, esposa de Robert Stanfield, es uno de los más poderosos de Baltimore.

Robert Stanfield, héroe de la Segunda Guerra Mundial, debe a su mujer el ser hoy uno de los marchantes de arte más en boga del país.

Dentro de unos días ambos celebrarán una subasta en la que se ofrecerán a compradores del mundo entero un Fragonard (estimado en 300.000 dólares), un La Tour (estimado en 600.000 dólares) y un Vermeer (estimado en un millón de dólares).

Robert Stanfield y Hanna se conocieron en Francia, en 1944.

Una vez de vuelta en su país de origen, al que llegó a bordo de un barco con la mujer con la que se casaría dos años después, debido a ciertas desavenencias con su padre, Robert Stanfield se instala primero en Nueva York con su esposa.

La galería Hanna Goldstein abre sus puertas en Madison Avenue en 1948. Dado que en esa época la familia Stanfield tenía múltiples acreedores, utilizaron el apellido de soltera de Hanna para dispersar una colección de cuadros de la que esta era heredera, lo que permitirá a la joven pareja hacerse un hueco en el mercado del arte. Este ámbito no le es desconocido a Hanna Goldstein. Su padre, víctima del nazismo, fue en el periodo de entreguerras un reputado y acaudalado marchante que contaba entre sus clientes a los Rockefeller y a los Wildenstein. La galería Hanna Goldstein prosperó rápidamente. En 1950, después de saldar las deudas que dejaron los padres de Robert Stanfield, trágicamente fallecidos en un accidente de tráfico, Robert y su esposa regresan a Baltimore. Hanna comprará a los bancos las hipotecas de la propiedad familiar, cuyas riendas retomará.

En 1951, la galería abre una sucursal en Washington, seguida de otra en Boston en 1952.

Se suceden las ventas y la fortuna de los Stanfield pasa a ser considerable.

De simples marchantes de arte, los Stanfield pasan a convertirse también en magnates del sector inmobiliario. Les debemos la construcción de nuestro club de golf; un ala del hospital municipal lleva el nombre de Sam Goldstein en señal de gratitud por la donación realizada por su hija con ocasión de las obras de modernización. El clan participa también en un amplio proyecto de renovación del distrito de los muelles, impulsado por el Ayuntamiento. Se conoce asimismo su contribución a la construcción del nuevo palacio de congresos, la joya de la ciudad.

Pero volvamos a su historia personal, pues aunque ni la vida privada de las personas ni sus costumbres interesan a los lectores de

203

nuestro periódico, podemos no obstante interrogarnos sobre la legi-
timidad de su reputación cuando el señor Stanfield ambiciona pos-
tular al cargo de gobernador del estado. Examinemos por ejemplo
el supuesto heroísmo de Robert Stanfield, sobre cuyas hazañas béli-
cas —si es que las hubo— no se ha pronunciado el Departamento
de Asuntos Militares. También cabría considerar las condiciones
en que Hanna heredó los cuadros de su padre.

¿Cómo llegaron a Estados Unidos tan valiosas obras de arte?
¿Dónde estuvieron almacenadas durante los trágicos años de la
guerra? ¿Cómo pudo la colección de Sam Goldstein escapar a los
nazis, cuyo expolio sistemático de los bienes de las familias judías
es de sobra conocido? ¿Quién le escondió los cuadros? ¿Quién hizo
de intermediario? ¿Cómo se los reapropió Hanna Stanfield? Son
muchos los secretos que guarda una familia cuya ambición es
extender su influencia del ámbito local al estatal.

S. A. S.

Ignoraba quién había firmado ese artículo, pero tenía la experiencia suficiente para saber que su autor lo había escrito con la
intención de hacer daño. Si bien en nuestros días nadie se habría
inmutado por las sospechas que levantaba, me imaginaba que a
principios de los años ochenta las cosas serían de otra manera. Buscando en Internet, encontré un breve reproducido en una web de
archivos. Robert Stanfield había retirado su candidatura a las elecciones a gobernador justo después del terrible accidente que había
roto su familia. El artículo no decía nada más. Lo anoté para no
olvidarme de investigar algo más sobre la naturaleza de ese drama.

26

ROBERT

Junio de 1944

Aún no se había levantado el sol, pero la oscuridad de la noche se iba disipando poco a poco. Los dos maquis que montaban guardia luchaban contra el sueño. El bosque estaba tranquilo, no había un alma alrededor del pabellón de caza.

El albergue no era muy grande, pero lo bastante cómodo. En la planta baja había una sala de estar con una chimenea de piedra y, al lado, una encimera que servía de cocina. Una trampilla en el suelo llevaba al sótano. A la derecha, la puerta de la habitación de Sam y su hija, y a la izquierda, la que ocupaba Robert. En la planta de arriba cinco partisanos roncaban en la buhardilla transformada en dormitorio. Eran las cinco de la mañana. Robert se levantó de la cama, se afeitó rápidamente ante el pequeño espejo de la cocina e hizo su petate.

—No cojas el revólver —le dijo Titon, el italiano—. Si nos encontramos con un control, nos registrarán, tenemos que parecer campesinos del lugar.

—Unos campesinos un poco raros, con ese acento que tiene —se burló Maurice—. Si os topáis con un control, que entregue su documentación y no abra la boca.

—Daos prisa —intervino un tercer compañero—, las puertas de la fábrica se abren a las seis, las cruzaréis al mismo tiempo que los obreros, es la única manera de que no os descubran.

Titon y Robert tenían que infiltrarse en el taller donde se fabricaban los cartuchos.

—Presentaos en el taller y decidle al jefe que las palomas han cruzado el cielo esta mañana; él os entregará una mochila con todo lo necesario dentro.

—¿Y después? —preguntó Titon.

—Después os mezclaréis con los demás y colocaréis disimuladamente los dispositivos debajo de las cadenas de montaje.

Los dispositivos consistían en trozos de canalones robados, con un tapón atornillado en cada extremo y un agujero por el que meter la mecha de yesca de unas barras de dinamita proporcionadas por unos mineros simpatizantes empleados en las canteras.

—A mediodía los obreros saldrán al patio para hacer el descanso. Entonces encenderéis las mechas, contad un segundo por centímetro, dos minutos en total para largaros de allí. Cuando la dinamita explote, aprovecharéis la desbandada para escapar.

Había un caldero colgado en el hogar de la chimenea sobre las brasas aún calientes. Robert y Titon se sirvieron un cuenco de sopa. Tenían que alimentarse un poco, pues no volverían al pabellón de caza hasta que se hiciera de noche.

Los Goldstein salieron de su habitación. Sam se acercó a estrecharle la mano a Robert y luego lo abrazó para murmurarle al oído:

—Sea prudente, no tengo ninguna gana de cumplir mi promesa.

Apoyada en la puerta, Hanna los observaba, encerrada en su mutismo. Robert le hizo un discreto gesto de despedida, cogió su impedimenta y salió con Titon.

Bajaron por el sendero que cruzaba el bosque y se subieron a un tándem que los esperaba tirado al pie de un árbol junto a la carretera.

Titon se instaló delante y Robert, detrás. El italiano le preguntó si había algo entre él y la pequeña judía. A nadie le había pasado inadvertida la manera en que esta lo miraba.

—Es demasiado joven —contestó Robert.

—*Il cuore pien di dibolesses* —suspiró Titon.

—No comprendo.

—Es el dialecto de Treviso, mi tierra. Quiere decir que es una pena que esa niña tenga el corazón lleno de tristeza. Pero tú, americano, ¿por qué has venido a luchar tan lejos de tu casa? —quiso saber Titon.

—Yo qué sé, por rebelarme contra mi padre, supongo. Tenía el corazón lleno de ideales románticos.

—Entonces eres un auténtico imbécil. La guerra no tiene nada de romántico.

—Tú también luchas muy lejos de tu tierra.

—Yo he nacido aquí, mis padres vinieron en 1925. Pero para los franceses seré siempre un extranjero. No nos aprecian mucho, ¿sabes? Siempre me han parecido un poco raros; nuestros padres nos besaban con frecuencia, pero los franceses nunca besan a sus hijos. Cuando era niño, pensaba que era porque no los querían, pero lo que ocurre en realidad es que no saben expresar sus sentimientos.

—Si tantos defectos tienen, ¿por qué luchas con ellos?

—Yo lucho contra los fascistas, dondequiera que estén, y si otro compañero te pregunta por las razones de tu compromiso, respóndele lo mismo, es lo mejor para ti.

Al cabo de diez kilómetros los pararon unos gendarmes apostados en un cruce de caminos.

Titon y Robert enseñaron su documentación. Como habían convenido, solo habló Titon. Eran obreros e iban a la fábrica de cartuchos. Le suplicó al cabo que los dejara pasar, si llegaban tarde, les esperaba una buena bronca de su capataz.

Uno de los gendarmes se acercó a Robert y le preguntó si le había comido la lengua el gato.

—Es sordomudo —contestó Titon en su lugar.

El cabo les ordenó bajar de la bicicleta. Le dio un fuerte empellón a Robert y el taco que este soltó traicionó su procedencia.

Dos contra cuatro, la pelea era desigual, pero no estaba necesariamente perdida. Titon se abalanzó sobre el cabo y le propinó un gancho que lo derribó. Robert atacó a otro gendarme y consiguió tumbarlo. El tercero le asestó una patada en las costillas que lo dejó sin respiración, seguida de otra en la cara y otra más en la barbilla que lo aturdió. El italiano se precipitó sobre él y lo noqueó de un directo en plena cara, pero el cuarto gendarme desenfundó el arma y disparó tres veces.

Titon murió en el acto. Los gendarmes arrastraron su cuerpo hasta la cuneta, dejando un largo reguero de sangre en la carretera. A Robert lo esposaron y lo arrojaron a la trasera de su camioneta.

Una vez en la comisaría, lo desvistieron y lo ataron a una silla, totalmente desnudo. En la habitación había tres milicianos. Acurrucada en el suelo, una mujer a la que habían torturado se retorcía de dolor. Robert aún no había presenciado el sufrimiento que puede engendrar la violencia, nunca había sido testigo de su suciedad, el olor de la sangre mezclado con el de la orina. Un miliciano le dio un par de bofetadas que volcaron la silla en la que estaba sentado. Sus dos acólitos la levantaron y él volvió a pegarle. Así siguieron durante una hora, sin hacerle una sola pregunta. Robert se desmayó dos veces, y dos veces lo reanimaron echándole encima un cubo de agua helada.

Después lo arrastraron hasta un calabozo. En el pasillo había un hombre acurrucado en un jergón, con el torso y las piernas llenos de heridas. Robert lo observó un momento. El miliciano exclamó:

—¿Os conocéis?

Con una mirada discreta, el resistente le dio a entender que no dijera nada.

A mediodía lo llevaron de vuelta a la sala de tortura, donde le dieron otra paliza. Le llovían los golpes. Entró un policía y ordenó a los milicianos que pararan inmediatamente y salieran.

—Soy el inspector Vallier, lamento el trato que ha recibido —le dijo—. Creíamos que era inglés, pero es usted americano, ¿verdad? No tengo nada contra sus compatriotas, al contrario. Gary Cooper, John Wayne, son todos gente como Dios manda. A mi mujer le encanta Fred Astaire. Yo lo encuentro un poco afeminado, pero tengo que reconocer que sabe mover los pies.

Y Vallier se entregó a un numerito de claqué para relajar la tensión.

—Soy curioso por naturaleza, será deformación profesional. Así es que me pregunto qué pintaba un americano en un tándem en compañía de un terrorista. Y, antes de que me conteste, deje que comparta con usted las dos hipótesis que se me ocurren. Una es que estuviera usted haciendo autostop y él lo recogiera, sin que supiera usted de qué calaña era ese traidor. La otra es que usted lo acompañara. Evidentemente, estas dos hipótesis no tienen las mismas consecuencias. Deje que lo piense un poco más antes de pronunciarme... Si el traidor lo recogió, ¿por qué iba él solo en un tándem? Convendrá conmigo que no tiene sentido, qué contrariedad para usted. Porque si mis superiores llegaran a hacerse la misma pregunta, no sabría cómo salvarlo de sus garras. De modo que, antes de que vuelvan de almorzar, le voy a confiar un pequeño secreto. Hay dos puertas para salir de esta comisaría. Una da a un patio, donde lo fusilaremos. Nuestros tribunales están ya demasiado ocupados juzgando a los terroristas franceses y, de todos modos, un americano que se uniera a su lucha en nuestro suelo no tendría derecho a juicio. A los agentes extranjeros se los fusila *manu militari*. Ahora, piense usted bien lo que se dispone a decirme. Es joven, tiene toda la vida por delante, sería una verdadera lástima que esta concluyera en menos de una hora. Ah, sí, seré tonto, olvidaba hablarle de la segunda puerta. Pongamos que me diera usted algunos nombres, así como el lugar donde se oculta con sus compañeros de infortunio, entonces sería para mí un placer quitarle las esposas y acompañarlo hasta la calle. Consideraría que su documentación es auténtica y el joven Robert Marchand podría volver a su casa. Piense en la alegría de sus padres al recibirlo, y puede que hasta tenga usted una bonita prometida esperándolo en su tierra.

El inspector Vallier se volvió hacia el reloj de pared.

—Escuche ese tictac —susurró tocándose la oreja—. Mis superiores estarán al llegar. Los gendarmes les han tendido una emboscada, había patrullas apostadas en cada cruce de esa carretera. Sabemos que usted y sus compinches se esconden en algún lugar del bosque. Los milicianos llevan meses recorriéndolo para dar con ustedes, de modo que, con o sin su ayuda, ya es solo cuestión de días que los encuentren. ¡Menuda tontería morir para aplazar tan poco tiempo lo inevitable, menudo desperdicio! Y, si se sincera conmigo, salvará también la vida de sus amigos. Si sabemos dónde está su madriguera, su detención se efectuará sin violencia. Rodeados, se entregarán. Pero si los milicianos los sorprenden durante una patrulla, habrá tiros y derramamiento de sangre, total, para el mismo resultado. Sea inteligente, salve su pellejo y el de sus compañeros. Llámeme cuando haya tomado una decisión. Le doy un cuarto de hora, no más.

27

ELEANOR-RIGBY

Octubre de 2016, Baltimore

Cuando George-Harrison apareció por la mañana en el comedor, le hablé de los Stanfield. Me había pasado parte de la noche buscando un rastro de su presencia en la ciudad, sin encontrar nada, ni siquiera la dirección de su famosa residencia. Recordando la manera en que mamá había dado con mi padre en Croydon, bajé a la recepción para pedir una guía telefónica. El conserje me miró como si le hubiera pedido un objeto extravagante.

En cuanto George-Harrison se tomó su café, le pregunté si quería acompañarme al ayuntamiento.

—No, hasta que no se arrodille y me pida la mano como es debido —me contestó en tono alegre.

Le contesté con una mueca, asegurándole que si se esforzaba un poco, intentaría reírle la próxima broma. Una vez en el ayuntamiento nos repartiríamos las tareas. Yo me encargaría de ir al registro civil para tratar de averiguar si Hanna y Robert seguían vivos, y él iría al catastro para localizar su domicilio.

—Y si están muertos, los encontraremos seguro en el cementerio.

—Si sigue tan graciosillo, me temo que el día va a ser largo…

211

* * *

El número 100 de North Holiday Street es un edificio de estilo
Segundo Imperio, verdadero renacimiento del arte barroco, con su
tejado Mansard rematado por una imponente cúpula. En mis
viajes a Estados Unidos había visitado varios edificios oficiales de
arquitectura similar. Sin embargo, en su interior nos perdimos en
un auténtico laberinto. Cada cual por su lado, llamábamos a una
puerta tras otra sin encontrar la que buscábamos. Después de cruzarnos tres veces en la rotonda, plaza circular de la que partían los
pasillos de cada ala del edificio, decidimos formar equipo. Estábamos recorriendo el pasillo de la segunda planta cuando, al vernos
deshacer el camino andado, y ante nuestra expresión de desaliento,
una mujer tuvo la bondad de orientarnos.

Parecía conocer bien el lugar. Se acercó a la barandilla y señaló
un pasillo del piso de abajo.

—Rumbo al sur —exclamó, indicando la dirección—. Al final,
tomen a la derecha, luego a la izquierda y habrán llegado.

—Habremos llegado ¿adónde exactamente? —preguntó George-Harrison.

—Pues al registro civil, pero dense prisa, cierra a mediodía.

—¿Y cómo se llega a la escalera?

—Para eso tienen que ir hacia el norte —dijo volviéndose—.
Bajen las escaleras y cuando lleguen a la primera planta, vayan en
dirección opuesta, rodeen la rotonda y sigan recto.

—¿Y para ir al catastro? —pregunté.

—¿No habrá oído hablar de una antigua familia de Baltimore
cuyo apellido es Stanfield? —intervino George-Harrison.

La mujer enarcó una ceja y nos invitó a seguirla. Bajamos la escalera hasta la planta baja, en plena rotonda, nuestro punto de partida.
Había seis nichos en la pared circular que albergaban cada uno una
estatua. La mujer señaló la de un hombre de alabastro con levita y
chistera, apoyado con porte altanero en el pomo de un bastón.

—Frederick Stanfield, 1842-1924 —anunció divertida—. Si es el que buscan, esta placa les ahorrará la visita al registro civil. Fue uno de los fundadores de la ciudad y contribuyó, en calidad de arquitecto, a la construcción de este hermoso edificio. Se entregaron los primeros planos justo antes de la guerra civil, la construcción se inició en 1867 y concluyó ocho años más tarde. Y todo ello por la bagatela de ocho millones de dólares de los de entonces. Una verdadera fortuna. Para que se hagan una idea de lo que representaría hoy, habría que multiplicar la cantidad por cien. Con un cuarto de esa suma me bastaría para hacer frente a todos mis gastos.

—Disculpe mi curiosidad —dije yo—, pero ¿quién es usted?

—Stephanie Rawlings-Blake —contestó la alcaldesa de Baltimore—, encantada de recibirlos. Sobre todo no me crean más sabia de lo que en realidad soy: paso delante de estas estatuas varias veces al día.

Le dimos las gracias efusivamente y, antes de dejarla, no pude evitar preguntarle si algún miembro de la familia Stanfield vivía aún en Baltimore.

—No tengo ni idea —contestó—, pero conozco a alguien que podría informarles.

Cogió su móvil y se aseguró de que tenía algo para apuntar antes de darme un número de teléfono.

—El profesor Shylock es nuestra memoria viva, conoce como nadie la historia de Baltimore y la enseña en la universidad Johns Hopkins. Es un hombre muy ocupado, pero llámenlo de mi parte, estoy segura de que los ayudará. Me debe algún que otro favor, es quien me escribe todos los discursos aburridos que pronuncio en las diversas inauguraciones que presido. Pero eso no se lo digan. Y ahora los dejo, me espera un concejal.

Se fue tan discretamente como había aparecido.

—Sobre todo no me dé las gracias —masculló George-Harrison.

—Darle las gracias ¿por qué?

—Por haber tenido la feliz idea de preguntarle a la alcaldesa y habernos evitado así perder otro día más.

—Ya, ¿acaso sabía que era la alcaldesa? Lo que tiene una que oír. Y, para su información, si no hubiéramos ido a la biblioteca, nunca habríamos sabido de la existencia de los Stanfield.

—Primero, tiene usted una mala fe increíble; segundo, para su información, por dar las gracias no se ha muerto nunca nadie; y tercero, ¿qué pintan los Stanfield en toda esta historia?

—Si me hubiera escuchado esta mañana, ahora no me haría esa pregunta. Hanna y Robert Stanfield eran grandes coleccionistas de arte, implicados en los negocios inmobiliarios de la ciudad, de la que fueron también generosos contribuidores. Pese a todo, nadie habla de ellos. Los únicos artículos sobre ellos se publicaron uno en *The Independent* y el otro en *The Sun*. Un suelto para anunciar que Robert Stanfield renunciaba a presentarse a gobernador. El señor Stanfield se priva de la carrera de gobernador debido a un drama del que supuestamente fue víctima su familia, pero ni una sola línea más que precise la naturaleza de ese drama. En política, el silencio es lo más caro de obtener. Eso le da una idea del poder que tenían.

—De acuerdo, los Stanfield eran gente poderosa, ¿en qué nos concierne eso?

—En su carta, su madre mencionaba un drama…, así es que ate cabos y dígame si no le parece un poco sospechoso. Pero si tiene una pista mejor, soy toda oídos.

George-Harrison me agitó en la cara las llaves de su camioneta.

—Entonces vamos a la universidad Johns Hopkins. Ya llamará al profesor Shmolek por el camino.

—¡Shylock! ¡Y tampoco se va a morir usted por reconocer que soy una buena periodista!

* * *

El profesor nos recibió en plena tarde. La recomendación de la alcaldesa nos abrió la puerta de su despacho, aunque no sin esfuerzo. Su secretaria estuvo a punto de colgarme el teléfono pero, tras arrebatarme el móvil, George-Harrison consiguió que nos diera cita.

Al final de su clase, Shylock recogió sus apuntes; los pocos alumnos presentes en el aula magna se levantaron sin ruido. Carraspeó y bajó del estrado con una mueca. El cabello blanco le tapaba solo la parte trasera de la cabeza, tenía una barba cana y tupida y un traje pasado de moda, pero a pesar de todo era un anciano elegante. Cuando nos presentamos, adoptó una expresión exasperada y blandió las gafas en el aire para indicarnos que lo siguiéramos.

Su despacho olía a cera y a polvo, nos señaló dos sillones libres y se sentó en el suyo. Después abrió un cajón, sacó un tubo de analgésicos y se tomó dos.

—Maldita ciática —masculló—. Si han venido en busca de consejo sobre su futuro, aquí tienen uno: ¡muéranse antes de envejecer!

—Es muy amable por su parte, pero por desgracia ya no tenemos edad de ser estudiantes —contestó George-Harrison.

—¡Eso lo dirá usted! —protesté yo.

Shylock se puso las gafas y nos observó por turnos.

—Psé, tiene razón —concluyó frotándose la barbilla—. Si no han venido a molestarme como profesor, ¿qué puedo hacer por ustedes?

—Darnos información sobre los Stanfield.

—Ya veo —dijo incorporándose con una mueca espantosa—. El más mínimo fragmento de historia impone al historiador mucho trabajo. Y ese trabajo empieza en los libros. No dejo de repetírselo a mis alumnos. Si les interesa la vida de Frederick Stanfield, frecuenten la biblioteca antes de hacerme perder el tiempo.

—Hanna y Robert, los últimos de la saga. Son ellos quienes nos interesan, y no he descubierto nada al respecto. Y no será porque no he investigado en Internet, me he pasado parte de la noche buscando.

—Magnífico, tengo delante a una futura gran historiadora. Ha dedicado parte de la noche a rebuscar en la enciclopedia de las tonterías. ¡Qué boba es usted! Cualquiera escribe lo que le da la gana en ese cajón de sastre atmosférico. El imbécil de turno redacta cuatro tonterías y publica lo que le viene en gana sin el menor rigor, y la gente ni siquiera se asombra de la cantidad de mentiras y de contraverdades que pululan por esa red suya. Vamos, afirme mañana que Georg Washington bailaba el tango como nadie y cien cretinos harán suya esa información. Pronto habrá que preguntarle a Google a qué hora hay que mear para prevenir el cáncer de próstata. Vienen recomendados por una persona con quien estoy en deuda, por lo que estoy a su disposición, pero no abusen de mi tiempo. ¿Qué desean saber de los Stanfield?

—Qué ha sido de ellos.

—Pues, como todo el mundo a partir de cierta edad, murieron. También les pasará a ustedes.

—¿Hace mucho? —intervino George-Harrison.

—Robert Stanfield falleció en los años ochenta, ya no recuerdo el año exacto, su mujer un poco más tarde. Se encontró su coche hundido en las aguas del puerto. El dolor la llevó a la desesperación, no cabe duda de que se suicidó.

—¿Eso lo ha leído en Internet o tiene pruebas? —preguntó George-Harrison.

Por su aplomo ante aquel viejo gruñón y grosero ganó diez puntos en mi estima.

Shylock levantó la cabeza y lo miró con ojos reprobadores.

—Oiga, menudo descaro hablarme en ese tono, se da usted muchos aires.

—¿Usted cree? Pues a mí en cambio me falta el aire desde que entramos en su despacho —replicó mi compañero.

Otros diez puntos más.

—Es cierto, lo reconozco: no he sido muy amable con ustedes. El día en que les duela la cadera tanto como a mí, veremos de qué

216

humor están. No, no tengo pruebas de ello, pero nadie filmó el congreso de Filadelfia en 1774, y con todo sabemos lo que los padres fundadores hicieron en él. La historia se escribe a partir de deducciones, del cotejo de hechos y de situaciones. Y, volviendo a la señora que les ocupa, lo que sé es que una mañana reunió a sus empleados, saldó cuentas con ellos y salió de su casa para no regresar más. ¿Cree que alguien de su rango se marcharía a recorrer el país en autostop?

—¿Qué drama vivieron los Stanfield?

—Sería más acertado hablar de dramas en plural. Para empezar, la guerra con todos sus traumas, la desaparición de su hija mayor, seguida de la de Édouard, que puso fin a la dinastía de los Stanfield. Como muchas madres, Hanna tenía verdadera pasión por su hijo, lo era todo para ella. El esplendor de los Stanfield se apagó en pocos meses. Corrían rumores con acusaciones: se comentaba que el robo del que habían sido víctimas era en realidad un intento de estafa a las compañías de seguros. Sobre las circunstancias del accidente de Édouard, que se produjo pocas semanas después de su boda, se dijo que no había sido un accidente. Por último, de esa subasta cancelada en el último momento se comentó que se habían inflado los precios del catálogo. Esos son muchos rumores para una ciudad de provincias. Los Stanfield llevaban un tren de vida desahogado, y de pronto la gente de su rango ya no quería tener nada que ver con ellos. Su fortuna menguó, y estoy convencido de que Hanna Stanfield prefirió la muerte a la soledad y a la deshonra. En poco tiempo lo perdió todo: su fortuna y su familia. De esta, el primero Robert, que murió de un infarto, aunque las malas lenguas decían que lo había envenenado ella. Una verdadera ignominia cuando se sabe que se desplomó en brazos de su amante.

—¿Por qué la prensa nunca publicó nada sobre ellos?

—Ya se lo he dicho, Baltimore es una ciudad de provincias. La señora Stanfield tenía detractores, pero también amigos poderosos. Supongo que los redactores de nuestra prensa local tuvieron la dignidad de no abrumarla más aún. Ella los mimó mucho en sus tiempos de esplendor.

—¿Qué habrían podido escribir que tanto la abrumara? —pregunté yo.

—Han transcurrido más de treinta años desde los hechos que les acabo de contar. ¿Por qué les interesan los Stanfield?

—Es largo de contar —suspiré yo—. Ha dicho hace un momento que la historia se escribe a partir de deducciones, de cotejar hechos y de testimonios, así que estoy tratando de cotejar elementos.

Shylock fue hasta la ventana. Con la mirada fija en la calle, parecía ausente, como sumido en un pasado no tan lejano.

—Coincidí varias veces con ellos en veladas mundanas, un profesor universitario que quiere hacer carrera debe saber dejarse ver de vez en cuando. Pero una sola vez en privado. Por aquel entonces yo estaba empeñado en publicar una obra que reuniera las biografías de las figuras más destacadas de Baltimore. Nunca la terminé. Robert era el único descendiente de Frederick Stanfield. Solicité una entrevista con él y me citó en su casa. Era un hombre reservado pero generoso. Me recibió muy bien, abriéndome su biblioteca, y me sirvió un *whisky* fuera de serie. Un Macallan Fine de 1926. Incluso en esa época dudo que quedaran más de diez botellas en el mundo. Así es que tener la ocasión de probarlo una sola vez en la vida te procura una sensación inolvidable. Hablamos largo rato y la curiosidad me llevó a preguntarle por su propio pasado. Me interesé por su compromiso durante la Segunda Guerra Mundial. Robert había partido a combatir en Francia antes del desembarco, lo cual era tan poco frecuente que lo convertía en un hecho llamativo. La mayoría de nuestros compatriotas enviados a Europa a principios de 1944 estaban en Inglaterra. Sabía que había conocido a su mujer en ese periodo y soñaba en secreto con relatar su historia en mi libro, estableciendo así una suerte de continuidad temporal entre el glorioso pasado de su ancestro y el suyo propio.

Justo cuando abordaba el tema, entró su esposa. Robert calló al instante y abrevió nuestra entrevista. En el marco de mi actividad profesional he recogido numerosos testimonios, he interrogado a mucha gente como están haciendo ustedes conmigo ahora, pero no sabría decirles por qué los Stanfield insistían en mostrarse tan discretos. De lo que no me cabe duda es de que Hanna ejercía una gran influencia en su familia. Me bastó estar unos instantes en compañía de ambos en ese despacho para hacerme una idea de la autoridad que tenía. Era la mandamás y lo decidía todo. Me acompañó a la puerta con cortesía, pero con la suficiente firmeza para que notara que ya no era bienvenido allí. No tengo nada más que decirles que esto. Cualquier otra cosa serían meras habladurías, comadreos, y eso no va conmigo.

—Ya que fue a su casa, ¿podría darme la dirección?

—Más que una casa, era una mansión. Soy miembro de la Alta Sociedad de Conservación del Patrimonio Histórico, mis colegas y yo pusimos el grito en el cielo cuando uno de esos promotores sinvergüenzas obtuvo la licencia para destruirla y construir en su lugar un lujoso condominio. Todos esos chanchullos aniquilan nuestro patrimonio histórico, en beneficio único de unos pocos privilegiados. La corrupción y la codicia son una plaga en esta ciudad. El alcalde anterior se vio implicado, pero la actual es una persona íntegra. De no ser así, su recomendación no les abría permitido verme fuera de mis horas de clase. De hecho, se está haciendo tarde y tengo que volver a las aulas.

—¿Cómo era esa mansión? —insistí yo.

—Suntuosa, con un mobiliario opulento y numerosas obras maestras, un esplendor que por desgracia ya no existe.

—¿Qué fue de la colección de obras de arte?

—La señora Stanfield se desprendió de ella, por necesidad, supongo. No sin dificultades, por las razones que les comentaba antes. Siento decepcionarles, pero no queda nada de ella, se disolvió con el tiempo.

Shylock nos acompañó a la puerta de su despacho y nos deseó buena suerte.

De vuelta en la camioneta, George-Harrison se quedó callado un momento antes de encender el motor y alejarse del campus. Al cabo de diez minutos le pregunté adónde íbamos.

—Reconozco que, en cuestión de dramas, los Stanfield tuvieron su cupo, pero no son los únicos, de ahí a concluir que…

—De acuerdo, tiene usted razón, pienso lo mismo. Me he equivocado, y lo peor es que ya no sé hacia dónde dirigir nuestras pesquisas.

—Sin embargo —prosiguió George-Harrison, aparcando delante de la comisaría—, de lo que ha dicho su querido profesor Schmolek, me ha llamado la atención una frase.

—¿Ese robo que ha mencionado? Yo también lo he pensado. Pero, como los dramas, en una ciudad de estas dimensiones hay más robos y más fraudes a las compañías de seguros que días en un año.

—Así es. Me refiero al *whisky* que ha mencionado, un Macallan Fine de 1926.

—¿Es usted aficionado al *whisky*?

—No, y mi madre tampoco, pero pese a todo tenía una botella de ese *whisky*. Durante toda mi infancia la vi en la repisa de la alacena. Todos los años, en octubre, se servía una minúscula copita. Ahora que conozco su valor, entiendo mejor por qué. Un día le pregunté por qué lo hacía, pero nunca quiso contestarme.

—Voy a erigirme en abogada del diablo, pero debe de haber tantas botellas de ese *whisky* como dramas y robos.

—No de 1926. No quedaban en el mundo más de diez botellas, nos lo ha confiado el profesor, y parecía saber de lo que hablaba. No creo que sea una coincidencia. El Macallan de mi madre provenía de la bodega de Robert Stanfield.

—¿Piensa que es el tesoro mencionado en la carta?

—Podríamos informarnos sobre el precio de esa añada, pero lo dudo. Aunque sería ridículo, pues le puedo asegurar que se lo bebió hasta la última gota. Tengo la impresión de que seguimos un camino ya trazado y me gustaría saber quién nos dirige por él paso a paso.

—¿Está sugiriendo que el haber conocido a la alcaldesa no ha sido un hecho fortuito?

—No me atrevería a tanto, pero a Shmylek, en cambio…

—¡Shylock!

—La memoria viva de esta ciudad, por citar a la alcaldesa. Unas cartas anónimas nos reúnen ante una foto de nuestras madres. Esa foto nos conduce a los archivos de *The Independent*. Dicho diario nos dirige a los Stanfield. Tarde o temprano, habríamos descubierto la estatua. Todas esas pistas nos llevaban hasta el profesor.

—¿Sospecha de él?

—Puede. ¿Quién mejor que él podría saber lo que ocurrió de verdad en la mansión de los Stanfield?

—Su dificultad para desplazarse explicaría que eligiera conducirnos hasta él. Pero ¿cómo habría seguido la pista hasta nosotros, cómo habría dado con nuestras direcciones? ¿Cómo sabría que buscaba usted desesperadamente a su padre y tantos detalles sobre nuestras vidas, hasta el nombre de mi hermana?

—Supongamos que sabe algo más de lo que dice sobre ese robo. Supongamos también que sospecha que lo cometieran nuestras madres. Eso podría cuadrar con el contenido de la carta, ahí tiene la pista. Por lo demás, puede que no sea tan contrario a Internet como sostiene, y se ha jactado de haber interrogado a mucha gente en el marco de su profesión.

—¿Querría el tesoro? No me ha dado la impresión de que lo atrajera mucho el dinero, su traje estaba de lo más raído.

—Para alguien consagrado a una auténtica pasión, el dinero puede ser secundario. El profesor también ha presumido de ser un miembro eminente de la Alta Sociedad de Conservación del Patrimonio. O algo así. Tal vez lo que robaran fuera un objeto de gran valor histórico y se haya impuesto a sí mismo el reto de recuperarlo.

—Bravo, sería usted un excelente periodista de investigación.

221

—¿Por casualidad no será eso un cumplido?

La ironía de su mirada lo hacía terriblemente atractivo. No era la primera vez, la verdad sea dicha. Me dieron ganas de besarlo, pero no lo hice.

Por allí rondaba la sombra de Maggie, sin embargo ya no era de George-Harrison de quien no me fiaba, sino de mí misma. Ignoraba adónde me llevaría esa aventura, si es que me llevaba a alguna parte. Y no me quedaba mucho tiempo en Baltimore. La redacción de mi revista no me dejaría quedarme allí eternamente. Flirtear con George-Harrison no haría sino complicar las cosas, incluso aunque solo fuera un capricho pasajero.

—¿En qué piensa? —me preguntó.

—En nada, me preguntaba por qué ha aparcado delante de la comisaría.

—Porque va a utilizar su carné de periodista y a coquetear con el poli que nos reciba para que nos abra los archivos de la policía. Con un poco de suerte, encontraremos el acta de la denuncia de ese robo y, sobre todo, la naturaleza de lo robado.

—¿Y si el policía es una mujer?

—Entonces desplegaré yo todos mis encantos.

—Lo he visto en acción, para alguien que pretende no ser un seductor se las apaña usted muy bien.

222

28

SALLY-ANNE

Octubre de 1980, Baltimore

Sally-Anne se quedó estupefacta al entrar en el *loft*. Una veintena de lucecitas, simples velas en el fondo de un vaso, dibujaban un camino hasta el dormitorio. Levantó los ojos al cielo y suspiró. May había hecho gala de un romanticismo conmovedor, pero Sally-Anne veía en ese tipo de atenciones una forma de obligación de felicidad que le resultaba incómoda, un exceso de sentimientos que la ponía en un compromiso. No tenía fuerzas para eso. Le extrañó ver añicos de vajilla en el suelo. Puso cuidado en evitarlos y llamó a la puerta de la habitación.

May estaba sentada en la cama, con un periódico en el regazo y regueros de rímel en las mejillas.

—Confiaba tanto en ti, ¿cómo has podido hacerme esto? —preguntó con una mezcla de rebeldía y de tristeza.

Sally-Anne adivinó que May había descubierto la negativa del banco y el vil poder de su madre. Había mantenido en secreto su repudio no por orgullo ni por gusto por la mentira, sino porque, en un afán de venganza, quería publicar al menos el primer número

223

de *The Independent*. Después ya tendría tiempo de informar a su equipo de que también sería el último y que todo el mundo estaba en el paro. Pillar así por sorpresa a sus colaboradores no era jugar muy limpio, pero cuando se tiene tanta rabia dentro no se piensa en esa clase de consideraciones.

—¿Y la vajilla la has roto para desahogarte?

—Esperaba que eso me calmaría, pero no ha sido así.

—Te lo habrá contado Édouard, supongo.

—Tu hermano es demasiado cobarde para eso, es un cerdo.

—No me descubres nada nuevo —contestó Sally-Anne avanzando hacia May.

Se sentó en el borde de la cama y, al mirar la camiseta ceñida de su amiga, que le realzaba los pechos, sintió una punzada de deseo, quizá también por la tensión que flotaba en el aire.

—¿Por qué no me has dicho nada? —preguntó May.

—Para protegerte.

—De sentirme tan humillada... ¿o para demostrarme que tenías razón al querer ponerme en guardia? ¿Tan cruel te vuelve tu vanidad? Lo odias, entonces, ¿por qué has elegido protegerlo a mi costa?

Asaltada por la duda, Sally-Anne retiró el periódico de las rodillas de May antes de poner allí su mano.

—¿De qué me estás hablando?

—Venga, por favor, deja ya de mentir. Ya me has hecho bastante daño así, encima no me tomes por tonta —suspiró May.

—¿Quieres saber la verdad? Nos queda solo lo justo para pagar el papel y la imprenta, no podremos hacer frente al alquiler y mucho menos a los salarios de nuestros colaboradores, por eso no he dicho nada. Con lo honrada que eres nunca me habrías dejado hacer lo que quería hacer y habrías despedido al equipo. Y tu relación con el imbécil de mi hermano te hacía tan feliz que no quería amargarte el momento, aunque me exasperase. Hice mal, te pido perdón, pero, te lo suplico, sigamos siendo cómplices hasta el final de esta aventura. Tenemos que publicar este número, y si aun así no consigues perdonarme, después nos separaremos.

May se incorporó en la cama con expresión aturdida.

—Ahora soy yo la que no tiene ni idea de lo que estás hablando.

Las dos mujeres intercambiaron una mirada de recelo e incomprensión. Sally-Anne fue la primera en hablar.

—De la última jugarreta de mi madre, que se las ha apañado para que el banco nos deniegue el crédito, ¿de qué quieres que hable si no? Estamos hasta arriba de deudas, y desde luego no podremos hacerles frente con el cheque que me ha tirado a la cara. No deberías haber roto la vajilla, ya ni siquiera tenemos para comprar otra. No tengo más secretos para ti.

May se agachó para recoger el periódico del suelo. Se lo alargó a Sally-Anne enseñándole el suelto que había marcado con un círculo.

El señor Robert Stanfield y su esposa Hanna celebrarán a final de mes un baile de disfraces en su residencia para anunciar el compromiso de su hijo Édouard con la señorita Jennifer Zimmer, hija de Fitzgerald y Carol Zimmer, heredera del banco que lleva su nombre.

—No me han invitado —dijo Sally-Anne entre hipidos—, me han mantenido al margen del compromiso de mi propio hermano. ¿Y tú te has enterado por el periódico? —suspiró deshecha.

Se acercó a May y la abrazó.

—Te juro que no sabía nada.

May se dejó consolar en sus brazos, mejilla contra mejilla.

—No sé quién de las dos se siente más humillada.

—Me han repudiado como si fuera una cualquiera.

May se levantó e invitó a Sally-Anne a seguirla. Desde la puerta de su habitación se veía la luz de las lamparitas reflejada en los añicos de porcelana.

—Había preparado una cena para tu hermano. Lo he llamado tres veces, y tres veces me ha contestado vuestro mayordomo que el señor Édouard estaba en una reunión, prometiéndome que le daría mi recado. Estaba leyendo el periódico mientras lo esperaba, y así es como me he enterado de que no vendría. ¿Puedes imaginar algo más cruel? Creo que me enfurece más su cobardía que sus mentiras. Y pensar que me llevó a su isla y me juró que me amaba… Qué tonta he sido, y, por favor, no me digas que me lo habías avisado.

—Es aún peor de lo que piensas. No es cobardía, es un complot que mi madre y mi hermano han urdido juntos. Mientras él te alejaba de mí, ella nos apuñalaba. A su hija, por la espalda, y a ti en el corazón.

La evocación del poder maléfico de Hanna Stanfield hizo reinar el silencio en el *loft*.

—Vamos a sentarnos —dijo por fin May—. He preparado una buena cena y he puesto la mesa.

Cogieron dos sillas y se sentaron una frente a otra.

—Esto no va a quedar así —susurró con rabia Sally-Anne.

—Nos han traicionado, estamos arruinadas, ¿qué quieres que hagamos ahora?

May pensaba en su fin de semana en la isla de Kent. Unos días antes se sentía feliz, pero Édouard le había arrebatado su felicidad. Sally-Anne observaba la parte del *loft* que Keith había acondicionado como sala de redacción. Unos días antes nacía allí *The Independent*, pero su madre se lo había robado.

—Vamos a recuperar lo que es nuestro —declaró de pronto.

—Puedes quedarte con el cerdo de tu hermano.

—No me refería a él, sino al periódico.

—Sin dinero, ¿cómo piensas hacerlo? —preguntó May dirigiéndose a los fogones.

Encendió el fuego para calentar la sopa de berros.

—Mi padre conserva una pequeña fortuna en bonos del Tesoro en su caja fuerte. Es un medio de pago que adoran los aficionados a las obras de arte cuando quieren eludir sus obligaciones fiscales. Oficialmente, revenden un cuadro por el precio de compra, y así se saldan las plusvalías. No se entera nadie. Los bonos son anónimos y se cambian por dinero contante y sonante en cualquier banco, sin que nadie te pida que justifiques su procedencia.

—Pero están en la caja fuerte de tu padre, y no somos ladronas.

May dejó la sopera sobre la mesa suspirando. Esa no era la velada con la que había soñado mientras cocinaba.

—¿Quién habla de robar? Los Stanfield restablecieron su fortuna gracias a lo que mi abuelo les dejó: unos cuadros y su reputación. Pero la única que ha heredado su sentido de la moral soy yo. Si viera cómo se comporta su hija hoy en día estaría indignado y sería el primero en querer ayudarme.

—Muy bien —dijo May sirviendo los platos—, si consiguieras la parte de la herencia que te corresponde no sería robar, pero me extrañaría que tus padres quisieran entregártela.

—Por esa misma razón la cogeremos nosotras mismas.

—Sally, si tus padres no se han dignado invitarte a la fiesta de compromiso de tu hermano, dudo que te abran su caja fuerte.

—La llave está en una caja de puros que mi padre conserva bien fresquita en el minibar de su despacho.

—¿Y piensas trepar hasta el tejado de noche y colarte por un tragaluz para robar unos bonos del Tesoro mientras tus padres y sus empleados duermen? No estamos en una película.

—De noche, sí, pero entraremos y saldremos por la puerta principal, con estilo, ante la vista y las narices de todo el mundo.

May cogió la botella de vino que tenía delante, un Château Malartic-Lagravière.

—De 1970, qué espléndida —dijo Sally-Anne con un silbido—. Será un flaco consuelo, pero al menos me la beberé yo y no él.

—Ya estás bastante borracha, no sé si es muy sensato que bebas más.

Sally-Anne sirvió el vino y levantó su copa para brindar. May se contentó con apurar la suya de un trago.

—Bueno, basta de desvariar, ¿cuándo piensas informar al equipo de que ya no podemos pagarles?

—No tendré que hacerlo, les pagaremos el primer número y todos los sucesivos.

—Basta ya, esto es grotesco, no saldrás de esa casa con los bonos del Tesoro de tu padre; primero tendrían que dejarte entrar.

—No sabrán quiénes somos, ¿no es esa la idea de un baile de disfraces?

—Perdona que ponga el dedo en la llaga, pero resulta que no te han invitado.

—No, pero sé qué hacer para remediarlo, y a ese baile iremos las dos.

Sally-Anne le explicó su plan. Un plan no exento de riesgo para May: ella se encargaría de introducirse en la mansión de los Stanfield para falsificar la lista de invitados.

May se negó categóricamente a volver a poner los pies en la guarida de Édouard. A ella también la había tratado como a una cualquiera, obligándola a salir de su casa al amanecer por la puerta de servicio tras una noche en la que se había entregado a él.

Sally-Anne hizo gala de una temible capacidad de persuasión. A este respecto no tenía nada que envidiarle a su madre.

Al final de la cena, May apuró las últimas gotas de vino y brindó.

29

ELEANOR-RIGBY

Octubre de 2016, Baltimore

Presentar mi carné de prensa no tuvo el efecto que esperábamos. El policía que nos recibió no veía por qué podía interesar un caso criminal de 1980 a una revista de naturaleza y viajes. Y tengo que decir en su descargo que a mí también me costaba encontrar una justificación. Harto de mis inverosímiles explicaciones, me indicó que no tenía más que dirigir una solicitud formal. Pero ¿cuánto tiempo tardarían en concedérmela?

—Bastante —me contestó—. Andamos cortos de efectivos.

Y volvió a enfrascarse en la novela que estaba leyendo antes de que llegáramos.

Al verme furiosa, George-Harrison me puso la mano en el hombro.

—No se entristezca, encontraremos otra manera, se lo prometo —me dijo.

—Tristeza es no tener prisa por llegar al trabajo por las mañanas —masculló el policía— y menos aún por volver a casa por las tardes, y sé de lo que hablo.

—No le falta razón —contestó George-Harrison—, a mí me ha pasado. Pero no sabe lo que es atascarse cuando se está escribiendo un libro.

229

El policía levantó la mirada.

—No estamos aquí como periodistas —prosiguió—, sino como novelistas, y este caso es el meollo de nuestra intriga. Necesitamos estar lo más cerca posible de la realidad, por eso, como usted comprenderá, una denuncia de la época nos proporcionaría el toque de autenticidad necesario para nuestra novela.

—¿Qué clase de novela?

—Una novela policiaca.

—Eso es lo único que me distrae, las novelas policiacas, mi mujer solo lee historias de amor, y lo que me parece el colmo es que, con todo lo que lee, no sea capaz de darme a mí un poco de ese amor.

Perplejo, el policía nos indicó con un gesto que nos acercáramos y se inclinó sobre su mesa antes de susurrar:

—Si le dan mi nombre a uno de los personajes, les echo una mano. No tiene por qué ser el protagonista, pero sí alguien que tenga un papel relevante, ¡y que sea un buen tipo! Me imagino la cara que pondrá mi mujer cuando le lea los pasajes en los que aparezca.

George-Harrison y el agente sellaron el pacto con un franco apretón de manos, y luego el policía nos preguntó qué era lo que buscábamos concretamente.

Media hora más tarde volvió con una carpeta de color beis con la cubierta llena de polvo. Leyó el contenido delante de nosotros, como si fuera ya el autor de la novela que íbamos a escribir.

—El robo que les interesa tuvo lugar el 21 de octubre de 1980, hacia las siete de la tarde —dijo rascándose la barbilla—. Es un caso no resuelto, nunca se encontró al ladrón. Ocurrió durante una fiesta organizada por un tal Robert Stanfield y su esposa. Al parecer, el ladrón se mezcló entre los invitados y se llevó unos bonos del Tesoro que estaban en la caja fuerte. Ciento cincuenta mil dólares, nada menos, ahora sería un millón y medio más o menos. Hay que ser inconsciente para guardar semejante suma en casa. Las tarjetas de crédito aún no se habían puesto de moda, pero aun así. Ah, leo aquí que no se forzó la cerradura. En mi opinión, y llevo muchos años de policía, el que lo hizo debía de estar bien informado. Probablemente tuviera un cómplice dentro de la casa. De hecho, veo que se interrogó a todos los empleados, incluidos los de la empresa que organizó la fiesta y proporcionó los camareros. Hay por lo menos treinta declaraciones en este expediente. Y, como de costumbre, nadie vio ni oyó nada. Los bonos desaparecieron por puro arte de birlibirloque.

El policía prosiguió su lectura, asintiendo de tanto en tanto con la cabeza como si fuera ahora el sabueso encargado de resolver el caso.

—El robo se descubrió hacia la medianoche, cuando la dueña de la casa fue a guardar sus joyas en la caja fuerte. Llamaron a nuestros servicios a las doce y cuarenta y cinco minutos. Probablemente lo que tardaron en recuperarse de la impresión y en hacer inventario de lo robado.

—No debía de llevar encima todas las joyas —comenté yo—. ¿El ladrón no se llevó ninguna?

—No —contestó el policía con un movimiento negativo de la cabeza—. No constan joyas en la denuncia, solo la suma de dinero.

—¿Y a usted eso le parece normal? —le preguntó George-Harrison.

—En mi carrera no me he topado con mucha normalidad, pero se trata de un profesional, de eso no me cabe ninguna duda. No cargó con nada que no pudiera revender. Les voy a confiar un detalle de la profesión que hará su relato más verosímil, y le agradecería que lo pusiera en boca de mi personaje. Un buen poli procede por deducción. En las actas de los interrogatorios cuento quince empleados domésticos que trabajaban a tiempo completo en la casa, entre asistentas, cocineras, *maître*, mayordomo, secretaria particular y hasta planchadora a domicilio. Increíble, no sabía ni que eso existiera. Se puede concluir que los... ¿cómo se llamaban?... ah, sí, los Stanfield. ¿Por dónde iba? Ah, sí..., decir que los Stanfield tenían posibles es un eufemismo. ¿Me siguen? Pues continúo. Cuando se trata de gente tan rica, la señora no suele poseer baratijas. Y, para un ladrón, eso lo complica todo. Un Rolex, un collar de perlas e incluso un solitario de tamaño razonable se revenden de manera relativamente fácil. Pero cuando se trata de joyas cuyo valor alcanza las cinco o seis cifras, resulta imposible. A menos que se recurra a un perista que disponga de una red especializada. Hay que desmontar las piedras, por lo general se vuelven a tallar para hacerlas irreconocibles, y se ponen de nuevo en el mercado. Pero si no se tienen contactos en ese mundillo, no se puede hacer nada con esa clase de joyas.

—¿Ya ha investigado casos similares? —pregunté.

—No, pero, como les decía antes, leo muchísimas novelas policiacas. Todo esto es para decirles que si el ladrón solo se llevó el dinero es porque no habría sabido qué hacer con el resto.

—¿Qué más podía contener una caja fuerte de esa clase? —quiso saber George-Harrison.

—Un arma de fuego, pero si los propietarios no la tienen declarada, evitan mencionarla en la denuncia; relojes de valor, más fáciles de revender, pero no veo ninguno en el informe. Lingotes de oro en algunos casos, pero un lingote es algo voluminoso, que pesa unos diez kilos, por lo que resulta complicado llenarse los bolsillos y marcharse discretamente de una fiesta. Si los Stanfield hubieran sido más jóvenes o si hubieran formado parte del negocio del espectáculo, les diría que droga, pero no creo que fueran de los que se empolvan la nariz.

—Aparte de las armas y la droga, ¿qué más prefiere la gente no mencionar en una denuncia por robo?

—Nada, sería más bien al contrario. Aprovechando un robo, algunos denunciantes ponen ciertos bienes al amparo de las miradas ajenas y reclaman el reembolso a las compañías de seguros.

Pero eso no nos compete a nosotros, las aseguradoras emplean a detectives privados para desenmascarar esos chanchullos, y normalmente suele bastar con tener un poco de paciencia. Tarde o temprano, los que han querido pasarse de listos cometen un error. La señora va a cenar a un restaurante de moda con un collar que supuestamente le habían robado, o una foto tomada con teleobjetivo revela un cuadro colgado en la pared de un salón cuando se suponía que había desaparecido.

—¿Pero no ocurrió así en este caso?

—Me es imposible responder a esa pregunta. Cuando se los pilla en pleno fraude, suelen negociar directamente con la aseguradora, a la que reembolsan pagando las pertinentes indemnizaciones para evitar ir a la cárcel. Esta solución conviene a unos y a otros, el que gana pierde y el que pierde gana. Y también ocurre que los denunciantes se abstengan de mencionar en la denuncia lo que no tenían declarado al seguro.

—¿Por qué? —pregunté perpleja.

—Para la gente poderosa, un robo es una humillación. Aunque les pueda parecer una tontería, para algunos viene a ser como reconocerse débiles. Entonces, recortar su prima de seguro y pagar las consecuencias les hace pasar por tontos doblemente, y prefieren minimizar el robo.

—Entonces, ¿no es imposible que esa noche robaran alguna otra cosa? —preguntó George-Harrison.

—Si eso les conviene para su novela, es creíble, pero inventen lo que inventen, recuerden que no puede ser difícil de transportar. Aunque si el ladrón tenía un cómplice *in situ*, podía desaparecer con el botín saliendo por la cocina o por la puerta de servicio, aunque eso ya tendrán que decidirlo ustedes.

Le agradecimos al inspector su ayuda. Nos disponíamos a marcharnos cuando nos llamó.

—Un momento, señores escritores, ¿cómo van a cumplir su promesa si no saben mi nombre?

Me apresuré a pedirle papel y lápiz.

—Frank Galaggher, con dos ges y una hache. ¿Cómo se va a titular su novela?

—Podríamos llamarla *El caso Galaggher* —propuso George-Harrison.

—¿En serio? —preguntó el policía encantado.

—Totalmente en serio —contestó mi compañero con un aplomo que me hizo tartamudear al despedirme del agente.

Estaba sentada en el asiento de la furgoneta y observaba conducir a George-Harrison. Tenía la misma manía que mi padre: conducía con la ventana abierta, una mano al volante y la otra agarrada al montante de la puerta.

—¿Por qué me mira así?

—¿Cómo sabe que lo miro, si no ha apartado los ojos de la carretera…? Por nada.

—¿Me observa sin más?

—¿Cómo se le ha ocurrido esa idea?

—¿La de la novela?

—¡No, la de invitar a mi tía la del pueblo!

—Tenía dos libros de Ellroy sobre su mesa, *Perfidia* y *LAPD '53*, así que he probado suerte. ¿De verdad tiene una tía que vive en un pueblo?

—Se fija en dos libros en un escritorio y se inventa ese numerito, menuda imaginación tiene usted.

—¿Es un defecto?

—No, al contrario.

—Entonces ¿es un cumplido?

—Si quiere verlo así…

—No tengo nada en contra, sería el primero desde que nos conocemos.

—No creo que nos conozcamos de verdad.

234

—Sé que es usted inglesa, periodista, que tiene un hermano mellizo y una hermana menor, su padre le tiene mucho cariño a su viejo coche, está sentada en el mío y quizá tenga una tía que vive en un pueblo, no está mal.

—No está mal, no. Yo no sé tanto sobre usted. ¿Cómo ha adivinado que el poli mordería el anzuelo?

—Una intuición… Bueno, en realidad no me he inventado ningún numerito, solo un cuento para salir de esa comisaría con la cabeza alta. Hemos tenido la suerte de toparnos con un tipo que se aburre mortalmente.

—Nos ha convertido en dos mentirosos, y a mí me horroriza mentir. Ese pobre hombre tiene ahora la esperanza de salir en una novela que nunca existirá, estoy segura de que no logrará mantener el secreto y esta misma noche se jactará ante su mujer; por nuestra culpa va a quedar como un tonto.

—O al contrario, quizá le hayamos dado el impulso de escribir su propia novela policiaca. Además, cuando dijo que estaba aquí porque se lo había encargado su revista, ¿no era eso una mentira?

—Sí, pero pequeña.

—Ya, claro, porque están las mentiras pequeñas y las grandes…

—Por supuesto.

—La mujer con la que compartí mi vida cinco años se fue una mañana y me dejó una nota de apenas una línea. La víspera hizo como si nada, se comportó como si todo fuera normal. ¿De verdad cree que tomó esa decisión durante la noche? ¿Eso qué era entonces, una mentira grande o pequeña?

—¿Qué le decía en la nota?

—Que era un oso en el fondo del bosque.

—¿Y era mentira?

—Espero no ser solo eso.

—Podría empezar por afeitarse la barba. ¿Qué tenía en contra de usted?

—Todo lo que le gustaba al principio de nuestra relación. Nuestra habitación se había vuelto demasiado pequeña, y mi taller, demasiado grande. Le molestaba que quisiera cocinar, mientras que antes me encontraba sexi cuando me ponía un delantal. Mi cabeza le pesaba demasiado cuando me dormía sobre su hombro viendo la tele, mientras que antes le gustaba acariciarme el pelo.

—Creo que entre ustedes dos se instaló el silencio, delante de esa tele, que debía de odiar. La monotonía también. Puede que fuera ella misma lo que odiaba en esa vida, y contra eso no podía usted hacer nada.

—Me reprochaba que pasaba demasiado tiempo en mi taller.

—Será porque eso le hacía daño.

—La puerta estaba siempre abierta, no tenía más que entrar para estar conmigo. Me apasiona mi trabajo. ¿Cómo se puede vivir con alguien a quien no le interesa lo que haces?

—¿Es que no ha entendido que ella quería que estuviera apasionado por ella?

—Sí, pero cuando lo entendí ya era demasiado tarde.

—¿La echa de menos?

—¿Hay alguien en su vida? —me preguntó George-Harrison.

—Vamos desencaminados con los Stanfield. No me cabe en la cabeza que mi madre pudiera ser una ladrona. No cuadra nada con ella, pero nada de nada, forzar una caja fuerte.

—Estamos de acuerdo en que no ha contestado a mi pregunta.

—Si fuera mujer, habría comprendido mi respuesta.

—Pero soy un oso mal afeitado —suspiró George-Harrison.

—No, no hay nadie en mi vida, ya que hay que decírselo todo explícitamente.

—¿Le cabía en la cabeza que nuestras madres pudieran tener una relación?

—Tampoco.

—Entonces mucho me temo que no vayamos tan desencaminados, y que de verdad cometieran ese robo. Pero quizá no fuera su madre quien forzó la caja fuerte.

—¿Por qué lo dice?

—Mi madre nunca trabajó de verdad —prosiguió George-Harrison—. Al menos no regularmente, no lo necesario para criar a un hijo. No éramos ricos, pero nunca me faltó de nada.

—Quizá ahorrara algo de dinero antes de traerlo al mundo.

—Tendría que haber sido bastante para que le durara tanto tiempo. Y el policía ha dicho algo que me ha dejado las cosas bastante claras. No ha hablado de dinero, sino de bonos del Tesoro. Y mi madre tenía un montón. Cada año vendía unos pocos antes del verano, y otros pocos justo antes de Navidad.

No dije nada más, los hechos hablaban por sí solos, mi madre no era la persona que yo creía, y seguía siendo incapaz de aceptarlo. ¿Qué otra mentira me quedaba por descubrir? George-Harrison me miró, encerrada en mi silencio, esperando a que dijera algo.

—¿Nunca le preguntó de dónde venían esos bonos del Tesoro?

—De niño no era un tema que me interesara mucho, y recuerdo que un día me dijo que los había heredado.

—Nosotros solo teníamos lo justo para vivir —dije yo—. Así que si mi madre hubiera tenido bonos del Tesoro, nos habría interesado muchísimo a toda la familia.

—De modo que su madre es inocente y la mía, culpable. ¿Se siente aliviada?

—Pues la verdad es que no. La idea de que mi madre, profesora de química y tan intransigente con los principios y la educación de sus hijos, hubiera podido ser rebelde hasta el punto de cometer un robo no me disgusta del todo.

—Cuántas contradicciones tiene.

—¡La gente sin contradicciones es aburridísima! ¿A su madre aún le quedan bonos del Tesoro?

—Vendí los últimos cuando ingresó en la residencia. Lo siento, de haberlo sabido, me las habría apañado de otra manera y habría compartido con usted lo que quedaba de ellos.

—¿Por qué, si mi madre no tiene nada que ver con ese robo? La que corrió todos los riesgos fue la suya.

—No tan deprisa. El hecho de que a sus padres les costara llegar a fin de mes puede dar a entender que su madre no tocó su parte del botín, pero eso no quiere decir que no participara en el robo. No olvide lo que decía la carta anónima.

—Decía que había renunciado a una fortuna considerable. Quizá porque su madre se quedara con todo el botín. A veces pasa que un cómplice se la juegue a otro.

—Muy bonito por su parte pensar eso, pero hace mal: mi madre siempre ha sido de una honradez irreprochable.

—No lo dirá en serio, espero. Robó un millón y medio de dólares de una caja fuerte... ¿A eso llama usted «honradez»?

—¡Ciento cincuenta mil dólares!

—¡De aquel entonces! Es que yo alucino, su madre comete un robo, se queda con la parte que tenía que haber sido de mi madre, y encima resulta que era una santa.

—Piense un poco antes de volver a ponerse borde conmigo. ¿Cree que se llamarían «amor mío» si hubiera pasado algo tan feo?

—Es su madre la que llamaba así a la mía, yo no he tenido acceso a las cartas de mi madre.

—Vale, quizá «honrada» no sea el término más adecuado, pero le juro que siempre ha sido de una lealtad total.

—¡Sí, sí, claro, por eso no conoce usted a su padre!

George-Harrison me lanzó una mirada gélida, encendió la radio y fijó la mirada en el parabrisas.

Esperé a que terminara la canción antes de bajar el volumen al máximo.

—Lo siento, no debería haber dicho eso, ni siquiera lo pensaba.

238

—Si el tendero se equivocaba en el cambio y le daba un dólar de más, mi madre se lo devolvía —exclamó furioso—. Cuando la asistenta se rompió la pierna, siguió pagándole el sueldo hasta que pudo volver a trabajar. Cuando me peleé un día en el colegio, primero me preguntó por qué y luego fue a ver al director y le dijo que les daba veinticuatro horas a los padres de mi compañero de clase para que se disculparan conmigo antes de ir a darles su merecido. Podría citarle mil ejemplos más, por eso le digo que habría sido incapaz de quedarse con la parte de su cómplice, haga el favor de creerme.

—¿Por qué se peleó en el colegio?

—Porque, con diez años, cuando te dicen que si no tienes padre es porque tu madre es una furcia, no tienes vocabulario bastante para contestar de otra manera que con los puños.

—Entiendo.

—¡No, no entiende nada de nada!

—Vale, soy imbécil. Pero ahora, escúcheme bien, George-Harrison: me trae sin cuidado el dinero que robaran nuestras madres —aunque sueño con poder pagarle unas buenas vacaciones a mi padre—, pero le prometo que no volveré a Londres antes de que hayamos descubierto la identidad del suyo.

Aminoró la velocidad y se volvió hacia mí. Su rostro había cambiado. De pronto me pareció estar al lado de ese niño que un día le había dado un puñetazo a otro en el colegio.

—¿Por qué haría eso por mí? Creía que apenas nos conocíamos.

Pensé en la ternura de mi padre, en sus palabras de consuelo cada vez que yo no estaba bien, en su dulzura y su inteligencia cuando me ayudaba a salir de un mal paso, en la complicidad con la que había alimentado mi infancia, en su paciencia y su bondad, en todo el tiempo que me había dedicado, y no podía imaginar el vacío y el sufrimiento que tenía que haber sentido George-Harrison. Pero no encontré las palabras adecuadas para decirle todo eso.

—Es verdad que no nos conocemos bien. Y sigue sin responder a mi pregunta: ¿la echa de menos?

—¿A quién?

—Nada, olvide lo que acabo de decir y concéntrese en la carretera.

Se me agolpaban los pensamientos en la cabeza y adivinaba que a él debía de pasarle lo mismo. De repente, como un fulgor, George-Harrison exclamó: «¡Es evidente!». Pisó el freno y aparcó en la cuneta.

—Se repartieron el botín, mi madre se quedó con los bonos del Tesoro y la suya con otra cosa.

—¿Por qué está tan empeñado en que robaron algo más que dinero?

—El ruego de mi madre en su carta: «No dejes que ese preciado tesoro caiga en el olvido». Eso basta para convencerme de ello.

—Lo he pensado hace un momento, cuando me ha pedido que no volviera a ponerme borde; por cierto, recuérdeme que le pregunte cuándo me he puesto borde antes. Pongamos que sí se repartieron el botín. Tal y como es, mi madre debió de elegir renunciar a su parte, porque era dinero sucio.

—Sí, vale, ya lo sabemos, su madre es la virtud personalizada, pero si tuviera usted razón, el autor de la carta anónima sería tonto perdido si pensara que va a reaparecer un botín que seguramente se gastaron hace treinta y cinco años. Salvo que, como nos ha indicado el policía, ¡parte de ese botín no fuera transformable en dinero!

240

30

ROBERT

Junio de 1944, cerca de Montauban

El día tocaba a su fin. Robert llevaba horas pedaleando y el dolor era insoportable. Diez kilómetros antes había tenido que volver a parar en la cuneta para vomitar. Sentado en el terraplén, se había abierto la camisa y había visto los cardenales que le moteaban el torso y los brazos. Tenía los labios muy hinchados, el labio superior partido, los párpados tumefactos, le sangraba la nariz a cada rato y tenía un sabor metálico en la boca. Solo sus manos conservaban un aspecto normal. Atadas a la espalda, habían quedado protegidas de los golpes que había recibido durante horas.

De ese episodio de tortura solo conservaba recuerdo de los momentos en los que había recobrado el conocimiento. Poco le importaba, Robert no tenía tiempo para lamentar su suerte, ni ganas tampoco, solo tenía una idea en la cabeza: llegar al pabellón de caza.

Al pie del sendero arrojó el tándem en una zanja y corrió bosque a través, empleando sus últimas fuerzas en subir la colina. Sus pies derrapaban sobre el blando suelo, pero se agarraba a las ramas y volvía a levantarse cada vez.

El albergue apareció por fin en lo alto del cerro, de la chimenea se elevaba un penacho de humo. Todo estaba en calma, demasiado en calma.

Oyó un crujido y se arrodilló para avanzar con prudencia. Al ver el cadáver de Antoine a unos metros del porche, Robert comprendió que había llegado tarde.

Las ventanas habían estallado bajo el impacto de las balas, la fachada parecía un colador. De la puerta solo quedaba una tabla que colgaba de un pernio.

En el interior, una matanza. La metralla había reducido a polvo los muebles, tres partisanos yacían en un estado espantoso. Uno tenía las tripas fuera, a otro le faltaban ambas piernas, despedazadas por la explosión de una granada, y el tercero solo era reconocible por su corpulencia. Su rostro había desaparecido bajo la tierra y la sangre.

Robert tuvo una arcada y si su estómago no se hubiera vaciado ya en la carretera, habría vuelto a vomitar. Con el corazón desbocado, miró en derredor gritando:

—¡Sam! ¡Hanna!

Pero no hubo más respuesta a sus llamadas que el silencio. Se precipitó a la habitación y encontró al anciano desplomado al pie de la cama, con la mirada fija, un brazo colgando inerte y una pistola en la mano. De su sien manaba un reguero rojo.

Robert se arrodilló delante de él y se echó a llorar cerrándole los ojos. Le cogió el arma y se la metió por el cinturón.

Salió al porche para observar a su alrededor, rogándole al cielo que a Hanna le hubiera dado tiempo a ocultarse en el bosque, aunque no tenía muchas esperanzas.

No obtuvo más respuesta que el piar de un gorrión. Le aterraba la idea de que los milicianos se la hubieran llevado, no se atrevía a imaginar lo que podrían hacer con ella. Se quedó un momento donde estaba, inmóvil, sollozando al ver el tocón en el que tan a menudo se había sentado con Sam para compartir un cigarrillo. El marchante le hablaba de su vida, de cómo había conocido a su mujer, de cuánto querían a su hija, de su pasión por su trabajo, de su orgullo por haber comprado su Hopper.

Cayó la noche, envolviendo el albergue en la oscuridad.

Ahora Robert estaba solo y se preguntaba cuántas noches le quedaban por vivir. Al cabo de unas horas el sol se levantaría sobre Baltimore. Pensó en sus padres, recordó la comodidad de su habitación en su mansión, las fabulosas cenas que allí se celebraban, el salón de lectura, donde su padre dilapidaba su fortuna en partidas de póquer que perdía una tras otra. Recordó haberlo encontrado una mañana en su despacho, borracho y llorando de rabia. Nunca olvidaría las miradas que habían intercambiado, uno de vergüenza, el otro de desesperación. Y pensó que iba a palmarla a miles de kilómetros de su casa por culpa de una partida de póquer.

La rabia le dio fuerzas. Sam se había quitado la vida para no entregársela a sus enemigos, y ese acto de valentía le recordó su promesa. Si había una posibilidad, por remota que fuera, de que Hanna aún estuviera viva, la encontraría. Con la ayuda de sus compañeros la sacaría de su prisión, aunque tuviera que morir en el intento.

—¿Qué compañeros? —murmuró—. Los que conocías están muertos, los demás querrán matarte ellos mismos.

Pero, con el fervor de su juventud, se juró que seguiría con vida para cumplir el pacto que lo unía al viejo marchante. Volvería a su país convertido en un héroe, devolvería el honor a su familia, se convertiría en alguien importante, como todos los hombres de su linaje, salvo su padre. Recordó los cuadros escondidos en un agujero en el fondo del sótano. Si lograba regresar a Baltimore, con o sin la hija de Sam, esas obras de valor incalculable no debían quedarse ahí.

La luna había aparecido en el cielo. Su claridad coronaba la cima de los árboles. Robert aún no había reunido el valor para volver sobre sus pasos. Dentro del albergue, el cuerpo de Sam yacía en su habitación, los de sus compañeros, en el salón. Respiró hondo y se decidió a entrar.

Vio en el suelo una lámpara de petróleo en muy mal estado y encendió la mecha, evitando mirar hacia otra parte que no fuera la trampilla del sótano. La levantó y bajó la escalerilla.

Colgó la lámpara de un barrote y empezó a desplazar las cajas que ocultaban la entrada del túnel. En cuanto despejó una apertura lo bastante amplia para caber por ella, cogió la lámpara y se adentró en el túnel.

Cuando avanzaba hacia la viga que Sam le había enseñado, un murmullo llamó su atención. Era una respiración irregular al fondo del túnel, en el lugar donde estaban colocadas las cajas de armas. Robert llevó una mano a la culata de la pistola y con la otra alzó la lámpara. Una forma apareció a la luz amarillenta de la llama. Un cuerpo de mujer acurrucado. Hanna levantó la cabeza y lo miró, aturdida.

Se puso a gritar y a debatirse como una fiera cuando quiso cogerla en brazos. Con su rostro tumefacto, estaba irreconocible, pero cuando le suplicó que se calmara, comprendió que no era un miliciano que hubiera regresado para violarla. Se acurrucó contra él temblando y, como en trance, le contó lo ocurrido...

A última hora de la tarde, un camión lleno de milicianos armados se detuvo al pie del sendero. Raoul, el compañero que montaba guardia, comprendió que esta vez no venían a registrar el bosque. Corrió hasta el pabellón para avisar a los demás, cogió un Sten y volvió a bajar, diciendo que haría lo posible por retrasar el asalto para que les diera tiempo a huir. Sam se negó a marcharse, las piernas no le sostenían. Suplicó a los resistentes que se llevaran a Hanna con ellos, pero Antoine acababa de caer bajo las balas, ya estaban rodeados. Los resistentes abrieron fuego. Alberto, el más corpulento, ordenó a Sam que se refugiara en el sótano. Los milicianos buscaban francotiradores y partisanos, con un poco de suerte dejarían en paz a un anciano y a su hija.

Sam hizo pasar primero a Hanna por el estrecho conducto y acto seguido condenó el acceso colocando encima varias cajas. Hanna alargó la mano, suplicándole que no la dejara sola, pero su padre le contestó:

—Tienes que vivir, por mí, por tu madre y por todos aquellos que, como nosotros, son perseguidos. Haz de esta vida un éxito deslumbrante, no olvides nunca que eres la hija de Sam Goldstein. Recuerda cuando arreglábamos juntos el mundo, recuerda nuestros viajes y todo lo que te he enseñado. Tomarás la llama que te transmite tu padre y la multiplicarás por mil para iluminar el cielo. Cuando tengas hijos, les hablarás de tus padres, y les dirás que tu madre y yo los queremos. Dondequiera que vaya velaré por ellos como he velado por ti.

Y, mientras la encerraba, no dejaba de repetirle que la quería.

Pronto su voz quedó ahogada por las ráfagas de disparos. Colocó la última caja y Hanna quedó a oscuras.

El fuego del combate se apagó. Unas voces ladraron en la planta de arriba. Un hombre abrió la trampilla y bajó. Hanna se ocultó en el fondo del túnel y lo oyó gritar:

—Bueno, chicos, ya no queda nadie, ¡la que hemos armado! Me gustaría volver a casa antes de que anochezca.

—¿Qué hacemos con los cuerpos? —preguntó otro desde el salón.

—Cogemos la documentación —contestó otro más—. Avisaremos a las familias, vendrán a buscarlos. No vamos a encargarnos nosotros del trabajo sucio, solo faltaría.

Se oyeron risas, el hombre subió la escalerilla, cerró la trampilla y ya no hubo más que silencio.

El relato de Hanna concluyó con un largo lamento que llenó el sótano, movía la cabeza de atrás hacia delante sin dejar de llamar a su padre, gimiendo como un animal que agoniza. Robert adivinó que la amenazaba la locura, tenía que sacarla de ese lugar lo antes posible. La cogió de la mano y tiró de ella, pero, antes de subir por la escalerilla, apagó la lámpara.

—Nunca se sabe —dijo—, igual podría quedar algún miliciano en el bosque.

Era una mentira piadosa: Robert no quería que Hanna viera los cuerpos mutilados de los que se habían sacrificado con la esperanza de salvarla a ella.

Cruzaron el salón. Hanna se volvió en la entrada, suplicándole a Robert que la llevara junto a su padre. Él se negó.

—Por favor —le dijo con la voz ahogada—, no lo haga, ya nunca podría borrar esa imagen de su memoria.

Se adentraron en el bosque siguiendo el sendero. Robert se preguntó si Hanna podría subirse al tándem, pero no tenía ni idea de adónde ir.

Recordó que Alberto había mencionado a unos guías que ayudaban a los refugiados a cruzar los Pirineos. España estaba a un centenar de kilómetros nada más. En bicicleta podrían llegar a la frontera en tres días o quizá dos.

A quinientos metros del pabellón de caza, Robert le dijo a Hanna que se sentara al pie de un árbol.

—Tengo que volver a coger algo de ropa, la mía está manchada de sangre: si me ven así, nos detendrán en el primer control. Aparte, necesitamos víveres, y sobre todo tengo que recuperar su documentación.

—¡Me traen sin cuidado su ropa y esa documentación falsa —gritó Hanna—, le prohíbo que me deje sola!

Robert le tapó la boca con la mano. La carretera no estaba muy lejos, podía pasar una patrulla alemana.

—No tengo más remedio, he de cumplir una misión y necesito el mapa con los depósitos de armas. Le prometí a su padre que velaría por usted si a él le ocurría alguna desgracia y no pienso faltar a mi promesa. Hanna, le juro que no la abandonaré, tiene que confiar en mí. Estaré de vuelta dentro de media hora como mucho. Hasta entonces, trate de recuperar fuerzas, nos espera un largo camino. Y, sobre todo, no haga el menor ruido.

Hanna se resignó a dejarlo marchar. Robert subió por el sendero. Una vez en el albergue, fue a su habitación para cambiarse de ropa y luego fue a inspeccionar la cocina. Todos los tarros de conserva estaban rotos, salvo uno que había rodado debajo de la mesa. Robert lo recogió y lo guardó en una gran bolsa que colgaba de un clavo cerca de la chimenea. Después bajó la escalerilla que llevaba al sótano y se adentró por el túnel.

Pedalearon hasta el amanecer, pero Hanna estaba demasiado agotada para continuar. También Robert luchaba contra el cansancio. El sol irisaba la bruma sobre la pradera. A lo lejos se divisaban un silo y una granja. Robert abandonó la carretera y tomó el sendero que llevaba hasta esos edificios. Descansarían allí unas horas y, con un poco de suerte, encontrarían alimentos y agua.

Era más de mediodía cuando Hanna abrió los ojos. El granjero apuntaba a Robert con su fusil.

—¿Quiénes son? —preguntó.

Robert se puso en pie de un salto.

—No somos ladrones ni malhechores —contestó Hanna—. Se lo ruego, baje el arma.

—¿Qué diantre hacen en mi silo?

—Descansar un poco, nada más, hemos viajado toda la noche —prosiguió Hanna.

—¿Y él, qué pasa, no tiene lengua? ¿Por qué no dice nada?

—¿Qué más da, si yo sí le hablo?

—Si viajan de noche, es que están huyendo. Es extranjero, ¿no?

—No —le aseguró Hanna—, es mudo.

—Sí, seguro, voy a darle una patada en el culo, ¡y ya veremos si es mudo! Pero viendo cómo le han dejado la cara, no hace falta ser muy listo para saber quiénes son. Yo no quiero líos ni con los gendarmes ni con la Resistencia. Así que cojan sus cosas y largo de aquí.

—Visto cómo me han dejado la cara, sería demasiado peligroso marcharnos de día —intervino Robert—. Deje que nos quedemos hasta la noche, después nos iremos.

—¿Inglés o americano? —preguntó el granjero.

—Extranjero, como usted decía, y como no quiere problemas con la Resistencia, le aconsejo que no nos los cree a nosotros.

—Qué atrevido su amigo —contestó el granjero dirigiéndose a Hanna.

—Solo le pedimos que nos deje tranquilos unas horas —le contestó ella—, eso a usted no le cuesta nada.

—El fusil lo tengo yo, así que decido yo. Y, para empezar, nadie viene a mis tierras a amenazarme. Si quieren comer y beber, no tienen más que pedirlo con educación.

El granjero bajó el arma y los observó un momento.

—No parecen muy peligrosos. Síganme, mi mujer ha preparado la comida, pero vayan primero a lavarse al pozo, da pena verlos.

El agua del pozo estaba tan fría que Robert sintió un dolor agudo en las heridas. La de la barbilla volvió a sangrar. Hanna se sacó un pañuelo del bolsillo y se lo apretó sobre el rostro.

—No sea blandengue —le dijo al verlo hacer una mueca.

La pareja de agricultores les dio ropa limpia. Hanna se puso un pantalón y una camisa, parecía un auténtico chicazo. En la mesa, los granjeros resultaron ser buena gente. Robert se comió lo que le sirvieron sin hacerse de rogar, pero Hanna apenas probó bocado del ragú.

—Coma aunque no tenga hambre —insistió el granjero—. ¿Adónde van?

—Hacia España —contestó Robert.

—Pues anda que no van a tardar con esa bici tan rara.

—¿Cómo son las carreteras por aquí?

—Muy concurridas últimamente. Entre los que huyen hacia el este, los que suben hacia el noroeste para enfrentarse con las fuerzas aliadas, y ustedes que quieren ir hacia el sur, mucha gente.

—¿Qué fuerzas aliadas? —preguntó Robert estupefacto.

—Pero, bueno, ¿usted de dónde ha salido? El desembarco tuvo lugar hace cuatro días en las playas de Normandía, la radio no habla de otra cosa. Los alemanes se defienden bien, pero al parecer los ingleses ya están en Bayeux y los canadienses avanzan hacia Caen; dicen algunos que pronto acabará esta maldita guerra.

Al enterarse de la noticia, Robert se levantó de un salto para abrazar al granjero, pero Hanna se quedó sentada y los ojos se le llenaron de lágrimas; él se arrodilló delante de ella y le cogió la mano.

—Han muerto tan cerca del objetivo —se lamentaba la muchacha—. Y papá nunca verá la liberación.

—Yo estoy aquí, Hanna. Volverá a su país conmigo —le dijo Robert.

La granjera le indicó a su marido con un gesto que fuera a buscar una botella de licor. El granjero fue al aparador y volvió para servirlos.

—Tomen, es licor de pera, se sentirá mejor. Lo siento, muchacha.

Hanna ayudó a quitar la mesa. El granjero le pidió a Robert que fuera a echarle una mano, habían terminado de segar y había que hacer haces de heno.

Pasó la tarde en los campos. Un poco torpe al principio, Robert sin embargo adquirió pronto destreza, y el granjero lo felicitó con un «No te apañas mal para ser americano».

Y, en los campos, Robert le contó lo ocurrido el día anterior, le habló de la situación de Hanna y de la promesa que le había hecho a Sam. Al final de su relato, el granjero suspiró y, compasivo, se ofreció a ayudarlos.

—Tengo un camión de gasógeno. Esta noche cargaremos su bici debajo de un montón de paja y los acercaré todo lo posible a su destino. Con lo que se tarda en ir y volver, digamos que podré llevarlos hasta Aurignac, ya solo les quedarán setenta kilómetros hasta la frontera. Pero, ojo, cruzar los Pirineos no es ningún paseo, ni siquiera en esta época del año. Les ayudaré hasta donde pueda, el resto es cosa suya.

Primero el anuncio del desembarco, luego ese ofrecimiento, dos motivos de esperanza en un mismo día... Robert estaba muy necesitado de esperanza. Volvió a la granja, fue al pozo a enjuagarse la cara y corrió a contarle la noticia a Hanna. La encontró sola en la cocina.

—¿No está la granjera aquí?

—Se llama Germaine, y él Germain, ¿no le parece un poco ridículo?

Robert trató de encontrar un equivalente en inglés, pero tenía la cabeza en otra cosa y renunció.

—¿Se imagina una pareja en la que él se llame Jess y ella Jessie? —preguntó ella divertida.

—¿Por qué no?, si se quieren...

—No me parece a mí que haya mucho amor en esta casa.

—Creo que se equivoca.

—Puede, pero estoy segura de que estarán encantados de que nos larguemos cuanto antes. Germaine parecía molesta por mi presencia. Se ha ido sin tratar siquiera de darme conversación.

—Quizá sea perspicaz, hay que reconocer que no es usted muy habladora.

—Tengo otras virtudes, si es que ser habladora lo es. ¿A qué hora nos vamos? Este sitio me da mala espina.

—En cuanto anochezca. Germain se ha ofrecido a llevarnos en su camión hasta Aurignac, nos ahorraremos una noche de pedalear.

Se marcharon sin ver a Germaine. Tenía una migraña terrible y se había retirado a su habitación. Su marido la disculpó; en realidad estaba enfadada con él por correr tantos riesgos por dos desconocidos.

Cargaron el tándem en la trasera del camión y subieron a la cabina. Los faros, equipados con tapas, no iluminaban gran cosa, pero al menos hacían menos visible el vehículo en la noche. El Berliet arrancó, traqueteó por el sendero y se incorporó a la carretera.

Con las dos manos sobre el volante, el granjero se puso a silbar.

—Su mujer tiene razón al estar enfadada con nosotros. Debe de ser peligroso circular en estos tiempos. No sé cómo darle las gracias —dijo Hanna.

—En principio está estrictamente prohibido, pero a los alemanes y a los milicianos les gusta comer, quieren que los granjeros los abastezcamos de leche y huevos, cuando no me exigen aves. De modo que, si eres un buen granjero, te dan un *Ausweis*. Tranquilos, tengo los papeles en regla. Si caemos en un control, finjan dormir y todo irá bien.

—Dele las gracias a su mujer de nuestra parte —insistió Robert.

—Lo haré sin falta.

El motor hacía un ruido terrible. Hanna terminó por dormirse a la altura de L'Isle-Jourdain. Dejaron atrás Saint-Lys, Sainte-Foy-de-Peyrolières y Rieumes sin el menor incidente. Robert también se quedó dormido, acunado por el traqueteo de la cabina.

Cerca de Savères, el crujido de la palanca de cambio lo sacó de su letargo. El camión aminoraba la velocidad.

—¿Qué pasa? —preguntó, inquieto.

—Me parece que hay una patrulla en el próximo cruce, todavía está lejos, pero he visto luces, y a estas horas los postigos de las granjas están cerrados. Hagan lo que hemos dicho y todo irá bien. Su amiga está roque, mejor así.

Robert la miró, tenía la cabeza apoyada en la ventanilla y los ojos cerrados. Sin embargo, sintió su mano deslizarse por su espalda y sacarle la pistola del cinturón. Germain pisó el embrague y metió segunda. En ese momento, Hanna se incorporó y lo apuntó con el arma.

—Apague los faros y aparque en la cuneta —le ordenó con una voz que no dejaba ninguna duda sobre su determinación.

—¿A qué juega, bonita?

—¿Y usted, cuál es el precio de su jueguecito, cuánto valemos? ¿Veinte francos? ¿Cincuenta? ¿Tal vez cien, por vender a un americano? —se exaltó Hanna, pegándole el cañón a la mejilla.

—Está loca de atar —protestó Germain pisando el freno.

Aparcó en la cuneta y levantó las manos, asustado.

—Tenía razón Germaine, nunca debería haber ayudado a unos extranjeros, bonita manera de agradecérmelo. Bajen de mi camión. ¡Vamos, cojan sus cosas y largo!

—¿Sabrías conducir este trasto? —le preguntó Hanna a Robert, que asistía a la escena como un mero espectador, estupefacto.

—Sí… Bueno, eso creo, aprendí a conducir camiones durante mi entrenamiento en Inglaterra.

—Entonces el que se larga eres tú —le ordenó Hanna al granjero.

Avanzó el dedo sobre el gatillo.

—Mi padre murió ayer por un cabronazo como tú que nos delató, nada me gustaría más que reventarte los sesos. Te doy diez segundos para que te largues de aquí pitando.

Germain masculló una imprecación y abrió la portezuela de la cabina. Robert se instaló al volante y arrancó el motor inmediatamente. Cuando ya se alejaban, oyeron a Germain gritar:

—¡Ladrones! ¡Mi camión, devolvedme mi camión!

—Ve por ahí —dijo Hanna señalando una carretera secundaria que se alejaba a su izquierda—, y deja los faros apagados.

—¿Qué mosca te ha picado? Este tipo se ha ofrecido a ayudarnos y…

—Este tipo no es quien pretende ser, colabora con los alemanes. Y tú, para ser un agente cumpliendo una misión, no eres muy observador que digamos. En su granja no había gallinas ni vacas, solo trigo y cerdos, así que ¿cómo crees que se ha comprado este camión y conseguido el *Ausweis*? Con el mercado negro, claro, y según tú, ¿quiénes son sus clientes?

—¿Cómo has adivinado todo eso?

—Llevo más tiempo que tú ocultándome. Sobrevivir es cuestión de observación, pronto lo entenderás. Nos quedaremos en la carretera hasta que empiece a amanecer. De noche es fácil ver a los convoyes alemanes, de día es imposible antes de que sea demasiado tarde. Después seguiremos en bici. ¿A qué velocidad puedes conducir?

—A cincuenta como máximo.

Hanna le cogió la muñeca para consultar su reloj.

—Tenemos tiempo suficiente para recorrer al menos ciento cincuenta kilómetros. La frontera ya no quedará muy lejos. ¿Te han dejado el reloj?

—¿Quiénes?

—Los que te han dado esa paliza. Algún día tendrás que contarme cómo conseguiste escapar.

—¿Quieres que yo también me baje del camión? ¿Es que sospechas de mí?

—No he dicho eso, mi pregunta era sincera, me interesa lo que te ha pasado.

—Unos milicianos nos interceptaron y nos llevaron a una casa. Allí nos separaron. Nos dieron una paliza para hacernos hablar, yo no dije nada, si hubiera hablado no se habrían ensañado así conmigo.

Se arremangó para enseñarle el antebrazo, lleno de quemaduras de cigarrillo.

—Al ser americano, decidieron entregarme a los alemanes. Me arrojaron a la trasera de un automóvil. Como estaba sin conocimiento, solo me custodiaba un hombre. Recobré el sentido en una carretera en pleno campo. El tipo tenía las manos al volante; yo estaba justo detrás de él, lo agarré del cuello y le juré que no tenía nada que perder y que le partiría el cuello si no paraba. Obedeció.

—¿Qué hiciste después?

—Le partí el cuello.

—¡Un cerdo menos! No debería haber dejado con vida a ese granjero. Dentro de nada llegará al puesto de control y les dará nuestra descripción. Y, ahora, basta de cháchara, tenemos que concentrarnos —ordenó Hanna.

Condujeron un rato en silencio en plena noche. Hanna se preguntó cómo había podido Robert recuperar el tándem, estaba segura de haber oído a los resistentes hablar de ello. Pero tándems había muchos, y no quería exponerse a ofender al único hombre que podía salvarle la vida llevándosela con él a América.

Se perdieron varias veces por el camino y dejaron atrás Aurignac sin darse cuenta. Hanna encontró un mapa entre los papeles del camión, así como un salvoconducto de la milicia que confirmó sus sospechas. De vez en cuando encendía brevemente la luz de la cabina para consultar el mapa. Los nombres de las aldeas por las que pasaban le eran desconocidos, pero mientras siguieran rumbo al sur y no se cruzaran con nadie, todo iría bien.

A las tres de la mañana atravesaron Saint-Girons. Había un sidecar aparcado en la cuneta en la entrada del pueblo, pero los alemanes que montaban guardia apenas tuvieron tiempo de salir de su letargo cuando ya se alejaban los faros traseros del camión. No se inquietaron, pues solo un convoy autorizado podía circular a esas horas.

El camión subió por la ladera de una montaña, el embrague jadeaba en cada curva y el motor terminó por apagarse cuando ya estaban cerca de Seix. Robert cogió su bolsa y renunció a llevarse el tándem. En esa ladera tan abrupta era mejor andar que pedalear. Empujaron el Berliet de Germain y lo miraron hundirse en las gargantas de Ribaute.

Llegaron a Seix a primera hora de la mañana tras una larga caminata. Hanna se fijó en una pensión familiar.

—¿Tienes dinero? —le preguntó.

—No.

Se levantó la pernera del pantalón, descubriendo una venda que le ceñía la pantorrilla.

—¿Estás herida?

—Mi padre era un hombre previsor.

Se levantó la venda y le dio a Robert dos billetes de cien francos.

—Cógelos y ve a preguntar si tienen una habitación.

—Con mi acento, ¿no crees que es un poco arriesgado?

—Más arriesgado es que una mujer hable por su marido, pero quizá tienes razón. Entonces no nos queda otra que meternos juntos en la boca del lobo, con la esperanza de que esta vez demos con gente honrada.

La señora Broué era más que honrada. Desde el inicio de la guerra había ocultado a más de un huido que esperaba a un guía para cruzar la frontera. Alojaba a todo el que se presentara en su pensión. Como era obligatorio por ley, llevaba un registro de sus huéspedes, pero olvidaba apuntar a los clandestinos. Era de verdad valiente, pues los gendarmes acudían regularmente a la hora del aperitivo para consultar dicho registro. Cuando Hanna y Robert entraron en la pensión, demudados y sin más equipaje que una pequeña bolsa, le bastó una mirada para adivinar su situación. No les hizo ninguna pregunta, cogió una llave y los llevó al piso de arriba. Les abrió la puerta de una habitación en la que había una cama grande y un lavabo.

—El retrete y la ducha están al fondo del rellano. Deberían aprovechar ahora para asearse, que buena falta les hace. En los próximos días eviten recorrer los pasillos por la mañana antes de las nueve, y no bajen nunca a última hora de la tarde. Si me oyen toser detrás del mostrador, suban a su habitación. El almuerzo se sirve a mediodía y la cena a las siete y media.

—Voy a pagarle varios días por adelantado —le propuso Hanna—. En régimen de media pensión, nos saltaremos la cena.

—Almorzarán y cenarán. Cuando crucen las montañas, no tendrán más opción que ayunar, así es que, hasta entonces, aliméntense bien. En cuanto al dinero, ya veremos eso más tarde.

Salió cerrando la puerta tras de sí. Hanna se acercó a la cama, acarició la colcha y se tendió sobre el colchón suspirando.

—No sé cuánto hace desde la última vez que dormí entre sábanas de algodón. Toca, mira qué suaves son.

Hundió la cabeza en la almohada e inspiró a pleno pulmón.

—Y este olor a limpio, se me había olvidado lo divino que podía ser.

—Yo dormiré en el suelo —se ofreció Robert caballerosamente.

—Necesitas descansar tanto como yo, podemos dormir uno al lado de otro, no me molesta.

—¿Y si a mí sí me molestara? —preguntó él en tono burlón.

Hanna se divirtió lanzándole la almohada a la cara. Era la primera vez que Robert la veía sonreír.

—Pero primero haremos caso de la dueña de la pensión e iremos a asearnos, no pienso ensuciar estas sábanas —dijo ella en tono autoritario.

Hanna fue al baño la primera, el agua estaba helada, pero sintió un alivio inmenso bajo la ducha. También su cuerpo había sufrido durante las últimas veinticuatro horas. Se examinó los pies, maltrechos por la caminata, y se espantó de la delgadez de sus piernas. Todavía estaba lejos de haber alcanzado su destino, perdida en una Francia hostil, y sin embargo esa pensión le parecía un oasis de paz, un refugio momentáneo en el que se sentía casi a salvo. La idea de que la esperaba una cama de verdad terminó de reconciliarla con la vida, empezaba a recuperar la esperanza. No le asustaba cruzar las montañas, al final de ese periplo estaba la libertad y, con ella, la partida a América. Había dejado allí sus más bellos recuerdos: los viajes que había hecho con sus padres. Le envolvió una oleada de tristeza y contuvo las lágrimas. Llamaron a la puerta.

—¿Va todo bien? —oyó.

—Sí, muy bien.

—Estaba preocupado —susurró Robert al otro lado de la puerta—, pensaba que te habías desmayado, llevas ahí dentro muchísimo tiempo.

—Hacía muchísimo tiempo que no me daba una ducha de verdad, así que la he disfrutado bien. Pero ya te dejo.

Salió del cuarto de baño con el cuerpo envuelto en una toalla que se ceñía a sus curvas. Sus pechos desnudos se dibujaban debajo, y Robert no pudo evitar dirigirles una mirada. Ella sorprendió su mirada y se sintió turbada. La única vez que había suscitado deseo en su vida había sido en el colegio, a un chico de su edad que había puesto todo su empeño en cortejarla, aunque su afán la había dejado indiferente, pero Robert era un hombre.

—¿Qué pasa? —preguntó este.

—Nada, el pasillo es estrecho y me cortas el paso.

Se apartó para dejarla pasar y sus cuerpos se rozaron.

Cuando volvió a la habitación, Hanna dormía profundamente. La observó largo rato antes de acostarse a su lado. Ella suspiró, se volvió y le apoyó la mano en el pecho, con los párpados cerrados.

—¿Has hecho el amor alguna vez? —le preguntó él en un susurro.

—No —le contestó ella en voz baja—. ¿Y tú?

—¿Me dejas besarte?

Hanna abrió los ojos y aceptó su beso. Temía su fogosidad, pero él se mostró delicado. El calor de su piel y las ganas de ser mujer se impusieron sobre su miedo y lo abrazó con todas sus fuerzas. Ironías de la vida, fue en Seix donde Hanna hizo el amor por primera vez.

* * *

El comedor de la pensión era algo rústico. Había ocho mesas de madera en las que se repartían los huéspedes, de las ventanas colgaban visillos de encaje y un reloj de pared alteraba el silencio con su tictac regular. La señora Broué se esforzaba mucho en alimentar a sus huéspedes. Una muchacha del pueblo servía las mesas. En el menú, a mediodía piperada, y de cena tortilla de patatas y tarta. En los cuatro días y las cuatro noches que Hanna y Robert pasaron allí recuperaron fuerzas. A ello contribuyó no solo la alimentación, sino también el amor físico. Hanna había descubierto el placer y no se saciaba fácilmente. Y aunque a Robert seguían doliéndole los labios, no escatimaba los besos. Cada vez que la abrazaba, Hanna sentía entrar en ella el hálito de la vida, y su ardor ahuyentaba a la muerte.

Había transcurrido una semana cuando la señora Broué llamó a la puerta de su habitación para rogarles que bajaran. Un hombre los esperaba en el comedor. Era un guía.

Esa misma noche partía un convoy. Serían diez en total. Sobre todo estudiantes parisinos que querían llegar a Argel para unirse al ejército del Comité Francés de Liberación Nacional. El guía se extrañó de que la red Cometa, que se ocupaba de los aviadores extranjeros, aún no hubiera atendido a Robert. Este le explicó que desde su llegada había perdido todo contacto con su mando.

—Las condiciones son bastante favorables —explicó el guía—. La meteorología es buena, aunque en la montaña puede resultar más peligrosa que los boches. Desde que desembarcaron los Aliados, empieza a haber menos patrullas alemanas. Temen otro desembarco en el sur y quedar atrapados, por eso se largan. El año pasado había más de tres mil acosando a los que querían evadirse por la montaña, ahora son muchos menos, pero con todo habrá que ser prudentes. Tenéis todos más o menos la misma edad, lo que nos permitirá mantener una velocidad regular. Saldremos a las once de la noche, estad preparados.

La señora Broué les dio ropa de abrigo. Cuando Hanna quiso pagarle, rechazó su dinero.

—Quédeselo para pagar al guía; normalmente son dos mil francos por persona, pero he conseguido que se lo dejen en mil cada uno. José es un buen guía, pueden confiar en él, los llevará hasta Alós d'Isil. Cuando vean la iglesita románica con su estatua de Eva, serán libres. Bueno, casi: tengan cuidado en España, los franceses a los que detienen acaban en el campo de Miranda.

Esa noche la cena fue extrañamente solemne. En las mesas apenas se murmuraba, y cuando la señora Broué sirvió la tarta, los hombres entonaron una canción vasca que emocionó a los que se disponían a marcharse.

Cruzar los Pirineos fue más duro de lo que les había advertido el guía. Los evadidos caminaban hasta el agotamiento, y hasta que no se desplomaba uno de ellos, no se detenía el grupo para recuperar fuerzas. Pese a ser verano, al cruzar los puertos tenían que hacer frente a temperaturas glaciales que el viento recrudecía. En el pico de Aneto, tuvieron que caminar por las nieves perpetuas. Hanna tenía los pies helados, pero hizo gala de un valor admirable. Los estudiantes que los acompañaban estaban exhaustos ya, después de haber tenido que cruzar toda Francia, mal alimentados durante su periplo. Se ayudaron unos a otros de manera ejemplar mientras el guía los obligaba a seguir avanzando. Las laderas eran abruptas, pero en cuanto uno se caía, otro lo ayudaba a levantarse. Por la mañana, el amanecer sobre las montañas fue un espectáculo cuyo esplendor impresionó a todo el grupo. Era un momento de paz inolvidable que se les quedaría grabado para siempre.

Por fin divisaron la iglesita románica. El guía les indicó un sendero que bajaba hacia el valle.

—Estamos en España, os deseo a todos buen viaje y larga vida.

Se quitó la boina y la hizo pasar de mano en mano para que depositaran en ella el dinero. Los bolsillos se vaciaron, y aunque reunió mucho menos de lo acordado, se contentó con ello y se puso en camino de regreso a Francia.

Tras cuatro horas de marcha, una pareja de pastores vieron llegar al curioso grupo, pero no parecieron extrañarse. Les abrieron las puertas de su casa y les sirvieron un plato de polenta y leche de oveja sin hacer preguntas.

Reanimados por esos alimentos y por una noche de descanso, el grupo se separó a la mañana siguiente. Hanna y Robert siguieron una carretera asfaltada. Unos obreros españoles les hicieron subir a su camión y los dejaron en una pensión regentada por gente de confianza.

Había teléfono, Robert consiguió hablar con el consulado americano. Durmieron el resto del día y un coche vino a buscarlos al anochecer. Viajaron buena parte de la noche hasta llegar a Madrid.

Pasaron una semana en el consulado americano. Un agente de enlace interrogó a Robert. Una vez comprobada su identidad, le ofrecieron conducirlo a Gibraltar. Desde allí un barco lo llevaría a Tánger, donde podría embarcar en un carguero y volver a casa. El cónsul le recordó que, al no ser americana, Hanna no podía acompañarlo. Robert se puso como una furia y se negó a marcharse sin ella. El cónsul lo sentía mucho, pero no podía hacer nada.

Al día siguiente los casó, y Hanna se convirtió en ciudadana estadounidense.

Diez días más tarde, acodada en la borda de un barco, contemplaba alejarse la costa. Acurrucada contra su marido, le dio las gracias por haberle salvado la vida.

—Es a ti a quien debo estar vivo —contestó Robert emocionado—. Hemos superado juntos esta pesadilla, sin ti hace tiempo que me habría rendido.

Uno volvía a su patria, la otra abandonaba la suya rumbo a lo desconocido, ambos sin más equipaje que una bolsa de la que Robert nunca se había separado.

31

ELEANOR-RIGBY

Octubre de 2016, Baltimore

La clientela del bar era bastante heterogénea: un hombre de negocios que no apartaba los ojos del móvil, unos estudiantes enfrascados en los meandros de un juego en línea ante la pantalla de sus ordenadores, tres mujeres embarazadas hablando de ropa de bebé y de marcas de cochecitos de paseo, una joven pareja que no tenía mucho que decirse y otra de ancianos que devoraban un pastel con traviesa glotonería.

George-Harrison eligió dos asientos en la barra. Pedí una ensalada mixta y una Coca-Cola Zero.

—No para de dar vueltas sobre ese taburete, ¿qué hay en la sala que tanto la apasiona?

—Gente —contesté yo.

—Cuando llega a una ciudad desconocida, ¿dónde va primero para encontrar un enfoque? —me preguntó.

—Un enfoque… ¿Cómo que un enfoque?

—Para escribir sus artículos, me refiero.

—A los mercados al aire libre. Son el único sitio donde se mezclan todos los estratos sociales, y no se imagina lo que se aprende mirando los puestos, lo que los vendedores ponen en valor, lo que los clientes compran…

—Sí, sí que me lo imagino —dijo dejando el vaso sobre la mesa.

Se había bebido la cerveza casi de un trago y se había zampado su sándwich en tres bocados. En la mayoría de los hombres esa ansia me habría parecido vulgar, puede incluso que repugnante, pero en él no.

Emanaba de George-Harrison una elegancia en estado bruto, sin la más mínima pose, una serenidad apacible y, más turbador quizá, una sinceridad desconcertante. Incluso cuando se había irritado un poco hacía un rato, su voz no se había alterado. Mi ex, el periodista de *The Washington Post*, no tenía esas cualidades, nunca me había preguntado por mi forma de escribir, juzgando su trabajo más importante que el mío, y me daba cuenta ahora de que había estado ciega y había perdido mucho tiempo con él. Pero quizá fuera eso lo que yo buscaba a fin de cuentas, perder tiempo en una relación condenada al fracaso. Mi libertad siempre me ha alejado de la realidad.

Una chica con vaqueros y jersey entró en el bar y los tres estudiantes abandonaron un instante sus dragones y vikingos para mirarla. Era preciosa y lo sabía, tenía diez años menos que yo y le envidiaba su seguridad y su desenvoltura. Era una tontería, pues por nada del mundo habría retrocedido diez años en mi vida. Hacerse mayor no es cosa fácil, añoraba la época en que nada más saltar de la cama podía ponerme cualquier prenda y salir de casa con un aspecto impecable. La chica fue a sentarse a una mesa y no pude evitar comprobar si George-Harrison la miraba. No lo hacía, y me extrañó que eso me hiciera tanta ilusión.

—Y usted, ¿cómo ataca la fabricación de un mueble?

George-Harrison me dedicó una sonrisita maliciosa.

—Con mis herramientas. Pero no tenía por qué preguntarme solo por educación.

Me había pillado, y mi expresión culpable no le pasó inadvertida.

—Le estaba tomando el pelo. Empiezo dibujándolo.

—Por favor, dibújeme un cordero.

—No suelo fabricar muchos. Pero puedo dibujarle su caja, si quiere, me las apañaré para no olvidar hacerle unos agujeros para que respire.

—Es el primer libro que me marcó —le confié.

—Creo que no es usted la única.

—Ya lo sé, no soy nada original. ¿Y usted?

—*Charlie y la fábrica de chocolate*, y como me va a preguntar por qué, se lo digo ya mismo: tenía debilidad por Willy Wonka. Pero creo que lo que marcó mi adolescencia fue *If*, de Kipling.

Naturalmente que ese poema había marcado su adolescencia. Quién no habría soñado con un padre que le leyera esas palabras. Le había prometido a George-Harrison que lo ayudaría en su búsqueda, pero tenía en la cabeza otras prioridades.

—Lo siento —dijo—. Por fin estaba decidida a que nos conociéramos mejor y yo no se lo he puesto fácil.

—No era esa mi intención —mentí.

—Qué pena —suspiró él—. Desde que nos conocimos, hablamos solo del pasado, pero usted tiene otras cosas en la cabeza, y yo no debo insistir. ¿No le apetece ir a pasear un poco? El sándwich no me ha sentado muy bien.

Me habría gustado decirle que la próxima vez se atiborrase menos, pero me contuve, cosa rara en mí. Ya no era yo misma cuando estaba con él, entonces cogí mi bolso y me levanté.

Recorrimos las calles sin decir nada. Entramos en una tienda de *souvenirs*, yo buscaba un regalo para Michel, pero no encontré nada que pudiera gustarle. Estuve a punto de entrar en una que vendía camisetas, para ver si todavía me sentía joven. George-Harrison adivinó mis pensamientos y me arrastró dentro. Recorrió los expositores y rebuscó en todos los estantes hasta elegir dos camisetas. No quise desairarlo, así que me las probé una después de otra sobre el top que llevaba. Dijo que no con la cabeza y fue a buscar otras dos. Parecíamos una pareja de compras, solo que no éramos pareja. Un poco más tarde, en la calle, me pareció que me iba a coger la mano. Creo que no me habría disgustado. Hacía mucho tiempo que no iba de la mano con un hombre. Eso en sí no tiene mucha importancia, pero cuando caes en la cuenta de esa clase de cosas, al final acabas pensando como una tonta que algo no marcha en tu vida. Y, de repente, tras cruzar una calle, dijo:

—Lo estoy pasando muy bien, igual es una tontería, pero quería decírselo.

—No, lo tonto sería más bien no decirlo, yo también lo estoy pasando muy bien.

Había una posibilidad entre diez de que se volviera hacia mí, me mirara a los ojos y tratara de besarme.

No era mi día de suerte, y ya iba siendo hora de que dejara ese jueguecito.

Y eso que me había comprado una de las camisetas que me había elegido. Me la pondría de vuelta en Londres, mientras veía la tele con una copa de vino en la mano, brindando con mi puñetera libertad.

Pensar en Londres me llevó a acordarme de mi padre. Ya era hora de que le hiciera unas cuantas preguntas. A la fuerza tenía que saber más de lo que había querido contarnos. Me senté en un banco, solo eran las ocho de la tarde en Londres, no lo despertaría.

Después de cinco tonos, empecé a preocuparme. Cuando contestó, oí voces a su alrededor.

—Ray Donovan, ¿con quién tengo el gusto de hablar? —preguntó aclarándose la voz.

—¿Estás viendo la tele? Hay muchísimo ruido.

—Tengo invitados, cariño —me dijo—. Maggie y Fred han venido a visitarme con una pareja de amigos, reconozco que el ambiente está bastante animado, han traído un vino excelente, más de una botella, ya sabes lo que quiero decir.

—¿Qué amigos?

264

—Unos muy simpáticos, él también se dedica a la hostelería, y ella trabaja en una agencia de publicidad. No creo que los conozcas. ¿Quieres hablar con tu hermana?

Desde que llegué a Baltimore, Maggie no había tratado de tener noticias mías y parecía no interesarse por mi investigación, como si no pudiera permitirse llamarme al extranjero. Así es que no, no tenía la más mínima gana de hablar con ella, también porque de pronto me sentí como si me mantuviera al margen de su vida. Nunca había oído hablar de esa pareja. ¿Serían amigos de Fred? Lo cierto es que estaba celosa, celosa de que mi hermana tuviera vida social y yo no. Estaba celosa y me avergonzaba de ello, porque ella no era en absoluto responsable de mis decisiones en la vida, y solo me correspondía a mí asumir sus consecuencias. Un día le pediría perdón por haber sido mezquina e injusta con ella a veces. Me daba igual que papá la ayudara económicamente. Nunca me ha importado el dinero, y juro por santa Edina y santa Patsy que no hay persona menos interesada que yo.

—¿Elby? ¿Sigues ahí?

—Quiero hablar contigo y con nadie más —proseguí—. ¿Podrías irte donde estés solo?

—No cuelgues, me voy a mi habitación.

Mi padre soltó un gruñido al sentarse en la cama. Le dolían las rodillas al doblarlas.

—Ya estoy. ¿Tienes algún problema?

—No, estoy bien.

—¿Qué tiempo hace por allí?

—Te llamo de lejos, así que vamos a no hablar del tiempo. Papá, quiero que me digas la verdad. ¿Qué hacía mamá en Baltimore?

Hubo un silencio. Oía la respiración de mi padre.

—No fue por tu revista por lo que te marchaste tan precipitadamente, ¿verdad?

No sé mentir ni siquiera por teléfono, así es que le conté lo de la carta anónima y las acusaciones que contenía, pero no le dije nada de la foto en la que mi madre aparecía besándose con la madre de George-Harrison. Papá volvió a callar unos instantes, soltó un hondo suspiro y por fin se decidió a hablar.

—Cuando te dije que tu madre había vuelto a su tierra, deformé un poco la realidad. Su tierra es Estados Unidos. Tu madre nació en Baltimore —siguió diciendo mi padre—. Creció allí hasta que la mandaron interna a Inglaterra. Aquí se sintió muy sola, hasta que nos conocimos en un *pub*. Lo demás ya lo sabes, salimos unos años, luego ella quiso recuperar el contacto con su familia, volvió a su casa y regresó a Inglaterra diez años después.

—Mamá no tenía padres, siempre nos dijisteis que había crecido en un orfanato.

—Cuando te mandan a un internado a los catorce años, tan lejos de tu hogar y contra tu voluntad, viene a ser lo mismo que un orfanato.

—¿Por qué tantos secretos?

—Eso se lo tendrías que haber preguntado a ella, pero por desgracia ya es demasiado tarde. Elby, por favor, no vayas a rebuscar en el pasado de tu madre, no puedes dudar ni por un momento de lo mucho que te quería, a ti aún más que a tu hermano y a tu hermana. Déjala en paz, a ella y su juventud, conserva el recuerdo de la madre que fue.

—No has dicho ni mu cuando te he contado que cometió un robo, deduzco entonces que te lo confesó.

—Te prohíbo que pienses que era una ladrona. ¡No es en absoluto verdad! —se indignó mi padre.

—Papá, tengo pruebas. Me he pasado la mañana en una comisaría, he tenido acceso al caso. Hace treinta y cinco años, mamá cometió un robo de lo más sonado en la propiedad de una familia adinerada. Por favor te lo pido, no sigas mintiendo. En mi vida ya no hay ni Papá Noel ni príncipe azul, eres el único en quien puedo creer.

—No era solo la casa de una familia adinerada, cariño, era la suya propia. Puesto que has conseguido acceder a los archivos de la policía, supongo que ya no te llevará mucho tiempo comprender todo lo que pasó. Su apellido de soltera, el que tú le conociste, era el de su abuelo, un tal Sam Goldstein. Lo tomó cuando nos casamos.

—¿Por qué cambió de identidad?

—Porque había roto con toda una parte de su vida y se negaba rotundamente a que un día supierais la verdad.

—¿Por qué?

—Para poner fin a la maldición. Quería que sus hijos fueran Donovan y nunca Stanfield.

Estaba estupefacta, esta vez la que se quedó sin voz fui yo.

—Entonces, ¿mamá era la hija de Hanna y Robert Stanfield? —pregunté con un suspiro.

—En cierto modo, sí.

—¿A qué maldición te refieres?

—A las traiciones, las mentiras, el desamor y las tragedias que sufrieron sus familiares, así como las parejas de estos.

—¿Qué fue de esos abuelos a los que yo nunca conocí?

—¡No son tus abuelos, repudiaron a su hija! —gritó mi padre—. Murieron. Pero te lo suplico, Elby, no vayas a buscar su tumba, tu madre se revolvería en la suya. ¡¿Entendido?!

Nunca había oído a mi padre enfadarse y el tono de su voz me dejó pasmada. A mis treinta y cinco años de pronto me sentí como una niña. Y se me llenaron los ojos de lágrimas cuando me colgó el teléfono.

George-Harrison se me acercó, me vio llorando y me abrazó.

—¿Qué ha pasado?, ¿por qué está tan alterada?

Me puso la mano en la nuca y yo me acurruqué en sus brazos. Era incapaz de dejar de llorar. Y, cuando por fin lo conseguí, entre dos últimos sollozos se lo conté todo.

Se había derrumbado un mundo en una conversación telefónica. Toda su vida mamá me había mentido sobre su pasado, y también sobre el mío. Había tenido unos abuelos, odiosos a su juicio, pero que yo habría podido conocer si ella no hubiera decidido lo contrario por mí. Ya no era solo inglesa, sino mitad americana. Pero, sobre todo, acababa de descubrir en la ira de mi padre que no era solo la mayor de los Donovan, sino también la última de los Stanfield.

George-Harrison me enjugó las lágrimas con el dorso de la mano y me miró fijamente.

—Reconozco que es mucha información que digerir, pero tengo la impresión de que lo que más la perturba es que su padre le haya colgado el teléfono. Debería volver a llamarlo.

—¡Ni hablar!

—Él lo está pasando tan mal como usted, pero es usted quien tiene que dar el primer paso. Ha debido de ser muy difícil para él contarle todo eso.

Negué con la cabeza y él me sermoneó.

—Tiene suerte de tener un padre como él, no se comporte como una niña mimada, aunque ese aire de niña mala la hace muy atractiva. No me hubiera gustado conocerla en el colegio.

—¿Qué se supone que quiere decir con eso?

—Nada, bueno, sí: creo que los chicos a los que usted gustaba debieron de pasarlas canutas.

—¡Menuda tontería!

Mi móvil vibró. George-Harrison me sonrió y tuvo la delicadeza de alejarse hacia su camioneta. Me decidí a contestar.

—¿Qué le has dicho a papá para que se ponga así? —gritó Maggie—. Me he preocupado al ver que no volvía, he entrado en su habitación y me lo he encontrado hecho polvo en la cama. ¡Incluso desde la otra punta del mundo te las apañas para arruinarnos una velada agradable!

No tenía la menor gana de discutir con ella. Y era el momento de poner a prueba mis resoluciones, así es que conservé la calma y se lo revelé todo. Cada vez que terminaba una frase, ella suspiraba y decía «caray», lo dijo al menos diez veces. Cuando llegué al hecho de que Michel, ella y yo éramos descendientes del ilustre Frederick Stanfield y de una gran familia americana, la oí exclamar «Jooooder». Típico de ella.

—Bueno, esto es lo que vamos a hacer —añadió muy nerviosa—. Yo me ocupo de papá, para no variar, pero voy a arreglar las cosas entre vosotros. Déjalo descansar esta noche y vuelve a llamarlo mañana por la mañana para disculparte.

—¿Disculparme por qué, si se puede saber? Son ellos los que nos han mentido desde el principio. Sin esa maldita carta, y si no hubiera venido hasta aquí, habría seguido en la ignorancia toda la vida.

—Lo que tú digas, pero nos han querido más que nadie. Te vas a disculpar porque tienes el padre más genial del mundo, el que nos envidiaban todas nuestras amigas porque es el hombre más generoso que hay, y no le conozco ningún defecto salvo lo goloso que es y ese cariño tan ridículo que le tiene a su viejo coche destartalado. Así que, cuando se tiene la suerte de tener un padre así, ¡uno se traga el orgullo!

Se suponía que la hermana mayor era yo, pero no era mi primera regresión ese día, así que me callé.

—Y, mientras yo me ocupo de calmar a papá, tú, bonita, te las vas a apañar para dar con ese tesoro, sea lo que sea. No me puedo creer que mamá fuera tan tonta como para abandonar su parte. Yo también sueño con mudarme a Londres, y no necesariamente a casa de Fred, ¿captas la indirecta? Así es que cuento contigo, ponte manos a la obra y no olvides tenerme al tanto.

—¡*Por favor*, no olvides tenerme al tanto, *por favor*, Elby! —corregí yo.

—¿En qué punto estás con tu Beatle? —se limitó a contestar.

—En ninguno —dije con voz lacónica.

—Pues así tienes que seguir, igual está ahí para quitarte el tesoro. Y nada nos asegura que no lo haya organizado todo él para quedárselo.

—Maggie, no sabes de lo que hablas.

—Si hay un tema del que sé más que tú es de hombres. Hasta mañana.

Y colgó.

Ahora sabía que era parte de una familia de la que lo ignoraba casi todo y a la que nunca conocería. Por respeto a mi madre, no haría nada para encontrar su sepultura. Recogerme en ella no habría tenido ningún sentido, salvo el de representar una traición. Pero si mamá se había cambiado el apellido de soltera para adoptar el de Sam Goldstein era porque debía de ser una buena persona, y sentí el deseo profundo de saber más de él. Y también de la historia de los Stanfield, para ser sincera.

George-Harrison me esperaba en su camioneta. Me reuní con él. Levantó el pulgar con aire interrogativo, quería saber si papá y yo habíamos hecho las paces. Pensara lo que pensara Maggie, a mí ni se me pasaba por la cabeza que pudiera ser el autor de la carta anónima.

—¿Va todo bien? —me preguntó inclinándose para abrirme la puerta.

—Digamos que todo irá mejor mañana.

—Perfecto, y, ahora, ¿adónde vamos?

Me sentía culpable, pues por mi lado la investigación avanzaba a buen ritmo, pero por el suyo estaba en punto muerto. Me disculpé por ello.

—No se preocupe. Llevo tanto tiempo esperando que me da igual esperar una semana más, o un mes, o un año, o el resto de mi vida incluso.

—No diga eso, le prometo que lo encontraremos.

—Ya veremos, mientras tanto, solo se me ocurre una persona que pueda contarnos más, así es que mañana por la mañana volveremos a interrogar al profesor Shylock.

Una vieja camioneta aparcada en una calle de Baltimore probablemente sea el lugar menos romántico del mundo, sin embargo, supongo que por un exceso de emociones, fue el que elegí para besar a George-Harrison.

Fue un beso largo y fogoso, tanto que nos olvidamos de dónde estábamos; un beso robado de una ternura inolvidable que curiosamente no se parecía en nada a un primer beso, tan cómplice y tan espontáneo que me dejó la impresión de que nos conocíamos desde siempre.

—No sé por qué lo he hecho —farfullé ruborizándome de apuro.

George-Harrison arrancó el motor y estuvimos un buen rato en silencio, cogidos de la mano.

32

ELEANOR-RIGBY

Octubre de 2016, Baltimore

El final de la tarde fue un extraño paréntesis. George-Harrison se comportaba como si no hubiera ocurrido nada entre nosotros. En la mesa estaba tan callada, que se sintió obligado a hablar por los dos. Cuando se le acabaron los temas de conversación terminó por hablarme de su madre. Tenía por ella una admiración sin límites. Había sido una mujer libre que nunca había renegado de sus valores.

—Lo suyo era abrazar todas las causas, sobre todo las más desesperadas —me dijo divertido—. Reconozco que a veces se pasaba un poco. Cuando monté mi taller, me obligó a ahorrar para replantar los árboles que iba a sacrificar. Lo cual es una acusación sin fundamento, limpiar los bosques es esencial para su conservación, pero cada vez que se lo explicaba, me sacaba un folleto sobre los estragos de los aserraderos de la selva amazónica. La defensa del planeta, la protección de la infancia, la lucha contra las desigualdades sociales, el autoritarismo y la mojigatería, la lucha por la libertad y la tolerancia..., creo que defendió todas esas causas, pero su bestia negra siempre fue la corrupción. Tenía un odio feroz por todos aquellos que, por sed de poder y de dinero, sacrifican su humanidad.

Cuántas veces la he visto indignarse cuando leía el periódico. Recuerdo su última indignación antes de que empezara a perder la cabeza… «Todos los días mueren niños por las bombas, el hambre o el agotamiento a fuerza de trabajar en condiciones inhumanas, ¡y la gente se manifiesta contra los homosexuales, solo porque se aman siendo del mismo sexo! ¡Menudos hipócritas!». Bueno, eso era más o menos lo que decía. La justicia de dos velocidades era también uno de sus temas favoritos. «Niégate a pagar una multa y vendrán a quitarte el coche, pero otros roban alegremente de las arcas del Estado, se ganan su buen sueldo por no dar un palo al agua, falsean los mercados públicos para forrarse y, cuando los pillan, les dan una palmadita y a todo el mundo le trae sin cuidado». A veces me pregunto si no perdió la razón por culpa de toda esa indignación.

No es que me aburriera su conversación, pero nunca una velada se me había hecho tan larga. Esperaba que no tomara postre, pero mi gozo en un pozo: tenía un hambre de lobo. Miraba a la camarera, que iba de mesa en mesa, y me hubiera gustado estar en su lugar. Pretexté que tenía que ir al baño para darle esquinazo. Cuando volví, había pagado la cuenta y me esperaba, listo para irnos.

Caminamos hasta el hotel y al salir del ascensor me dijo:

—He pasado una velada muy agradable, usted no. Lo siento, creo que he hablado demasiado. Hasta mañana.

Me dejó plantada en el pasillo. Me sentía como un volcán en erupción. Tuve ganas de correr hasta su habitación y aporrear la puerta para preguntarle si se había dado cuenta de que su lengua se había aventurado en mi boca. Al menos me había dejado las cosas claras. Al día siguiente actuaría como él, fingiendo que no había ocurrido nada.

Dormí poco, no dejaba de darle vueltas a la conversación con mi padre. Al amanecer, una pesadilla me proyectó a la mansión de los Stanfield. Era suntuosa, con sus *boiseries* realzadas con pan de oro, sus suelos de mármol y sus arañas de cristal. Al pasar delante de un espejo me vi con uniforme de criada. Llevaba una blusa de rayas ceñida en la cintura y una cofia de encaje me retenía el cabello pelirrojo. Entré en el comedor con andares desmañados, sujetando una bandeja demasiado pesada. Hanna y Robert Stanfield presidían los dos extremos de una inmensa mesa de caoba, adornada con candelabros y cubiertos de plata. Mi madre tenía apariencia de niña, se sentaba muy erguida en su silla. Enfrente de ella, un anciano le sonreía con aire bondadoso. Mientras la servía, la señora de la casa me hizo notar que tenía la bandeja inclinada, y me advirtió que si le manchaba la alfombra persa, me descontaría de mi sueldo la factura de la tintorería. Con un gesto autoritario me mandó a servir al resto de los comensales. El abuelo me guiñó un ojo, y cuando me acerqué a mi madre, me puso la zancadilla. Me caí de bruces y todos se echaron a reír.

Me desperté empapada en sudor. Abrí la ventana de mi habitación de hotel y contemplé levantarse el sol sobre los antiguos muelles de Baltimore.

—¿Qué tal ha dormido? —me preguntó George-Harrison en la mesa del desayuno.

—Como un lirón —le contesté enfrascándome en la carta.

Un poco más tarde subimos a su camioneta y nos dirigimos a la universidad.

Shylock nos hizo esperar más de una hora. Su secretaria nos dijo que estaba corrigiendo exámenes y que nos recibiría cuando terminara.

Por fin entramos en su despacho. Parecía de buen humor.

—¿Qué puedo hacer por ustedes? —me preguntó.

Decidí que esta vez las preguntas las haría yo.

—¿Quién era Sam Goldstein?

—Un gran marchante de arte y el padre de Hanna Stanfield. Pero algo me dice que eso ya lo sabían.

—Pues díganos lo que no sabemos.

—Es la segunda vez que vienen a verme a mi despacho y, por si acaso no se hubieran dado cuenta, tengo otras obligaciones que no son jugar a las adivinanzas con extranjeros. ¿Qué tal si empiezan por decirme lo que de verdad los trae por aquí y por qué les interesa tanto esa familia?

George-Harrison me puso la mano en la rodilla. Comprendí que me animaba a reflexionar bien antes de contestar. Si el profesor era el autor de las cartas anónimas, podíamos meternos en la boca del lobo.

—¡La escucho! —insistió.

—Soy la nieta de Hanna Stanfield, Sally-Anne era mi madre.

Shylock me miró estupefacto, abrió unos ojos como platos y echó para atrás el sillón en el que estaba sentado. Se levantó sin una mueca, como si su ciática fuera ya un lejano recuerdo. Después se acercó a la ventana, observó el campus y se mesó la barba.

—Si lo que dice es cierto, eso podría cambiarlo todo —masculló.

—¿Cambiar qué? —intervino George-Harrison.

—Para empezar, la ausencia total de interés que tenía por usted. Si es una Stanfield, la cosa cambia, podríamos llegar a entendernos.

—¿Es el dinero lo que le interesa? —le pregunté.

—Una de dos, o es usted tonta o es una grosera. Preferiría que fuera lo segundo, porque si no el resto de esta entrevista puede ser una pérdida de tiempo considerable. No parecen nadar en la abundancia, ni uno ni otra, y si contaban con hacerse con una herencia familiar, se van a llevar un buen chasco, pues no queda ni un centavo.

—Una de dos, o es usted tonto o es un grosero —contesté—, pero no sabría decirle qué preferiría yo.

276

—¡Es usted una insolente! ¿Cómo se atreve a hablarme en ese tono?

—Ha empezado usted —le hice notar.

—Bueno, olvidemos este incidente y empecemos de cero esta conversación, y esta vez sin tanta acritud. Tengo un pequeño trato que proponerle.

Shylock reconoció habernos mentido cuando nos dijo que después de que Hanna lo echara de su casa nunca había vuelto a ver a Robert. Una mentira por omisión, precisó, pues hasta entonces no tenía motivos para desvelarnos más.

—Para Hanna su hijo era su ojito derecho, pero su marido en cambio tenía debilidad por su hija. De hecho, cuando Sally-Anne empezó a odiarlo, fue muy duro para él. Su exilio en un internado inglés no hizo sino agravar las cosas y sumió a Robert en una soledad espantosa de la que se sentía responsable. Habría dado cualquier cosa por recuperar la confianza de Sally-Anne y restaurar los lazos que los unían hasta entonces. Estoy seguro de que lo habría hecho si su esposa no se lo hubiera impedido. Pero era ella quien mandaba, y tenía una voluntad de hierro.

—¿Por qué empezó mi madre a odiar a su padre? ¿Es que alguna vez le puso la mano encima?

—¿Robert? ¿Tener un gesto inapropiado con su hija? ¡Jamás! No, lo que ocurrió fue que sorprendió una conversación que nunca debería haber oído, al menos no con doce años.

—Lo llama por su nombre, como si fueran amigos íntimos.

—Llegamos a serlo. Unos meses después de conocernos en su despacho, vino a verme. Se sentó en la silla que ocupa usted ahora. Dado que me interesaba tanto la dinastía de los Stanfield, se ofreció a abrirme sus archivos con la condición de que escribiera también un capítulo sobre su propia historia. Robert necesitaba sincerarse con alguien que no formara parte de esa historia y cuya credibilidad nadie pudiera poner en duda.

—Sincerarse ¿sobre qué y con qué fin?

—Para restablecer su verdad. Para que su hija la conociera algún día, lo perdonara y volviera a casa. Vi en ello una oportunidad de realizar mi proyecto y acepté. Yo también puse mis condiciones. Sería un toma y daca, no le haría ninguna concesión y contaría los hechos tal y como habían sucedido. Robert se plegó a mis reglas. Nos entrevistamos los miércoles, en este despacho. Me traía documentos muy valiosos para mi trabajo, poco a poco, para que su mujer no se diera cuenta de nada. Nuestros encuentros duraron meses y, sí, nos hicimos amigos. Pese a su insistencia para que fuera diligente con mi trabajo, entre mis ocupaciones en la universidad y las investigaciones que un historiador de mi nivel no podía dejar de llevar a cabo, tardé en ponerme a escribir. Sin embargo, casi había concluido el manuscrito cuando Hanna puso fin al proyecto. No sé con qué lo amenazó, pero Robert me suplicó que lo parara todo. Nuestra amistad me obligaba a respetar su voluntad.

—¿Por qué no haber seguido tras su muerte?

—Dadas las circunstancias en que se fue, tengo que reconocer que fue una hermosa muerte para un hombre. Pero, aunque su desaparición me apenaba mucho, no podía publicar nada. Una cláusula de nuestro pacto le otorgaba el derecho de relectura. No podía hacer caso omiso de su visto bueno, no porque mi pericia investigadora lo necesitara, sino porque soy un hombre de palabra.

—¿Qué conversación no debería haber sorprendido mi madre? —pregunté.

Shylock me miró fijamente y pareció dudar un momento antes de proseguir.

—Ahora nos toca a nosotros hacer un pacto —dijo con tono grave—. Le ofrezco la posibilidad de enterarse de toda la historia con la condición de que me dé su consentimiento para publicarla. Ya que queda una Stanfield, su visto bueno me liberará de mi promesa.

Shylock se sacó del bolsillo del chaleco una cadenita de la que colgaba no un reloj como cabía esperar, sino una llave. Fue hasta un archivador y lo abrió para sacar una gruesa carpeta que nos puso delante.

—Todo está aquí, en estas páginas. La parte que le interesa está recogida en los capítulos titulados «1944» y «1947», consúltelos y vuelva a verme. Entonces le contaré el resto.

Nos acompañó hasta la puerta y se despidió de nosotros.

Me pasé el resto del día en la biblioteca de la universidad, leyendo sin descanso el capítulo titulado «1944». En cuanto terminaba una página, se la pasaba a George-Harrison, que la leía a su vez.

Y así fue como me enteré de la historia que había llevado a Robert Stanfield desde Baltimore hasta un pabellón de caza perdido en el fondo de un bosque de Francia. Su amistad con Sam Goldstein, su lucha clandestina, la tortura que sufrió, su evasión, el valor con el que protegió a aquella con la que habría de casarse tras una azarosa travesía de los Pirineos.

Al final de la tarde seguía sin entender por qué mamá se había enfadado con un hombre como ese, un hombre que se había casado en una embajada en Madrid para salvar a la hija de Sam Goldstein. Un hombre que había cumplido su palabra y había regresado con ella a Estados Unidos.

Me quedaba un capítulo por leer para saber qué había sido de mis abuelos al bajar del barco.

33

ROBERT Y HANNA

Julio de 1944 a marzo de 1946, Nueva York

La guerra estaba lejos de haber terminado cuando, desde el puente del barco, Hanna y Robert divisaron el brazo tendido hacia el cielo de la Estatua de la Libertad emerger entre la bruma matutina. No era, ni para ella ni para él, la primera vez, pero en esos tiempos lo que simbolizaba suscitó en ellos una viva emoción y selló su unión mucho más que el día de su boda.

Una vez superados los controles de inmigración, subieron a un taxi. Robert le pidió al taxista que los llevara al Carlyle, un hotel respetable desde cuyas ventanas en las últimas plantas se contemplaba una magnífica vista de Central Park.

Mientras esperaban a que les prepararan su *suite*, fueron al bar del hotel. Robert pidió dos desayunos y dejó a su esposa para ir a llamar a sus padres. En Madrid no había podido contactar con ellos y les había enviado un telegrama para decirles que estaba vivo. De ahí a anunciarles que tenían una nuera había un paso que aún no había dado. Pero no podía dejar de decirles que no volvía solo, y necesitaba que le mandaran lo necesario para pagar el alojamiento y costear sus necesidades hasta que volviera a Baltimore.

Al enterarse del regreso inminente de Robert, el mayordomo no tuvo más remedio que contarle la verdad. Su padre había dilapidado en el juego lo que quedaba de la fortuna de los Stanfield antes de huir a Miami. Los acreedores habían hipotecado la mansión familiar. Del personal solo quedaba él y una asistenta que se encargaba de las tareas de limpieza.

Robert sintió una terrible humillación. Hanna tenía aún un poco de dinero, demasiado poco para permitirse el más mínimo lujo. Renunciaron al Carlyle y dieron con una pequeña habitación en la esquina de la Calle 37 con la Octava Avenida, en el barrio irlandés de Hell's Kitchen. El edificio era un antro, las calles eran tan peligrosas que resultaba imposible salir después del anochecer. Hanna se negó a quedarse allí. Pasó su primera semana en Nueva York examinando los anuncios por palabras para dar con un alojamiento modesto pero más conveniente. Una comunidad de judíos europeos que habían escapado de Alemania en los años treinta ocupaba el barrio del Upper West Side. El dueño de un palacete particular convertido en apartamentos aceptó alquilarles el estudio de la planta baja a un precio razonable y sin fianza. Esa mudanza fue para Hanna un alivio temporal. Allí al menos podía pasear sin demasiado temor y, cuando el tiempo lo permitía, caminaba hasta el parque. Al pasar delante de los conserjes de uniforme de los inmuebles elegantes de Central Park West, recordó sus viajes del pasado. El Dakota Building era su preferido. A veces levantaba los ojos hacia una de las ventanas imaginando la vida acomodada de los que allí residían.

Robert se licenció del ejército y desempeñó varios trabajos modestos, tragándose el orgullo. Salía temprano por la mañana e iba de una oficina de empleo a otra. Las ofertas que aceptaba eran siempre precarias. Fue estibador, dependiente en una camisería y, por fin, encontró un trabajo estable como conductor en una empresa de distribución de bebidas. Su jefe era un hombre afable, exigente con los horarios pero respetuoso con sus empleados. Al final del otoño, un compañero lo embarcó en un negocio de entregas al margen de la ley. Al acabar su turno, Robert se quedaba con las llaves de su camión. El trabajo consistía en cruzar el río Hudson, ir hasta Nueva Jersey y cargar en los muelles cajas de alcohol y de cigarrillos de contrabando.

No era muy peligroso, pero se jugaba mucho si lo cogían. La paga era consecuente con el riesgo que corría. Doscientos dólares por cargamento. Robert hacía cuatro turnos los fines de semana, y ese dinero les permitió mejorar su tren de vida.

Desde entonces llevaba a Hanna a cenar a un restaurante los miércoles, y los sábados iban a bailar a un club de *jazz* del West Village.

Una noche, al volver a casa, se encontró a su mujer llorando delante de los fogones. Estaba callada, con el rostro inclinado sobre el vapor de una sopa de verduras que había preparado. Robert no dijo nada y se sentó a la mesa. Hanna dejó la sopera, le sirvió y se fue a la cama.

Robert la siguió hasta la habitación y se tendió a su lado.

—Sé que te esfuerzas mucho, no te reprocho nada, al contrario, estoy en deuda contigo por todo lo que trabajas. Pero esta no es la vida que yo había imaginado —dijo.

—Mejoraremos, es solo cuestión de paciencia. Si seguimos unidos, si solo somos uno, lo conseguiremos.

—¿Si solo somos uno? —suspiró ella—, no podías encontrar una expresión más adecuada. Me paso todo el tiempo sola. Todos los días de la semana, fines de semana incluidos. Y los fines de semana sé muy bien que andas metido en algo ilegal. Me ha bastado ver desde la ventana a ese con el que te vas en plena noche, no soy tonta. Con un sueldo de transportista no nos podríamos permitir ir de restaurantes, ni la fresquera que compraste el mes pasado, ni ese vestido que me has regalado.

—Te lo he comprado porque nada es demasiado hermoso para ti.

—No quiero ponérmelo, no quiero dinero sucio y no quiero seguir viviendo así.

Hanna pasaba demasiado tiempo paseando por los barrios elegantes. No tenía más que mirar a su alrededor para ver gente atractiva y bien vestida que circulaba en hermosos automóviles. Gente a la que observaba a través de las cristaleras de los restaurantes o de las tiendas que le estaban vedados, gente parecida a aquella con la que se había codeado a lo largo de toda su infancia. La guerra y la muerte de su padre la habían expulsado de su medio y ocupaba su tiempo como Alicia en el País de las Maravillas, buscando la puerta oculta para volver a él.

—No entiendes que con tu trabajo nunca lo conseguiremos, y no quiero que acabes en la cárcel, o por lo menos que sea por algo que valga la pena.

—¿Estás hablando en serio? —preguntó Robert extrañado.

—No, si te mezclaras con la mafia, te abandonaría. Ojalá pudiéramos volver a Francia.

—¿Qué cambiaría eso?

—Un día te lo explicaré.

Hanna no podía imaginar que esa conversación sería decisiva para su futuro y arrastraría a Robert a la mentira. Lo más absurdo es que todo lo que hizo a partir de entonces, lo hizo por amor a ella.

Al final de diciembre de 1944, la llegada del invierno cubrió la ciudad con un manto de nieve.

Era la noche del 31 y Robert le prometió a Hanna que estaría de vuelta en casa antes de la cena. Ella recurrió a sus ahorros para organizar una cena de fiesta. Fue a Schwartz, una tienda de alimentación muy conocida del Upper West, y compró *white fish* ahumado, pastrami, huevas de salmón y un *brioche* de azúcar. Después volvió a casa, puso la mesa y estrenó el vestido que le había regalado su marido.

Anochecía, Robert estaba haciendo su último porte del año. Los muelles estaban sumidos en la oscuridad. No había peligro de que una patrulla de policía rondara por allí la víspera de Año Nuevo. La descarga de cigarrillos y cajas de alcohol se llevó a cabo sin obstáculos. Los dos estibadores que le habían ayudado le desearon feliz año y se fueron. Robert ató la lona del camión, subió a la cabina y arrancó. Al pasar entre dos grúas, vio un destello rojo en el retrovisor. Lo seguía un coche de policía con las luces encendidas y la sirena a todo volumen. Habría podido detenerse, fingir que ignoraba el contenido de la carga, que no era más que un simple transportista que hacía horas extra. Probablemente habría pasado la noche en el calabozo y habría comparecido ante un juez, pero con su hoja de servicios y su falta de antecedentes penales... Las ideas se le agolpaban en la mente cuando recordó la única vez que había estado en una comisaría. Aún conservaba las cicatrices. Entonces Robert aceleró, dio un volantazo y se precipitó al río. Sin pruebas no había delito. Tuvo el tiempo justo para saltar de la cabina dando una voltereta antes de ver su camión zambullirse en las aguas turbias del río Hudson.

Su perseguidor estuvo a punto de correr la misma suerte: cuando el policía consiguió por fin detenerse, el parachoques delantero de su coche había superado el parapeto.

Robert no esperó a que el agente se recuperara del susto. Escapó a toda velocidad y desapareció en el laberinto de contenedores apilados.

1945

Ya era 1945 cuando llegó a su casa, con la espalda dolorida y los codos y las rodillas ensangrentados.

Hanna le curó sin hacerle preguntas, sin pronunciar palabra, de hecho. Él esperaba sus reproches, durante las dos horas de caminata en esa noche gélida se había preparado para una buena bronca, pero Hanna mantenía una extraña serenidad.

Cuando le hubo limpiado y curado las heridas, se sentó frente a él, le cogió la mano y lo miró con una ternura asombrosa.

—Debería estar furiosa contigo. Lo estaba a las nueve de la noche, más todavía a las diez, pero a las once dejé de estarlo. Estaba tan preocupada que entré en un estado de pánico. Y, a medianoche, cuando cambiábamos de año, le prometí al cielo que si volvías conmigo no te haría ningún reproche. A las dos de la mañana creí que habías muerto, pero estás aquí. De modo que nada de lo que me vas a contar podría ser peor que lo que yo me había imaginado. Escúchame bien, Robert, pues nos esperan dos futuros posibles. En uno, haré las maletas y me iré. Nunca más volverás a verme. En otro, me confesarás lo que te ha ocurrido sin omitir nada, me prometerás que no has matado a nadie y que, sea lo que sea lo que hayas hecho, era la última vez.

Robert le contó la verdad a su mujer y juró renunciar a todo trabajo ilegal. Hanna lo perdonó.

Dos días después fue a la cochera, esperando convencer a su jefe de que no lo denunciara a las autoridades a cambio de la promesa de indemnizarlo. Su jefe tenía la cara de los días malos y no le dejó hablar.

—Unos malnacidos nos han robado tu camión para transportar mercancía de contrabando. Les salió mal la jugada y, en su intento por escapar de la policía, arrojaron el camión al río. Lo sacaron del agua ayer, he ido a verlo, está destrozado. No puedo permitirme comprar otro, se me ha ido un poco la mano con los seguros. Ya no tengo trabajo para ti, chico, y no puedo pagarte por no hacer nada. Lo siento de verdad.

El jefe le pagó la jornada pese a todo y lo despidió.

Aunque por ese lado Robert estaba tranquilo, aún tenía que devolver el valor de la mercancía que había arrojado al Hudson. Y sus comanditarios no tendrían la ingenuidad ni la generosidad de su jefe. Ya no contaba con un trabajo ni con un vehículo para devolver sus deudas, y estaba decidido a cumplir la promesa que le había hecho a Hanna. Fiel a este compromiso, nada más llegar a casa le contó su situación. Hanna decidió tomar las riendas de su destino. Puesto que Robert era un irresponsable, desde ese momento asumiría ella la tarea de asegurar el sustento de ambos. Y aunque este encontrara un trabajo honrado, un único salario no bastaría para sacarlos de su miseria. Robert se negó a que Hanna trabajara, pero ella lo mandó a paseo con su amor propio y sus convencionalismos. Antes de la guerra, su padre tenía en Nueva York clientes acaudalados, los había conocido a todos cuando lo acompañaba en sus viajes, y muchos de ellos se habían quedado admirados ante sus conocimientos cuando no era más que una niña. Era la hija de Sam Goldstein, había crecido en ese ambiente, terminaría por hacerse un hueco.

A la semana siguiente se recorrió todas las galerías de la ciudad. Los antiguos clientes de su padre que aceptaban recibirla lamentaban ante una taza de té y un plato de pastas la trágica suerte de Sam… «Un hombre tan maravilloso, era terrible, pero qué alivio que Hanna hubiera sobrevivido, cuando habían muerto tantos inocentes…». Y de ahí pasaban a lamentar su propia suerte, insistiendo en la dificultad de hacer negocios desde el principio de la guerra para justificarse por no poder ayudarla.

John Glover era un galerista inglés que había conocido bien a Sam. En 1935 había tenido la suerte de abrir una sucursal en Nueva York, donde se había instalado en 1939. Esperaba regresar a Londres cuando se firmara el armisticio. Dispersos, los nazis perdían combate tras combate, retrocedían en todos los frentes, ya solo era cuestión de meses que Hitler capitulara. Hasta entonces Hanna podía contar con él, y si demostraba su valía, la dejaría al cargo de sus negocios en Estados Unidos cuando él regresara a Inglaterra. El sueldo que le ofreció no era para tirar cohetes pero, al menos, a su lado aprendería el oficio.

Hanna nunca olvidaría lo que John Glover hizo por ella. En el transcurso de la vida conoce uno a pocos justos, gente excepcional cuya grandeza de espíritu no tiene más parangón que el de su humildad. Glover era un hombre así. Bajo de estatura, detrás de sus gafas redondas, su perilla y su bigote, albergaba un inmenso corazón.

Cuando iba a cenar dos veces al mes al estudio que Robert y ella ocupaban en la planta baja de una casa de piedra típicamente neoyorquina situada en la Calle 67, Hanna nunca se sintió incómoda por lo modesto de su comedor. Robert trabó amistad con el galerista inglés, el cual, para ayudar a la pareja, de vez en cuando le confiaba el transporte de un cuadro, de un jarrón o de una escultura a cualquier rincón del país.

La Alemania nazi firmó su rendición el 8 de mayo de 1945, y aunque hubo que esperar hasta el 2 de septiembre para que capitulara Japón a su vez y terminara por fin la Segunda Guerra Mundial, Europa recuperaba la paz.

Su vida había mejorado un poco desde que Hanna trabajaba en la galería. Gracias a ella, Robert había podido saldar sus deudas. Hanna se dedicó a su trabajo en cuerpo y alma, y solía viajar al encuentro de aquellos clientes a los que vendía o compraba obras de un valor relativo, ante la mirada atenta, pero confiada, de su jefe. No contaba las horas de dedicación, se entregaba a su trabajo y acabó por percibir una pequeña participación de sus resultados. Pero, cada día, al volver de su trabajo, Hanna recorría la Calle 59 hacia Columbus Circle y aspiraba a otra vida mientras admiraba las fachadas de los edificios cuyas ventanas daban al parque.

Robert era consciente del desasosiego de su mujer y aunque no decía nada, soñaba a menudo con el esplendor de un pasado que su padre había dilapidado en el juego, sufriendo por no ser el cabeza de familia que había esperado llegar a ser. Entonces se le ocurrió la idea de hacer legalmente lo que le había permitido satisfacer durante un tiempo las necesidades de la pareja. Conocía bien a los clientes y a los proveedores de la empresa para la que había trabajado. El final de la guerra había traído consigo nuevas ganas de diversión. En la ciudad corría el alcohol y nunca parecía haber suficiente. Decidió abrir una licorería y puso todo su empeño en hacerla prosperar. Para ganar dinero a la altura de sus ambiciones, se especializaría en los alcoholes más caros: *bourbon*, *whisky*, brandi, champán y ciertos vinos. Pero para fundar su negocio primero tenía que pedir un préstamo. Fue de banco en banco, pero no recibió más que negativas. La reputación de los Stanfield nunca había superado las fronteras de Maryland. En Nueva York, Robert no era más que un joven sin oficio ni beneficio, y solo conocía a una persona que pudiera confiar en él y ayudarlo.

Robert se dedicó en cuerpo y alma a su proyecto. Encontró en la Calle 91 un local que le convenía perfectamente, con una tienda que se abría a la calle, un patio interior en el que aparcar una furgoneta y un antiguo cobertizo donde almacenar existencias. En cuanto a Hanna, ya solo vivía por y para la galería. La joven reservada que había bajado de un barco con unos pocos billetes escondidos en el dobladillo ya no existía. En su lugar había nacido una mujer decidida, embriagada por su trabajo y por el mundo con el que se codeaba. Empalmaba un viaje con otro, de Boston a Washington, de Dallas a Los Ángeles y San Francisco, y cada vez que regresaba a su pequeño apartamento sacaba de esos pocos metros la rabia para luchar y lograr abandonarlo lo antes posible.

Al final del otoño de 1945, los negocios de Robert empezaron a generar beneficios. Había que reconocer que trabajaba como un poseso. Hanna y él ya solo se veían los domingos, y se pasaban el día durmiendo y haciendo el amor.

El 2 de marzo Robert recibió una llamada del antiguo mayordomo de sus padres que le comunicó una terrible noticia. Habían fallecido en un accidente de tráfico en las afueras de Miami, y no quedaba ni un céntimo para ofrecerles sepultura en Florida.

Hanna insistió en que se encargaran ellos de sus exequias. Fueran cuales fueran los motivos de agravio que Robert atribuyera a sus padres, debía estar presente en su entierro. No habían vuelto a hablarse desde su regreso de Europa, habían muerto sin saber que su hijo tenía esposa, y se sentía culpable de no haber obligado a su marido a dar el primer paso hacia una reconciliación. En los últimos casi dos años había estado tan ocupada en sobrevivir que había olvidado ciertos deberes esenciales, y ahora ya era demasiado tarde. Hizo lo necesario para que sus cuerpos fueran repatriados a Baltimore. Del esplendor de los Stanfield ya solo quedaba un panteón familiar.

Dos días después se pusieron en camino rumbo a Baltimore. No había mucha gente en la pequeña capilla adyacente al cementerio. El mayordomo, sentado en primera fila, parecía de lejos el más afectado. La gobernanta, Hanna y Robert ocupaban los bancos de la segunda fila, y al fondo había un hombre barrigudo vestido con un traje con chaleco y levita. La ceremonia fue breve, el sacerdote que oficiaba concluyó su homilía presentando su pésame a todos aquellos, allí presentes, que habían perdido a sus seres queridos. Considerando que allí solo había cinco personas, su frase resonó en la capilla como un rasgo de humor negro.

La ceremonia concluyó cuando los ataúdes entraron en el panteón. Hanna no pudo evitar llorar al pensar en su padre, y sintió más que nunca la necesidad de ir a recogerse sobre su tumba. Durante su huida a España, Robert le había asegurado numerosas veces que las familias de los resistentes lo enterrarían en el cementerio de una aldea vecina.

Cuando ya volvían a su automóvil, el barrigudo se acercó a ellos, les ofreció su pésame y les anunció otra mala noticia que pareció afectar a Robert mucho más que la muerte de sus padres. La mansión de los Stanfield sería subastada para hacer frente a las deudas que habían contraído los fallecidos. Robert tenía un plazo de tres meses para renunciar a una herencia constituida únicamente por un pasivo importante. Hanna quiso saber a cuánto ascendía ese pasivo, y el banquero vestido de enterrador le contestó que habría que reunir quinientos mil dólares para saldarlo.

Durante la primera mitad del trayecto de vuelta a Nueva York, Hanna estuvo enfrascada en sus pensamientos. Al dejar atrás Filadelfia, tomó a Robert de la mano y le confió que quizá tuviera una solución para recuperar la mansión de su infancia.

—¿Cómo quieres que reunamos tamaña cantidad en tan poco tiempo? —le preguntó él—. ¿Saldar deudas creando otras nuevas? Trabajas como una loca, y yo también. Aunque se me parta el alma al imaginar esa mansión en manos desconocidas, tengo que resignarme y renunciar a mis sueños.

—No renuncies tan rápido, no pensaba pedir dinero prestado. Pero será necesario que regrese a Francia y que la suerte esté de nuestro lado.

Robert creyó adivinar lo que tenía Hanna en la cabeza, pero se cuidó mucho de hacerle ninguna pregunta.

Llegaron a la ciudad cuando ya anochecía. Tras una rápida cena, Hanna fue a acurrucarse bajo las sábanas junto a su esposo. Este no había dejado de pensar en su propuesta pero, temeroso de que una cosa llevara a otra, no podía resolverse a aceptarla.

—No tienes por qué hacerlo —dijo apagando la luz—. Tarde o temprano lo conseguiremos, y nuestros hijos estarán orgullosos de que sus padres les hayan construido un porvenir con la fuerza de su trabajo.

Hanna se incorporó en la cama y le confió un secreto que le pesaba en la conciencia desde hacía varios meses.

—No creo que pueda darte hijos. Desde que compartimos lecho no me ha ocurrido nada de lo que espera o teme una mujer.

Dos semanas más tarde, el anuncio de la llegada a Nueva York de un importante cliente californiano le permitió a Hanna llevar a cabo su proyecto antes de lo que ella esperaba. Glover debía ir a Londres sin demora para concluir allí un negocio de envergadura. Hanna le propuso ir en su lugar. El cliente californiano tenía una susceptibilidad muy especial, y el galerista decidió honrarlo con su presencia.

Hanna hizo el viaje en avión. Era la primera vez que almorzaba por encima de las nubes, y si bien tuvo un poco de miedo en el despegue, para ella ese viaje fue una auténtica maravilla.

En tres días en Londres hizo todo lo que tenía pendiente, y le pidió a su jefe que le concediera unos días de vacaciones. Le contó que quería aprovechar su estancia en Europa para ir a Francia a buscar la tumba de su padre. Gracias a ella, Glover acababa de realizar dos magníficas ventas en el mismo mes, por lo que si le hubiera pedido la luna no se la habría negado. Le costeó el viaje, así como el alojamiento y la manutención. Hasta le cambió el billete para que pudiera regresar directamente desde París.

Hanna tomó el tren, cruzó el canal de La Mancha a bordo de un ferri y tomó otro tren hasta París, donde reservó una habitación de hotel cerca de la estación de Lyon, y desde allí tomó un tercer tren hasta Montauban. Tras un trayecto en autobús, llamó a la puerta de los ayuntamientos de las dos aldeas que rodeaban el pabellón de caza.

Tan solo habían transcurrido dos años y las memorias aún estaban frescas. Consiguió la dirección de un herrero cuyo hermano había perdido la vida en el bosque cercano al pabellón.

Al entrar en su forja, lo reconoció enseguida. Al verla, al herrero se le saltaron las lágrimas. Soltó su martillo y se precipitó hacia ella para abrazarla.

—Dios mío, Dios mío, sobrevivió —dijo entre hipidos—. La buscamos por todas partes.

—Sí, sobreviví —contestó Hanna con voz tranquila, haciendo frente a la tristeza que también la embargaba a ella.

—Siento lo de su padre.

—Y yo lo de su hermano. A él, como a los demás, le debo haber salvado la vida.

Hanna contó por segunda vez lo que había ocurrido no muy lejos de allí una tarde de junio de 1944.

Cuando terminó su relato, Jorge la hizo subir a su moto y la llevó al cementerio. Allí, tras dejarle un momento de intimidad para que se recogiera en la tumba de su padre, él le relató el resto de la historia.

—Nos avisaron al día siguiente. Era casi mediodía cuando un gendarme vino a decirnos que fuéramos a recoger los cuerpos. Raoul, Javier, el pequeño Marcel y mi hermano Alberto, están todos ahí —dijo el herrero, mostrando sus tumbas.

—Y mi padre —añadió Hanna.

—Sospecharon de mí, ¿sabe? Porque era el único que seguía vivo. Las malas lenguas hicieron pesar sobre mí graves acusaciones. Si mi hermano no hubiera muerto, no habría tenido tiempo de proclamar mi inocencia. ¿Y qué fue del americano?

—Nos casamos al llegar a España —contestó Hanna—. ¿Volvió a ver a aquel al que llamaban Titon?

—No, nunca más. Quizá entregara él a los demás.

—Quizá no fuera nadie —prosiguió Hanna—. Los milicianos no paraban de hacer batidas por el bosque.

—Puede ser —dijo el herrero.

—¿Qué ha sido del pabellón de caza?

—Está abandonado. Desde que sacaron las armas, nadie ha vuelto a poner los pies allí. Ni siquiera yo he reunido valor para volver. Y eso que paso a menudo al pie del sendero que lleva hasta allí. Pero allá arriba la tierra sigue negra de su sangre, ese sitio es como un segundo cementerio.

Hanna le pidió a Jorge un último favor que no debería haberle pedido. Quería volver a ver el pabellón de caza, ir a la habitación en la que había muerto su padre para poder superar por fin el duelo.

—Puede que también sea bueno para mí —contestó este—. Quién sabe, igual yendo los dos juntos se nos hace menos duro.

Cogieron la moto y fueron hasta el sendero. Juntos recorrieron ese camino que Hanna había bajado corriendo en plena noche con Robert unos años antes. Tuvo que parar varias veces porque las piernas no la sostenían, le temblaba el cuerpo y se quedaba sin respiración. Pero tras respirar hondo reanudaba la marcha.

El pabellón de caza apareció por fin en lo alto de la colina. No salía humo de la chimenea, todo estaba en calma, tan en calma.

Jorge entró el primero. Era allí donde había caído su hermano, y se arrodilló santiguándose. Hanna entró en el cuarto que había ocupado. El armario ya no era más que un montón de tablas podridas y de la cama solo quedaba un somier de muelles oxidados. Pero, curiosamente, la silla en la que tantas veces se había sentado había sobrevivido, como ella. Fue a sentarse, con las manos en las rodillas, y dejó que su mirada se perdiera por la ventana hacia el bosque.

—¿Se encuentra bien? —se inquietó Jorge asomando la cabeza por la puerta.

—Quisiera ir al sótano —murmuró Hanna.

—¿Está segura?

Le hizo un gesto afirmativo con la cabeza y Jorge levantó la trampilla. Encendió su mechero y bajó él primero la escalerilla. Quería asegurarse de que los barrotes aguantarían su peso. El sótano excavado en la roca había permanecido seco y la escalerilla no había sufrido el paso del tiempo. Hanna bajó tras él.

—De modo que aquí estaba usted mientras...

—Sí —lo interrumpió ella—, estaba escondida al fondo del túnel. Sígame —le dijo cogiéndole el mechero.

Esta vez se adentró ella primero y se detuvo ante el madero.

—Empújelo hacia un lado, por favor, bastarán unos centímetros.

Jorge se extrañó, pero estaba tan guapa a la luz de la llama que no hubiera podido negarle nada.

—¿Sabe?, cuando venía a traerle comida o ropa limpia, nunca desperdiciaba la ocasión de admirarla. Era la esperanza de verla lo que me daba fuerza para subir ese maldito sendero.

—Lo sé —contestó Hanna—, yo también lo miraba a usted, pero ahora estoy casada.

Jorge se encogió de hombros y empujó el madero, descubriendo el agujero excavado en la pared. Hanna le pidió por favor que se apartara y le devolvió su mechero.

—Alúmbreme, por favor.

Metió la mano y sintió bajo los dedos la redondez del cilindro de metal. Lo sacó de su escondite y le indicó a Jorge que ya podían subir.

Jorge era un hombre callado, pero mientras bajaban por el sendero no pudo evitar preguntarle:

—¿Por eso quería volver aquí?

—Quería volver para superar el duelo, y esto forma parte de ello —contestó mirando el tubo que sujetaba con fuerza.

Llegaron hasta la moto y se subieron a ella.

—¿Adónde la llevo?

—A la estación, si es tan amable.

Conducían a toda velocidad. Con una mano Hanna sujetaba el cilindro y con la otra se agarraba a la cintura de Jorge. El viento le arañaba el rostro y por fin se sintió libre, más libre que nunca en su vida.

Jorge la acompañó hasta el andén y esperó con ella a que llegara el tren. Cuando subió al vagón, la retuvo cogiéndole la mano.

—¿Qué hay en ese tubo?

—Los efectos personales de mi padre.

—Entonces me alegro de que hayan estado escondidos en ese agujero todo este tiempo y que los haya recuperado.

—Gracias, Jorge, gracias por todo.

—Ya no volverá, ¿verdad?

—No, nunca más.

—Me lo imaginaba, me había fijado en que no tenía usted equipaje, ni siquiera una bolsa. Así es que buen viaje, Hanna.

Jorge miró partir el tren. Hanna asomó la cabeza por la ventanilla de su compartimiento y le mandó un beso.

De vuelta en París, en su habitación de hotel, abrió el cilindro y desenrolló las obras maestras sobre su cama. Sam se había mostrado previsor, la estanqueidad del tubo las había protegido, estaban intactas. Las examinó una a una y solo contó nueve. Faltaba un cuadro. *La joven en la ventana*, pintado por Hopper, había desaparecido.

Al día siguiente, Hanna pagó la cuenta del hotel y voló a Nueva York en un Constellation de Air France...

34

ELEANOR-RIGBY

Octubre de 2016, Baltimore

El capítulo terminaba así. George-Harrison leyó la última página y me propuso ir a tomar un café. No me apetecía lo más mínimo, lo único que quería era saber cómo seguía la historia y comprender por qué Shylock no la había escrito. Eran casi las seis de la tarde, todavía podía encontrarlo en su despacho.

—Sígame —le ordené a George-Harrison.

Me miró enarcando las cejas.

—Digna nieta de su abuelo —dijo en tono socarrón.

Salimos corriendo de la biblioteca e hicimos un esprint por el campus. Salvo por nuestros atuendos de ciudad, habríamos podido pasar por dos corredores en plena carrera hasta la meta, y de eso se trataba, en efecto. Vi un atajo y giré sin avisarle. Lo oí gritar a lo lejos, llamándome tramposa. Llegamos sin aliento hasta la puerta del despacho de Shylock y hasta nos olvidamos de llamar. El profesor dio un respingo y se nos quedó mirando así como estábamos, empapados en sudor.

—No me digan que mi manuscrito los ha puesto en ese estado —preguntó dubitativo.

—No, más bien lo que no está escrito. ¿Cómo pudo interrumpir su relato en mitad de ese capítulo? —protesté yo.

—La cuestión no es cómo, sino por qué. Y ya se lo he explicado. Hanna le prohibió a Robert que prosiguiéramos nuestro proyecto. Pero eso no puso fin a nuestra amistad.

Shylock consultó su reloj y suspiró.

—Tengo hambre, y cenar tarde es muy malo para el ardor de estómago.

—Elija el restaurante, nosotros le invitamos —le ofreció George-Harrison.

—Bueno, pues el Charleston es excelente —contestó Shylock—. Ya que su curiosidad no puede esperar a mañana, acepto su invitación.

Pensé que me iba a dar algo al descubrir los precios de la carta. Salvo que le trajera a mi redactor jefe el fémur de Edgar Allan Poe, nunca aceptaría que le colara esa cena como parte de las dietas. Pero estaba ahí no solo para que Shylock se comiera el bogavante que había pedido, sino también para que desembuchara cierta información.

—¿Qué fue del cuadro que faltaba, y qué hizo Hanna al volver a Nueva York? —le pregunté en cuanto se hubo ido el camarero.

—De una en una las preguntas, se lo ruego —dijo el profesor atándose la servilleta al cuello.

Shylock devoró la mitad de su bogavante. Verle quitar el caparazón y chuparse los dedos me cortó el apetito. Era obvio que no le ocurría lo mismo a George-Harrison, que disfrutaba de un filete con avidez.

—Al volver a Nueva York —prosiguió el profesor—, Hanna no habló a nadie de los cuadros. Ni a su marido, al que omitió incluso mencionarle su corta estancia en Francia, ni a su jefe. Tenía buenos motivos para no decir nada. Pero, para poner en práctica la idea que tenía en la cabeza, debía aceptar separarse de uno de los nueve cuadros restantes. Eligió *Los felices azares del columpio*, una obra de Fragonard, de ochenta centímetros de largo por sesenta de ancho, que rebautizó de manera más sencilla como *El columpio*. De todos los cuadros de su padre, era el que menos le gustaba. Le encontraba un aire frívolo casi rococó. No le dijo nada del cuadro a Glover por miedo a tener que proponérselo a él el primero. Este habría querido que se lo cediera al precio que convenían entre sí los marchantes. Pero si se lo vendía a un coleccionista podía obtener el doble, y necesitaba más de quinientos mil dólares. Por razones éticas, se prohibió ir a ver a ningún cliente de la galería, le habría parecido desleal, y se sentía demasiado en deuda con el marchante inglés para hacerle la más mínima jugarreta. Pero Sam también había tenido ricos compradores en Nueva York, y solo a su padre debía haberlos conocido. Se citó con la familia Perl y aprovechó que Robert dedicaba el domingo a hacer inventario para ir a presentarles el cuadro de Fragonard. Aceptó dejárselo en depósito unos días y, la semana siguiente, abrió una cuenta en el banco imitando la firma de Robert, pues en esos tiempos una mujer casada no podía disponer de una cuenta bancaria sin el aval de su marido. Ingresó el cheque de seiscientos sesenta mil dólares, fruto de su áspera negociación a cambio del Fragonard, y guardó en una caja fuerte el tubo que contenía los otros ocho cuadros.

—¿Y qué hizo después? —pregunté yo.

—Poco después contrató los servicios de un chófer y le pidió que la llevara a Baltimore. Allí compró la mansión de los Stanfield, saldando las deudas con el banco que la había adquirido. Un día se la regalaría a Robert, pero aún no, pues este seguramente habría querido instalarse allí de inmediato. Hanna soñaba con un apartamento con vistas a Central Park y no con enterrarse en una ciudad de provincias, ahora que se abría ante ella una nueva vida.

A principios de 1948, Glover quiso regresar a Inglaterra definitivamente. Se puso a buscar un socio que quisiera comprarle su sucursal americana. Por afán de honradez avisó primero a Hanna. Esta le propuso enseguida adquirir participaciones. Glover no podía soñar con una opción mejor, pues tenía plena confianza en ella, pero para eso habría tenido que adelantarle la cantidad y recuperarla a lo largo de los años a cuenta de las ventas venideras. No obstante le prometió que lo pensaría. Temerosa de que se le escapara el negocio, Hanna se ofreció a darle ciento cincuenta mil dólares al contado, y el resto en los próximos dos años. Glover se extrañó de que dispusiera de tal cantidad, pero se abstuvo de todo comentario.

El día de la firma de las actas de cesión, la invitó a cenar para celebrar su asociación. Durante la cena, le preguntó si era ella quien había vendido un Fragonard surgido de la nada a la familia Perl. Y, sin esperar su respuesta, le recordó, no sin humor, una norma esencial de la profesión: el mercado del arte es un mundo pequeño en el que todo se sabe.

Glover hizo su equipaje para regresar a Londres. Pasaron unos meses. Un día, y no uno cualquiera, Hanna llevó a Robert a la galería. Una vez allí, este vio que una lona cubría el escaparate. «No sabía que estuvierais de obras, nunca me cuentas nada», le reprochó él. Pero Hanna parecía tan feliz y tan animada que no dijo más. Cogió la cinta que colgaba de la lona y le pidió a su marido que tirara con todas sus fuerzas. La tela cayó al suelo revelando la identidad de los nuevos propietarios. La galería se llamaba ahora Stanfield&Glover.

—¿Cómo reaccionó Robert? —quiso saber George-Harrison.

—Aunque el trabajo de su esposa le fuera ajeno, ver su apellido en letras de oro sobre ese escaparate, imaginar lo que Hanna había tenido que hacer para honrarlo así lo conmovió profundamente, y ese domingo fue uno de los mejores momentos de su vida… Habían transcurrido cuatro años exactos desde que ambos desembarcaran de un carguero procedente de Tánger.

—Podría haberle propuesto que la galería llevara el nombre de soltera de su esposa —argumenté yo—. Si había podido comprar su participación en el negocio había sido gracias a la herencia de Sam.

—Sí, pero eso Robert no lo sabía. Y la generosidad también consiste en saber apreciar lo que a uno le regalan. Con todo, sí que se lo propuso, y Hanna le replicó que quería existir por sí misma y merecerse su propio éxito. Goldstein pertenecía al pasado, Stanfield sería su futuro.

—¿Qué ocurrió después?

—Primero voy a consultar la carta de postres, me han hablado muy bien de un suflé de chocolate y, para acompañarlo, un vino suave de calidad sería perfecto. Si no es abusar, claro. Pero es que, de tanto hablar, tengo la boca seca.

George-Harrison llamó al sumiller y yo, al camarero. Una vez satisfechas sus exigencias, Shylock aceptó continuar su relato.

—La galería Stanfield&Glover prosperó en Nueva York más que en Londres. La economía inglesa tardaba en recuperarse de la guerra. A finales de 1948, Hanna y Robert se instalaron en la última planta de un edificio en la esquina de la Calle 77 con la Quinta Avenida. Hanna quería vistas a Central Park, por fin las tenía, y además del lado más elegante del parque. El Upper East Side está mejor considerado que el Upper West, no hay quién entienda el esnobismo de la gente. Hanna debería haber sido la mujer más feliz del mundo, pero la ciudad no tardó en asfixiarla. Los negocios de Robert prosperaban también a pasos agigantados. Había abierto una oficina en Washington, otra en Boston y se disponía a inaugurar una tercera en Los Ángeles. Hanna apenas veía ya a su marido y pasaba la mayor parte de las noches sola en aquel gran piso. Las vistas con las que tanto había soñado se revelaban un océano de oscuridad en cuanto anochecía. Su matrimonio estaba en peligro, y amaba sinceramente a Robert. Adivinó que solo un cambio de vida podría salvar su relación, y el nacimiento de un hijo era parte de ello.

—Creía que no podía tener hijos.

—También lo creía ella pero, cuando se tiene dinero, hay maneras de remediar la infertilidad. En julio de 1949, con ocasión del quinto aniversario de su llegada a Nueva York, Hanna le entregó a Robert el título de propiedad de la mansión de Baltimore y le propuso instalarse allí. Este podría haberse ofendido porque la hubiera comprado en secreto, pero Hanna acababa de ofrecerle las llaves de la mansión de los Stanfield, un sueño al que había tenido que renunciar, muy a su pesar, y no vio en su gesto más que una inmensa prueba de amor. Mientras avanzaban las obras de reforma, ambos se pusieron a organizar el traslado de sus negocios a Baltimore. Nueva York estaba a solo dos horas y media en coche, Hanna había contratado personal suficiente para vivir a distancia, asegurando ella las principales transacciones que, desde hacía algún tiempo, se firmaban fuera de los muros de la ciudad o en grandes subastas. En 1950, cuando su madre, Sally-Anne, hacía su entrada en la mansión, Glover enfermó de un cáncer de páncreas que no le dejaba mucho tiempo de vida. Llamó a Hanna y le pidió que fuera cuanto antes a verlo, sin revelarle nada de su estado. En cuanto esta llegó a Londres, la informó de que había decidido jubilarse y le ofreció comprar su parte del negocio. El precio que le proponía era tan bajo que en un primer momento Hanna se negó. La colección de arte de Glover valía ella sola el doble. Pero el marchante le recordó una segunda regla esencial de la profesión: una obra no tiene más valor de mercado que el que un comprador esté dispuesto a pagar por ella. Comprendía que para Hanna una sucursal al otro lado del charco fuera una fuente de preocupaciones inútiles, sobre todo ahora que tenía una hija y residía en Baltimore. Las paredes de su galería no tenían importancia, de hecho no era propietario sino solo inquilino, por lo que le propuso bajar a la cámara de seguridad y que le hiciera una oferta por cada uno de los cuadros que allí custodiaba. Y, como eran socios, le recordó que ya era dueña de la mitad de cada uno de ellos.

Shylock acababa de zamparse la última cucharada de suflé de chocolate y yo temía que la velada terminara antes de que abordara la parte del relato que yo esperaba con impaciencia desde el principio de la cena.

—Apasionante —lo interrumpí—, pero ¿qué pasó entre mi madre y sus padres para que se enemistaran para siempre?

—Paciencia, pronto lo entenderá. Glover dejó que Hanna hiciera inventario de su colección. Podría haber omitido ese paso, pues, metódica como era, conocía cada obra. Estaban todas incluidas en los libros de cuentas que manejaba. Su asociación siempre había sido transparente, cada vez que Glover compraba o vendía algo, enseguida informaba a Hanna, y esta hacía lo mismo con él. Transparencia total, pues, hasta que Hanna dirigió la mirada a un lienzo que la dejó de piedra.

—¿El Hopper? —se me adelantó George-Harrison.

—¡*Joven en la ventana*, exactamente! Se podrán imaginar la perplejidad de Hanna al descubrir en la cámara de seguridad de su socio el cuadro preferido de su padre. Si Glover lo había adquirido legalmente, ¿por qué se lo había ocultado? No podía ser mera coincidencia ni fruto del azar que el único secreto que hubiera entre ambos tuviera por objeto esa obra tan especial. Subió corriendo a su despacho y entró como una fiera. Glover ya la había visto de mal humor, pero nunca hasta ese punto. Como él mismo no se encontraba bien, le costó mucho entender la razón y más aún que ella le exigiera explicaciones de inmediato. Ofendido de que sospechara de su honradez, estaba sin embargo demasiado cansado para mandarla a paseo. Recurrió a su flema británica para hacerle a su vez una pregunta. ¿Cómo podía extrañarse de la presencia de ese cuadro en su galería cuando era su propio marido el que se lo había confiado? A Glover le bastó mirarla para comprender que la respuesta a su pregunta era mucho más compleja de lo que había supuesto. Sintiéndose de pronto culpable sin motivo, le dio las explicaciones que Hanna exigía. Unos años antes, Robert había acudido a él para pedirle un favor. Necesitaba dinero para lanzar su negocio de licores. Glover consideraba su deber ayudarlo, pero Robert insistió en dejarle en prenda un objeto de valor. Y ese objeto no era otro que el cuadro de Hopper. Cuando Robert le devolvió el dinero, el

303

galerista quiso restituirle el cuadro, pero, por motivos personales —y aquí Glover aprovechó para enunciarle la tercera regla esencial de la profesión: la discreción—, Robert le rogó que conservara el Hopper a buen recaudo en su cámara. Glover le preguntó si deseaba venderlo, pues en caso afirmativo no tardaría en encontrarle comprador, por no decir varios, pero Robert le aseguró que fuera cual fuera el precio que les propusieran, su esposa y él no lo venderían jamás. ¡Su esposa y él!, recalcó Glover para que Hanna tuviera claro que no había dudado ni por un instante de que ella estuviera al corriente. Hanna se deshizo en disculpas, la emoción de haber vuelto a ver ese cuadro le había hecho perder la compostura. Ahí quedó la cosa. Glover no tuvo la fuerzas para asumir otro secreto y le confesó su enfermedad. Era inútil que Hanna comprara su colección, la había nombrado heredera, el dinero que hubiera podido darle a cambio de los cuadros habría vuelto a sus manos a su muerte, muy cercana ya. Y él tenía dinero de sobra para satisfacer sus necesidades hasta que le llegara el final. Esta noticia afectó tanto a Hanna que las preguntas suscitadas por la reaparición del cuadro de Hopper pasaron a un segundo plano. Volvió a ver a Glover varias veces durante los meses siguientes, y ya no se movió de su lado cuando lo ingresaron en el hospital, donde murió seis días más tarde. Hanna se ocupó de sus exequias. Había perdido a un segundo padre y le costó mucho superar el duelo. Una vez repatriada a Estados Unidos la colección de Glover, volvió a pintar la enseña de la galería, siguiendo las últimas voluntades que el galerista le había comunicado en una carta:

Solo importan las obras de arte, pues son eternas, quienes las poseen tienen poca importancia, se irán un día. ¿No es esa la deliciosa humildad que nos enseñan? Si tanto la quise y tanto la admiré fue porque jamás vi en usted el más mínimo orgullo de poseerlas. Como yo, no tiene por ellas más que amor y respeto, por eso es hora de que el mérito de su trabajo sea todo suyo. No se sienta en deuda por nada, ha sido usted una fuente de luz y de alegría para mí, así como de mucho regocijo, pues sus altibajos de ánimo pusieron color a mi vida. Tanto su risa como sus enfados. A lo largo de una vida, en su mayor parte indulgente conmigo, he conocido a numerosos marchantes, pero ninguno como usted. Me gustaría que a partir de ahora nuestra galería llevara su nombre solo, pues el orgullo que siento por mi discípula es aún mayor que el de haber sido su maestro. Le deseo, mi muy querida Hanna, la hermosa vida que se merece.

Suyo siempre,
John Glover

—Créanme, solo un inglés puede escribir un texto tan digno y modesto. Y no se deje impresionar por mi memoria, soy historiador, es mi trabajo recordar textos. Pero el tiempo corre, y aún no he dado respuesta a todos sus interrogantes. Después de que Hanna enterrara a Glover y pusiera en orden sus negocios, por supuesto, como bien se imaginarán, la reaparición del cuadro de Hopper tuvo sus consecuencias. Hanna no dudaba de la honradez de su esposo, Robert habría tenido numerosas ocasiones de venderlo, y si le había prohibido formalmente a Glover desprenderse de él era la prueba de que nunca había tenido intención de hacerlo. Lo que preocupaba a Hanna era algo mucho más grave. Rememoró la noche de su huida, la necesidad que había expresado Robert de volver al pabellón de caza a buscar ropa, así como ese supuesto mapa de las ubicaciones de depósitos de armas. Pero era el Hopper lo que Robert había ido a buscar, y Hanna recordó también aquella bolsa de la que nunca se había separado en su éxodo hacia España ni a bordo del carguero. Ello la llevó inevitablemente a comprender que Sam le había revelado la existencia del escondite, y que Robert le había mentido desde el principio. Y eso no era todo. En el cementerio, cuando Jorge le contó lo de las sospechas que habían recaído sobre él de haber denunciado a los resistentes a los milicianos, ella le preguntó qué había sido de Titon, el compañero de infortunio de Robert en su misión, el que compartía el tándem con él, pues la había atenazado una duda terrible. Recuerden los primeros instantes de su huida, un detalle le había llamado la atención al salir del bosque. ¿Cómo había recuperado Robert ese famoso tándem cuando, según él mismo había dicho, había estrangulado al hombre que lo llevaba con los alemanes antes de escapar de su coche en una carretera en mitad del campo?

—No había pensado en eso —reconocí.

—Yo tampoco —dijo George-Harrison.

—Hanna sí —contestó Shylock—. Y la respuesta a esa pregunta fue para ella el origen de un terrible dilema, pues se hacía evidente que su marido también le había mentido sobre ese punto. Y si había mentido, solo podía ser por una razón. Su evasión no había ocurrido tal y como él la había contado, si es que de verdad se había evadido.

—¿No lo enfrentó a esa incoherencia preguntándole lo que ocurrió de verdad?

—No en ese momento, y tenía sus razones. Pero su vida cambió radicalmente de manera irreversible, y desde ese día Hanna no volvió a ser la misma.

—Pero ¿por qué no le dijo nada a Robert?

—Porque los lazos que nos unen a las personas a veces son de naturaleza tal que preferimos los secretos y las mentiras a ciertas verdades. Cuando fue a cuidar de Glover en su lecho de muerte, Hanna tuvo varios episodios de náuseas. Pensaba que era por la tristeza que sentía, pero no tardó en comprender que la naturaleza le había dado el único sueño que hasta entonces no había podido cumplir.

—Hanna ya tenía a mi madre, nos lo ha dicho antes.

—No, yo lo que les he dicho es que había hecho su entrado en la casa: Sally-Anne había sido adoptada. Hanna estaba convencida de su infertilidad, sin embargo, estaba embarazada. Pero, ay de ella, la felicidad y la desgracia se aunaban, pues el hijo que llevaba en su seno tenía como padre al hombre culpable de la muerte del suyo. Hanna no se puso ninguna venda en los ojos, Robert había revelado la ubicación del pabellón de caza a cambio de su libertad, y Sam y los resistentes habían pagado el precio. ¿Se imaginan ustedes la situación dramática en la que Hanna se vio? Sin embargo, no olvidó las reglas que Glover le había enseñado: el mercado del arte es un medio en el que todo se sabe, y la discreción es esencial. Si la verdad salía a la luz, no solo no sobreviviría su matrimonio, sino que sus reputaciones quedarían manchadas para siempre. Adiós a la prosperidad de su galería… ¿Quién querría hacer negocios con ella después de tamaño escándalo? Hanna introdujo el Hopper en un portafolio que selló con lacre antes de guardarlo en la caja fuerte de su marido. Le explicó que contenía una obra muy querida para ella y le hizo prometer por la vida de sus hijos que nunca lo abriría. Era una revancha cruel y sutil. Cada vez que Robert abriera su caja fuerte, vería el portafolio y se preguntaría si Hanna había descubierto o no la prueba de su culpabilidad. Aunque insoportable en apariencia, el *statu quo* duró sin embargo once años, durante los cuales Hanna no volvió a ser la esposa cómplice que Robert había conocido. Dedicó todo su amor a su hijo. A Robert solo le quedó para volcarse su hija, y Sally-Anne, que no se llevaba bien con su madre, le devolvía todo ese amor sin reservas. Hasta el día en que…

—¿En que cumplió doce años?

—En efecto, tenía más o menos esa edad cuando sorprendió una discusión terrible en el despacho de su padre. Hanna había descubierto que su marido la engañaba con otra mujer. Era su primera amante, pero no sería la última. En su descargo hay que decir que Robert era un hombre apuesto, y su esposa, incapaz de perdonarlo, lo desdeñaba desde hacía años. Necesitaba —es humano— amar y sentirse amado. Los reproches surgieron de ambas partes, la discusión degeneró. Hanna terminó por revelarle a su marido que la «joven de la ventana» que él se había llevado de un pabellón de caza de Francia llevaba once años encerrada en su caja fuerte, sutil analogía, antes de detallarle toda la verdad que ya conocía. Esa noche, Sally-Anne se enteró de que su padre era infiel, y de que no era el héroe que ella pensaba, sino un hombre que, para salvar su pellejo, había cometido algo irreparable. Su reacción fue la de una adolescente que no necesitaba tal escándalo para que en ella prendiera el fuego de la rebeldía. Fue una explosión de odio. Odio hacia su madre, que había cultivado esa mentira por los peores motivos, odio por su padre, que de buenas a primeras se había convertido en un canalla, pero también por su hermano, el vástago adorado de la familia, mientras que ella no era más que una hija adoptada. Hanna temió que su hija, por sed de venganza, pregonara a los cuatro vientos el secreto que pesaba sobre su familia. Para evitarlo, la desterró a un internado en Inglaterra. Sally-Anne estuvo allí hasta su mayoría de edad.

Shylock apuró su copa de un trago y la dejó con cuidado sobre el mantel.

—Bueno, pienso haber honrado tan exquisita cena. Les dejo pagar la cuenta. Podemos repetirlo cuando quieran, pues me he fijado en que en la carta figura un filete de lubina a la trufa que probaría encantado. Rememorar esta historia ha vuelto a darme ganas de terminar la redacción del libro. Espero que cumpla con su palabra y me conceda su visto bueno en el momento de publicarlo. Ha sido un placer para mí conocer a la última de los Stanfield.

El profesor se levantó, nos estrechó la mano y se marchó.

De vuelta en mi habitación de hotel, tumbada en la cama repasaba todo lo que el profesor nos había revelado en el transcurso de la cena.

Curiosamente, me sentía más próxima a mi madre de lo que quizá lo hubiera estado nunca mientras aún vivía. Ahora entendía lo que había sufrido durante ese exilio forzoso. El sentimiento de haber sido abandonada dos veces, primero por sus verdaderos padres y luego por los que la habían adoptado. Sobre ese punto casi nos había dicho la verdad, pero durante esa noche en la que me era imposible conciliar el sueño, entreveía por fin del todo las razones de su silencio, y del de mi padre, todo aquello de lo que habían querido protegernos. Aun así lamentaba que ella no nos hubiera contado nada. Me hubiera gustado darle más amor todavía, puesto que tanto le había faltado. ¿Debía compartir su pasado con Maggie y con Michel, y podía hacerlo sin traicionarla?

Otros interrogantes me impedían conciliar el sueño. ¿Era todo un tejemaneje del profesor Shylock para obtener el permiso moral que necesitaba? ¿Sabía él quién era yo antes de que nos conociéramos? Y si no era él, ¿quién era, entonces, el autor de las cartas anónimas y con qué fin las había escrito?

Al día siguiente debía cumplir una promesa: ayudar a George-Harrison a encontrar el rastro de su padre.

35

ELEANOR-RIGBY

Octubre de 2016, Baltimore

Era una mañana fría, tan pálida que la ciudad estaba gris. Odio esos días de final de otoño en los que las calles, azotadas por el viento, parecen haber envejecido. Las aceras estaban cubiertas de sucios charcos de lluvia. George-Harrison me esperaba delante de su camioneta, llevaba una vieja camisa vaquera, una cazadora de cuero y una gorra que le hacía parecer un jugador de béisbol de vuelta de todo. Sobre todo parecía malhumorado. Me observó un buen rato, suspiró y se sentó al volante.

Me instalé a su lado y no esperé a que arrancara para preguntarle adónde íbamos.

—Usted váyase donde quiera, yo me vuelvo a mi casa. El dinero no cae del cielo y yo tengo trabajo pendiente.

—¿Quiere renunciar ahora, cuando estamos tan cerca de nuestro objetivo?

—¿Qué objetivo, y renunciar a qué? Abandoné mi taller con la esperanza de saber quién es mi padre y desde que estoy aquí, desde que nos conocimos usted y yo, no he hecho más que oír hablar de los sinsabores de su madre y de sus historias de familia. Es apasionante, sobre todo para usted, pero yo no tengo los medios ni las

311

ganas de quedarme en esta ciudad donde está claro que no pinto nada ni voy a descubrir nada de lo que me interesa.

—No puede pensar eso. Es cierto, hemos avanzado más de mi lado que del suyo, pero le prometo que ayer me dormí pensando que había que poner remedio a eso y orientar nuestra búsqueda en ese sentido.

—¿Y en qué sentido quiere orientarla exactamente? —me preguntó enfadado.

Y, como no tenía ni la menor idea y no sé mentir, apenas pude farfullar una respuesta ininteligible.

—Estamos de acuerdo —prosiguió George-Harrison, evitándome así atascarme aún más—. No tiene ni idea y yo tampoco. Así que dejémoslo aquí. Ha sido un placer conocerla. No crea que soy un completo idiota ni un gañán, no se me olvida lo que pasó en esta camioneta, por breve que fuera, y no digo que no me hubiera gustado besarla yo, bueno, quiero decir tomar yo la iniciativa, pero vive en Londres, y yo en un pueblecito a miles de kilómetros de su hermosa y gran capital. Así es que dígame adónde nos habría llevado otro beso. No, no diga nada porque tampoco tiene ni idea. Voy a volver a mi vida y a mi trabajo. En lo que a mi padre respecta, hace mucho tiempo que me resigné a no saber nada de él. Así es que al cuerno esa carta anónima y más aún quien la haya escrito. Y, para serle sincero, ya no me interesa saber quién ha sido, sería otorgarle demasiada importancia. Y aunque fuera ese profesor, que come como un cerdo pese a toda su erudición, si ha hecho todo eso para escribir su libro, que se vaya al cuerno él también. Y si puedo darle un consejo antes de que nos separemos, escriba ese artículo y vuélvase a su casa. Es lo mejor que podemos hacer los dos.

Tuve un momento de pánico absoluto, de esos que te fulminan, que te retuercen las tripas, y piensas que te vas a disolver. Y en ese mismo momento descubrí que por fin era capaz de mentir. Porque fingí estar totalmente de acuerdo con él, fingí que no me iba a costar nada bajarme de su camioneta, que me daba igual no verlo más. Asentí con la cabeza, hice una muequita de circunstancias, no dije una palabra porque tampoco iba a tantearme a ver hasta dónde era capaz de fingir, y me bajé de su puñetera camioneta, orgullosa y decidida. Tan orgullosa que ni siquiera cerré con un portazo. Edina y Patsy me habrían aplaudido, o se habrían burlado de mí y de mi estúpido amor propio.

La camioneta se alejó y cuando la vi girar en el cruce se me saltaron las lágrimas. No porque ese imbécil me hubiera dejado tirada como una colilla, sino porque de pronto me sentí más sola de lo que nunca lo había estado en todos mis viajes. Me sentí tan tan sola que llegué a olvidar que tenía un padre genial, una hermana y un hermano tan estupendos como él, hasta eché de menos a Véra en mitad de esa maldita ciudad que no valía más que para sumirlo a uno en la tristeza.

Di media vuelta para volver al hotel, ¿dónde si no? En ese momento oí dos bocinazos a mi espalda. Cuando me volví para mirar vi a George-Harrison, igual de malhumorado que antes, inclinarse para abrir la ventanilla.

—Vaya a buscar sus cosas, la espero.

—¡Por favor! Vaya a buscar sus cosas, *¡por favor!* —rectifiqué yo.

—¡Dese prisa, por favor!

Me di tanta prisa que lo eché todo sin orden ni concierto en mi bolsa de viaje, los jerséis, los pantalones, la ropa interior, el otro par de zapatos, el MacBook y su cargador, el neceser y la bolsita de maquillaje que llevo siempre que viajo. Pagué la cuenta a toda velocidad. George-Harrison me esperaba en la puerta del hotel, cogió mi bolsa y la dejó en la trasera de la camioneta.

—¿Adónde vamos? —le pregunté.

—Donde todo empezó para mí, donde debería haber hecho gala de más perseverancia.

313

—¿Es decir?

—La residencia donde vive mi madre. Todavía tiene algún que otro momento de lucidez. Son escasos y breves, pero no veo por qué la suerte solo le sonreiría a usted. No tiene por qué acompañarme, lo entendería muy bien si no quisiera hacerlo, sobre todo después de lo que le acabo de decir.

—Si me ha hecho todo ese numerito para presentarme a su madre —suspiré—, no hacía falta tanto esfuerzo, bastaba con proponérmelo. ¡Estoy encantada de conocer por fin a la mujer de la que estaba enamorada mi madre!

George-Harrison se me quedó mirando, preguntándose si me estaba burlando de él a las claras, y le di a entender con la mirada que sí.

—Póngase cómoda —gruñó—, tenemos diez horas de carretera por delante. Bueno, haga lo que pueda, esta camioneta no es ninguna maravilla.

Cruzamos Maryland y Nueva Jersey, y cuando rodeábamos Nueva York, al divisar los rascacielos de Manhattan recortándose a lo lejos, no pude evitar pensar en un apartamento del Upper East Side cuyas ventanas daban a Central Park, y en mis abuelos, a los que no había conocido y nunca conocería.

A la vorágine de la ciudad sucedieron los bosques de Connecticut. Los robles blancos ya estaban desnudos, pero el paisaje no era por ello menos esplendoroso. George-Harrison tomó una bifurcación a la altura de Westport. Almorzamos en un restaurantito a orillas del río Saugatuck. El océano sube hasta allí y llena su lecho con cada marea. Unas ocas marinas que descansaban en la ribera levantaron el vuelo cuando terminábamos el almuerzo. Su escuadrón formó en el cielo una gran uve que indicaba el sur.

—Vienen de mi tierra —me dijo George-Harrison—. Son ocas canadienses. Cuando era niño, mi madre me hacía creer que, al irse, dibujaban con las plumas cortinas de nieve, luego cogían azul de las aguas calientes del hemisferio sur, se tragaban litros enteros y volvían para pintar los colores de la primavera. No era mentira del todo, cada año su partida anuncia la llegada del invierno, y su vuelta, la de la primavera.

Las contemplé empequeñecer en el horizonte, convertirse en puntos minúsculos hasta desaparecer del todo. Tenía ganas de volar con ellas, de posarme en la arena caliente de una playa del sur y no pensar en nada.

Durante una parada en una estación de servicio de Massachussets, después de llenar el depósito, George-Harrison me propuso coger el volante.

—¿Sabe conducir?

—Sí, aunque, bueno, en mi tierra se conduce por la izquierda.

—En la autopista eso no debería suponer ningún problema. Tengo que descansar, es más prudente si nos turnamos de vez en cuando. Aún queda bastante, solo llevamos la mitad del camino.

Se quedó dormido cuando cruzábamos la frontera de Vermont.

Mantenía un ojo fijo en la carretera y con el otro lo observaba dormir de vez en cuando. Parecía tan en paz… Me pregunté cómo hacía para estar tan sereno. La serenidad es una cualidad que me ha faltado con frecuencia, yo siempre necesito estar en movimiento, y he tenido que codearme tanto con el silencio que a veces hablo para no decir nada. Sin embargo, eso ya no me ocurría en su compañía, como si me contagiara su tranquilidad, como si me hiciera bien sin darse cuenta; como si hubiera compartido conmigo sus ganas de amaestrar el silencio.

Dejamos atrás la ciudad de Glover y sentí un pellizco en el corazón. Qué cara habría puesto al pasar por ahí aquel galerista inglés que por pura humildad quería que su apellido muriera con él.

Me gustaba conducir esa camioneta, la dirección era dura, pero el ronroneo poderoso del motor me daba la impresión de conducir de verdad. Y, al contrario que el Austin de papá, que te sienta a ras del asfalto, aquí estaba a cierta altura. Me miré en el retrovisor y me sonreí como una tonta, por una vez no me encontraba tan fea. Quizá no estuviera tan mal la vida en el norte. Los lagos, los bosques, los grandes espacios, los animales, una vida sana en cierta manera. Sí, ya lo sé, Maggie me habría dicho que veo demasiado la tele.

Los últimos instantes del día se deshilachaban en el cielo. Pronto anochecería, las copas de los árboles habían ido oscureciendo conforme nos acercábamos al norte. Abrí la ventanilla y olí el aire, su pureza embriagadora. Buscaba cómo encender los faros, y entonces George-Harrison giró una llave en el salpicadero.

—¿Está cansada? —me preguntó, abriendo los ojos.

—No, podría seguir conduciendo toda la noche, me encanta.

—Por suerte no tendrá que ser tanto. La frontera ya no queda lejos, la cruzaremos en Stanstead. A esta hora no debería haber cola en el puesto de control, y luego ya solo nos quedarán unos cuarenta kilómetros.

En la frontera comprobaron nuestra documentación, no teníamos nada que declarar, y mi bolsa en la trasera de la camioneta les interesó tan poco como la pequeña maleta de George-Harrison. Dos sellos en el pasaporte, una frontera cruzada y ya estábamos en Quebec.

George-Harrison me indicó la carretera por la que tenía que tomar.

—Vamos a pasar por el puesto de socorro —dijo mirando el reloj del salpicadero.

—¿Por qué, se encuentra mal? —le pregunté.

—No —se rio—. En Canadá, el puesto de socorro es una tienda de alimentación abierta hasta tarde. No tengo nada de comer en casa.

—Pensaba que íbamos a la residencia de su madre.

—Iremos mañana, hemos dado un pequeño rodeo. No habríamos podido visitarla tan tarde, y estoy harto de dormir en hoteles, en mi casa hay sitio de sobra para los dos.

—Me parecía haberle oído decir que su habitación era minúscula.

—Y mi taller demasiado grande... Sé escuchar los reproches que se me hacen. Desde que se marchó Mélanie, he hecho algunas reformas. No tema, aunque sea un oso, no la arrastro a una cueva al fondo del bosque.

—Pero si no tengo miedo —protesté yo.

—Un poquito sí —contestó George-Harrison divertido.

Paramos en el puesto de socorro. Era una casita de cemento en la cuneta, iluminada por una farola. No debía de ser la primera vez que George-Harrison iba allí, pues el tendero lo recibió con un fuerte apretón de manos y nos ayudó a cargar la bolsa de provisiones en la trasera de la camioneta. Tenía un hambre de lobo y me pasé un poco al hacer la compra. Mientras recorría los pasillos de la tienda, el hombre no dejó de mirarme con una sonrisita elocuente.

Era noche cerrada cuando abandonamos la carretera y tomamos por un camino de tierra. No sabía si iba a pasar la noche en una cueva, pero lo que estaba claro era que nos adentrábamos en el bosque.

Al final del camino llegamos a un claro. La luz de la luna iluminaba el taller de George-Harrison, muy diferente de lo que yo me había imaginado. Había que darle la razón a su ex, no era «demasiado grande», más bien era inmenso. Un gigantesco hangar con grandes ventanales de marco metálico coronado por un alto tejado inclinado. George-Harrison sacó un mando de la guantera y pulsó un botón. El edificio se iluminó de pronto y se abrió una puerta de garaje.

—Moderno, ¿verdad? —me dijo invitándome a aparcar la camioneta en el interior.

Pensaba que ya no habría más sorpresas, pero me equivocaba: dentro de ese hangar estaba la casa de George-Harrison. Era un chalé bastante bonito, construido sobre troncos, con la fachada de madera pintada de azul. Estaba rodeado por una terraza en la que, detrás de una barandilla, se veía una mesa y dos sillas.

—Mi habitación estaba en el altillo —dijo—. Después de que ella se marchara, desmonté el altillo y construí esta casa.

—Cuando dice «un poco de reforma», ¿no cree que se queda un poco corto?

—Sí, me pasé un poco, pero cada verano, al ver que no volvía, la agrandaba un poco más.

—¿Para vengarse de ella?

—Algo así. Lo cual es estúpido, pues no la verá nunca.

—Si la hubiera construido fuera del hangar, todavía habría tenido más posibilidades de verla. Debería haberle mandado una foto, al menos yo en su lugar no me habría privado.

—¿Lo dice en serio?

—Hasta puedo hacernos un *selfi* en la terraza, si quiere.

George-Harrison se echó a reír.

—No deja de ser extraño.

—¿El qué?

—Normalmente, las casas se construyen fuera de un hangar, y no dentro.

—Así al menos, cuando salgo de mi casa en invierno no tengo que quitar la nieve.

—¿Y cómo hace para sacar a pasear al perro?

—No tengo perro.

—Vale, pero aun así está bastante chalado.

—¿Le gusta?

—¿Que esté chalado?

—¡Mi casa!

—No me disgusta ni una cosa ni la otra.

Cogió mi bolsa de viaje y entró en el chalé. Luego fue a poner la mesa y sirvió la cena en la terraza. No se podían ver las estrellas, pero al menos hacía buena temperatura. El taller olía a madera y yo

318

me sentía en mitad de ninguna parte, pero era una sensación agradable.

El viaje nos había agotado y no tardamos en irnos a dormir. George-Harrison me instaló en un dormitorio de invitados. La decoración era sobria pero preciosa, mucho más que la de mi estudio de Londres. Mélanie debía de ser una imbécil perdida, un hombre capaz de ese refinamiento no podía ser un oso.

Al día siguiente, cuando íbamos a ponernos en camino, me senté al volante sin dejarle elección. Le hice notar que en Baltimore había conducido él todo el tiempo, y él me recordó que la camioneta era suya, pero creo que mis chiquilladas lo divertían.

Dos horas más tarde me indicó una verja de hierro forjado y recorrimos un camino de grava que subía hacia un elegante edificio en lo alto de una colina. El parque que se extendía a sus pies estaba desierto, hacía demasiado frío para que los residentes salieran.

—Nada que ver con Hyde Park, ¿verdad?

—¿Ha estado alguna vez en Londres?

—No, solo lo conozco por las películas, pero cuando estábamos en Baltimore vi algunas fotos en Internet.

—¿Ah, sí? ¿Y eso por qué?

—Por curiosidad.

Aparqué debajo de la marquesina de hierro y entramos.

Reconocí a la mujer sentada en el salón de lectura que observaba con aire irritado a su vecina hacer un solitario, como si llevara toda la vida esperando que le propusiera jugar con ella. Su piel estaba marcada por el tiempo, pero su mirada chispeante era idéntica a la de la fotografía del Sailor's Café. Conocer a May me provocó una emoción para la que no me había preparado. Había amado a mi madre, y mi madre la había amado a ella. Sabía muchas cosas sobre ella que yo ignoraba. Al morirse un anciano, se quema toda una biblioteca, dijo un día un poeta africano; yo quería descubrir todos los libros que había en ella, aunque May ya los hubiera olvidado.

—¡Has venido con tu amiga! Cuánto me alegro de que os hayáis reconciliado —exclamó levantándose—. Ya sabía yo que vuestra pelea no duraría. De hecho no recuerdo por qué estabais enfadados, así que no debía de ser muy grave.

George-Harrison parecía a punto de desmayarse y esperé un poco antes de acudir en su auxilio. Pero cuando le alargaba la mano, su madre me abrazó y me plantó un beso.

—Oye, tú, antes me dabas un beso, no es culpa mía si mi hijo se porta mal contigo.

Su abrazo era tan firme como suave su piel. Olía a ámbar gris, y reconocí enseguida ese aroma oriental con el que mamá se perfumaba los domingos.

—Ese perfume es Jicky, ¿verdad? —le pregunté.

Me miró a los ojos observándome con extrañeza.

—Si ya lo sabes, ¿por qué me lo preguntas?

Se apartó de mí y ya solo tuvo ojos para su hijo. Decidí dejarles un poco de intimidad y anuncié que salía a dar un paseo por el jardín.

—Si vas a fumar a escondidas procura que no te pillen, estos cabrones te confiscarán los cigarrillos. No porque les preocupe tu salud, qué va, sino para fumárselos ellos. Bueno, ¿qué tal en el colegio? —le preguntó a su hijo—, ¿has hecho los deberes?

Salí a caminar, pero el frío era insoportable y no fumo. De modo que entré al poco rato y me senté a una mesa junto a un hombre que leía. Su lectura parecía divertirlo mucho, pues se reía a menudo. Entonces me fijé en que nunca pasaba la página; sentí frío, mucho más que cuando paseaba por el parque. Desde lejos espiaba a May y a George-Harrison. Parecían estar charlando. Una conversación que no debía de tener ningún sentido. En realidad no estaba observándolo, sino admirándolo. Había tanto amor y tanta paciencia en los gestos de ese hijo, su escucha era tan intensa que no me habría importado perder la memoria para que me quisieran de esa manera.

El hombre que leía a mi lado estalló en una carcajada y, de pronto, su risa se convirtió en un terrible ataque de tos. Se puso rojo como una fruta madura, se levantó de un brinco, soltó un gran estertor y se desplomó.

El enfermero que estaba en la habitación se precipitó hacia él, pero parecía totalmente superado por la situación. Los internos asistían a la escena como si el hecho de que ocurriera algo que los sacara de la rutina fuera mucho más importante que el que uno de ellos se estuviera ahogando. George-Harrison apartó al enfermero y se inclinó sobre el pobre hombre, que sufría convulsiones. Le metió dos dedos en la boca y le dio la vuelta a la lengua. El hombre volvió a respirar casi con normalidad, sus mejillas pasaron del rojo al rosa, pero seguía con los ojos cerrados y no contestaba cuando George-Harrison lo llamaba:

—Señor Gauthier, ¿me oye? Apriéteme la mano si me oye.

Su mano apretó la de George-Harrison.

—Voy a llamar a una ambulancia —dijo el enfermero.

—No hay tiempo —contestó él—. Tardarán media hora en llegar, y otro tanto en llevarlo al hospital. Mejor lo llevo yo. Coja unas mantas, vamos a instalarlo en mi camioneta.

Una joven que servía galletas en el momento en el que el señor Gauthier se desplomó se ofreció a ayudarlo. Tenía una ranchera en la que podían tumbarlo y no pasaría frío. Otros dos empleados acudieron en su ayuda. Cuando tendieron al enfermo en el asiento trasero, George-Harrison anunció que la acompañaba. Me hubiera gustado irme con ellos, quedarme cerca del señor Gauthier, me sentía responsable de él porque se había sentido mal delante de mí, pero solo había dos plazas en aquella maldita ranchera, así que George-Harrison me pidió que lo esperara allí.

Frotándome los hombros para entrar en calor bajo la marquesina, miraba desvanecerse los faros traseros de la ranchera al otro lado de la verja de la residencia.

Cuando volví al salón de lectura, la vida había retomado su curso: los internos estaban cada cual a lo suyo, como si nada hubiera ocurrido, o como si ya lo hubieran olvidado.

La señora de la mesa contigua a la de May proseguía su solitario, otros miraban fijamente la televisión o se contentaban con dejar vagar la mirada en el vacío. May me observaba con una expresión extraña cuando me indicó con el índice que me acercara y me sentara frente a ella.

—Me produce cierta emoción conocerte, ¿sabes? Porque te pareces a ella, y mucho. Es como si hubiera surgido un fantasma del pasado. Murió, ¿verdad?

—Sí, murió.

—Qué mal, debería haberme ido yo antes que ella, pero marcharse antes del declive es tan propio de ella...

—Esta vez no creo que fuera decisión suya, y un poco de declive sí que hubo —repliqué en defensa de mi madre.

—No, tienes razón, esta vez no, pero la otra sí, y eso arruinó la vida de ambas. Podríamos haber salido adelante juntas, pero no quiso saber nada por culpa de esto —masculló frotándose la tripa—. ¿No pensarás robármelo, espero? Porque no voy a dejar que te salgas con la tuya.

—¿Robárselo?

—No te hagas la tonta conmigo, hablo de mi hijo, solo tengo uno.

—Podrían haber salido adelante ¿de qué?

—Del jaleo en el que nos metió tu madre, a mí y a ella. Para eso has venido aquí, quieres saber dónde lo guardó.

—No tengo ni la menor idea de lo que está hablando.

322

—¡Mentirosa! Pero te pareces tanto a ella que te perdono, porque aun muerta la sigo queriendo. Te voy a contar un par de cosas, con la condición de que quede entre nosotras. Te prohíbo que le digas a él ni una palabra.

No sabía cuánto duraría ese momento de lucidez, George-Harrison me había dicho que eran tan escasos como breves. Él esperaba que la suerte estuviera de su parte, pero era en su ausencia cuando nos sonreía. Entonces le hice una promesa que no pensaba cumplir. May tomó mis manos entre las suyas, respiró hondo y sonrió.

Vi iluminarse su rostro, como si hubiera rejuvenecido, como si la foto del Sailor's Café cobrara vida ante mí.

—Me arriesgué muchísimo para conseguir las invitaciones —dijo—. Pero eso no fue nada comparado con lo que ocurrió en el baile. Todo ocurrió esa noche. Un baile como colofón a treinta y seis años de mentiras… Pero por poco tiempo ya.

36

ELEANOR-RIGBY

Octubre de 2016, Cantones del Este, Quebec

May se expresaba de una manera extraña, como si una voz interior le dictara las palabras, y su relato me llevó a Baltimore, una noche de finales de octubre de 1980.

—Nuestro chófer se detuvo brevemente bajo el porche para dejarnos bajar. Se cerraron las portezuelas y prosiguió el desfile de vehículos. Quienes tenían el honor de haber sido invitados al baile se apiñaban ante la puerta de la mansión. Dos azafatas de uniforme recogían las invitaciones y comprobaban la lista nominativa de invitados. Yo llevaba una falda larga ceñida en la cintura, una camisa con chorreras, una levita y una chistera. Sally-Anne, disfrazada de arlequín, llevaba un vestido envolvente y la cabeza tapada con una capucha negra. Habíamos elegido esos trajes para desplazarnos fácilmente y ocultar bajo las capas lo que nos disponíamos a robar.

»Tu madre entregó nuestras invitaciones. Me había arriesgado mucho para conseguirlas, ya no sé muy bien cuándo, hace algún tiempo que pierdo la noción de las fechas.

»Entramos en el vestíbulo. Era inmenso, iluminado por grandes candelabros. Ante nosotros se erguía la imponente escalera, cuyo acceso estaba prohibido con un cordón rojo. Alzando la vista se podía admirar la vidriera y el corredor con su barandilla de hierro forjado, que recorría toda la primera planta. Seguimos la corriente de invitados hasta el gran salón de la planta baja. Delante de las ventanas había suntuosos bufés. Todo era magnífico. Junto a la chimenea de piedra labrada, sobre un estrado, tocaba una orquesta de seis músicos que alternaba minuetos, rondós y serenatas. Yo nunca había asistido a tan fastuoso espectáculo. Contemplaba admirada al resto de los invitados. Un Pierrot besaba la mano de una condesa, un soldado de la Confederación brindaba con un mago hindú, mientras su enemigo nordista conversaba con Cleopatra. George Washington, bastante achispado ya, seguía bebiendo. Un hugonote llenaba su copa de champán hasta hacerla desbordar. Había también un príncipe de *Las mil y una noches* metiéndole mano a una Isabel cuyo Leandro debía de estar en otra parte. Un faquir se atiborraba a *foie*, un brujo de nariz ganchuda se las veía y se las deseaba para comerse una tosta de caviar, resultaba ridículo. Una Colombina y un Polichinela no formaban mala pareja, un César tenía la frente irritada por su corona de laureles, que no dejaba de ajustarse cada vez que se le resbalaba. Abraham Lincoln besaba a una cortesana oriental. Bajo las máscaras todo era posible, incluso lo prohibido.

»Una joven y hermosa cantante subió al estrado. Su potente voz cautivó a los presentes. Sally-Anne aprovechó para empujar una puerta oculta en los estantes de una biblioteca. Al otro lado había una escalera de caracol. Subimos por ella hasta la planta de arriba y me arrastró por el corredor. Estábamos justo encima del vestíbulo, por lo que nos pegamos a las paredes para que nadie nos viera. Pasamos delante de la habitación en la que me dejaron cuando supuestamente fui a visitar a la señorita Tarda en Gozar. Extraño nombre, ¿verdad? Esa es otra historia, te la contaré si vuelves a visitarme. Un poco más lejos, Sally-Anne entró en el despacho de su padre. Me pidió que montara guardia delante de la puerta. Aún la oigo decirme: «Échate a un lado, si un invitado alzara la cabeza para contemplar la lámpara de araña, podría verte desde abajo. Y si sube alguien, entra conmigo en el despacho. No te preocupes, yo me encargo de todo, no tardaré mucho». Pero aun así estaba preocupada y quise pararlo todo. Se lo supliqué. Le dije que aún estábamos a tiempo de renunciar, que no necesitábamos ese dinero, que podríamos apañárnoslas de otra manera. Pero ella quería llegar hasta el final por culpa de su puñetero periódico, al que amaba más de lo que me amó a mí. Y también porque la animaba el deseo de venganza. Escucha bien este consejo, nunca dejes que la rabia te dicte el comportamiento, pues tarde o temprano pagarás las consecuencias. Yo era una niña buena y obediente, así que me quedé delante de la puerta entreabierta.

»Mientras montaba guardia, tu madre se dirigió al minibar, cogió la pitillera de su padre, que dejó sobre el velador, y se apoderó de la llave de la caja fuerte. Los instantes siguientes decidieron nuestro destino, y no solo el nuestro, de hecho. No he dejado de pensar en ello porque por unos pocos minutos todo habría sido diferente, y tú no estarías aquí ahora.

»Sé que divago un poco, pero ese baile de disfraces no lo olvidaré jamás.

»¿Por dónde iba? Ah, sí. Oí pasos y me incliné sobre la barandilla. Un hombre se había saltado el cordón rojo y subía la escalera. No tardaría en llegar a la planta de arriba. Llamé suavemente a la puerta del despacho para avisar a Sally-Anne. Se precipitó hacia el interruptor para apagar la luz y me cogió de la mano para atraerme hacia ella. Yo estaba en el umbral, paralizada. Debería haber actuado de otra manera, pero quise protegerla, ¿entiendes?, por eso en lugar de ir a ocultarme con ella, le solté la mano, cerré la puerta, dejándola dentro, y fui al encuentro de aquel desconocido disfrazado de máscara veneciana. Esperaba que fuera un invitado indiscreto, quizá un hombre que buscaba un lugar tranquilo para llamar por teléfono. Pensé que yo podría decir lo mismo. Pero, antes de que le dirigiera la palabra, me preguntó con voz autoritaria qué demonios estaba haciendo allí.

»Esa voz la conocía muy bien. Sin embargo, conservé la calma, una calma increíble, y yo también me dejé embargar por la sed de venganza. Ese baile, tan fastuoso como grotesco, se organizaba en su honor. Y, para celebrarlo a mi manera, iba a hacerle un regalo que lo envenenaría hasta el final de sus días.

»Le puse un dedo en los labios y le sonreí. Él ardía en deseos de saber quién era esa seductora enmascarada. Me recordó que la fiesta era en la planta baja, que los invitados no tenían acceso a la primera, pero añadió enseguida que si quería visitarla, sería para él un placer acompañarme. Imposible contestarle sin traicionarme, y era aún demasiado pronto. Entonces, tras hacerle callar llevándome un dedo a los labios, lo tomé de la mano y lo llevé al saloncito contiguo al despacho de la señorita Tarda en Gozar. Te puedo asegurar que ese no era mi caso.

»Lo arrojé sobre un sillón, lo que lo divirtió mucho, y se cuidó de oponer la más mínima resistencia. No se dejó engañar, su futura esposa nunca habría llevado el mismo disfraz que yo. Le bajé la bragueta, le metí la mano dentro del pantalón y sentí su deseo crecer. Sabía lo que le gustaba y se lo ofrecí, pero no pensaba quedarme ahí. Quería poseerlo del todo, que fuera mío por última vez. Por mi vida ha pasado más de un hombre, a algunos los dejé yo, otros me dejaron a mí, pero él era diferente. Me levanté la falda y me senté a horcajadas encima de él. No me juzgues, perderías el tiempo, y además me trae sin cuidado. No hay nada mejor en el mundo que hacer el amor con el hombre al que amas o al que odias. Suavicé el ritmo, tenía que contener su placer hasta que Sally-Anne terminara lo que estaba haciendo en la habitación de al lado. Me imaginaba que lo estaría oyendo todo y, para estar segura, no contuve mi ardor. Ella me había engañado con Keith, yo estaba ahí por voluntad suya, y también me vengué de ella, y de sus padres porque habían preferido una chica de su rango a una sin fortuna. Me vengué de él y del mundo entero tirándomelo el día de su compromiso.

»Tras alcanzar el orgasmo, quiso descubrir mi rostro, pero yo no le dejé. Me parecía más sutil que se enterase de otra manera. Entonces le pregunté si le había gustado mi regalo. Si hubieras visto sus ojos cuando reconoció mi voz... Su mirada era puro estupor. Y también miedo, miedo de que yo bajara y sustituyera a la cantante en el estrado para contarle a todo el mundo lo que acababa de hacer. Lo besé con ternura, le acaricié la mejilla y le aseguré que no tenía nada que temer. Su mujer quizá tardara un tiempo en descubrir qué clase de hombre era, pero él ya nunca podría decirle que la amaba sin recordar que la había engañado el día de su compromiso.

»Lo invité a volver junto a su futura esposa, era mejor que no nos vieran bajar juntos la escalera. Le prometí que me marcharía discretamente y que no volvería a verme en toda la velada, ni nunca más. Se subió la bragueta con aire avergonzado y se marchó furioso. Esperé unos instantes antes de ir a reunirme con Sally-Anne en el despacho.

»No dijo una palabra. Se ató el cinturón de la capa, bajo la que había escondido su botín, cerró la caja fuerte, devolvió la llave a su sitio y guardó la pitillera.

»Le pregunté si había conseguido lo que quería. Su respuesta fue preguntarme lo mismo a mí. Ambas sabíamos lo que había ocurrido en esas habitaciones contiguas, mientras robábamos a los Stanfield, cada una a su manera.

»Justo antes de irse, cogió una botella de alcohol y me la metió debajo de la capa, un *whisky* excepcional con el que debíamos brindar más tarde por nuestra victoria. Ella ya estaba ebria por haber llevado a cabo su plan. *The Independent* estaba salvado. Con lo que habíamos robado de la caja fuerte podríamos lanzar su publicación y mantenerlo, incluso con pérdidas, durante años.

»La fiesta estaba en su apogeo, salimos de la mansión sin ser vistas. El chófer nos estaba esperando y nos llevó de vuelta al *loft*.

* * *

May calló, su mirada se perdió en el vacío y enseguida los años volvieron a posarse en sus rasgos. Ya no me contaría nada más, y suponía que ella ya no sabía quién era yo. Sin embargo, suspiró y me repitió que era increíble lo mucho que me parecía a mi madre. Se levantó para quitarle las cartas a su vecina y se sentó delante de mí, preguntándome si sabía jugar al póquer.

Me ganó cien dólares. Cuando George-Harrison llegó al salón, se guardó los billetes en el bolsillo discretamente y sonrió a su hijo como si llevara varias semanas sin verlo. Le dijo que era muy amable por su parte haber ido a visitarla.

George-Harrison nos anunció que el señor Gauthier había muerto al llegar al hospital.

—¡Ya te dije yo que ese no pasaba de este año, pero nunca me haces caso! —exclamó May casi contenta.

Pasamos toda la tarde con ella, pero tenía la cabeza en otra parte. Hacia las tres, el cielo se abrió y su hijo se la llevó a dar un paseo por el jardín. Aproveché ese momento de soledad para rememorar lo que me había contado May, de nuevo me había enterado de cosas sobre mi madre, pero nada sobre el padre de George-Harrison. No sabía cómo confesarle que no había aprovechado ese momento de lucidez para cumplir mi promesa.

A su vuelta, me bastó con intercambiar una mirada con él para comprender que la suerte que tanto había esperado no había querido sonreírle.

Un poco más tarde tomamos el té y le anunció a su madre que teníamos que irnos. May lo abrazó, y luego a mí.

—Me alegro tanto de que hayáis vuelto a juntaros, hacéis una bonita pareja —me dijo llamándome Mélanie.

* * *

Estábamos ya delante de su camioneta cuando fingí haberme olvidado el móvil en el salón de lectura. Le pedí que me esperara y volví corriendo a la residencia.

May seguía en su sillón, con los ojos fijos en el que todavía esa mañana ocupaba el señor Gauthier. Me acerqué a ella y me jugué el todo por el todo.

—No sé si sigue aquí, pero si me oye, escuche usted mi consejo a su vez. No se lleve su secreto a la tumba; le mata no saber quién es su padre, y a mí también me mata verlo así. ¿Es que no se da cuenta del sufrimiento que le impone, de la tristeza que le causa? ¿No cree que los secretos han causado ya suficientes desgracias?

May se inclinó hacia mí con aire malicioso.

—Te agradezco tu amabilidad pero, aun a riesgo de decepcionarte, todavía no estoy en la tumba, querida. ¿Por qué crees que será más feliz cuando sepa que su padre murió por mi culpa? Ya ves, algunas verdades es mejor no contarlas, así es que si tienes otra pregunta, date prisa en hacérmela, te está esperando fuera, y no me gusta que hagas esperar a mi hijo.

—¿Dónde están las cartas de mi madre? ¿Las conservó?

Me dio unas palmaditas en la mano, como si amonestase a un niño insolente.

—Yo era la única que escribía cartas, tu madre no quería contestarme, solo lo hizo una vez, para concertar una cita conmigo. Mantener una relación epistolar habría sido para ella una traición a su marido. Había decidido pasar página. Pero cometimos esa tontería. Por mi culpa. Tenías catorce años cuando tus padres os llevaron a España…

Recordaba muy bien esas vacaciones. Mis padres solo nos llevaron tres veces al extranjero: a Estocolmo, donde Maggie no dejó de quejarse del frío; a París, donde Michel los arruinó de tantos bollos como se zampó; y a Madrid, donde, maravillada por la belleza de la ciudad, me juré que de mayor daría la vuelta al mundo. May se tomó su taza de té y prosiguió.

—Seis meses antes le escribí para decirle que estaba enferma. Acababan de quitarme un tumor del pecho, pero podría haber sido grave. Pensé que si me ocurría una desgracia, no tenía a nadie que cuidara de mi hijo. No tenía ninguna otra posibilidad de convencerla, mi esperanza era que si lo conociera... Bueno, para ser sincera, creo que era un pretexto para volver a verla una vez más y para conocer a su familia. Aceptó, pero no quiso que habláramos. Ese domingo fuisteis a pasear al parque del Retiro. Tu madre, tu padre, tu hermano, tu hermana y tú estabais sentados a la derecha en los escalones del Palacio de Cristal, delante del estanque, formabais una bonita familia. George-Harrison y yo estábamos sentados a la izquierda. Veros me hizo más mal que bien, pero por esos pocos instantes surgidos del pasado no me arrepentí de haber venido desde tan lejos. Y ese viaje sigue siendo uno de los recuerdos más hermosos de mi hijo. Tu madre y yo cambiamos una sonrisa cómplice muy elocuente. Os fuisteis poco después y, al levantarse, dejó un cuaderno en los escalones. Era su diario íntimo, lo había empezado en sus años de internado. Encontré en él toda nuestra historia, la de nuestros años juntas en Baltimore, cómo nos habíamos conocido cuando ambas éramos dos jóvenes becarias, cuando nos habíamos mudado al *loft*, nuestros amigos, Keith en particular. Al leerlo, reviví los años locos que precedieron a la creación de *The Independent*, nuestras noches de juerga en el Sailor's Café, nuestras esperanzas y nuestras decepciones. Contaba incluso el famoso baile, y lo que había ocurrido después. Pero su diario se interrumpía el día de su partida. Después de eso no volvió a escribir nunca nada sobre su vida.

—¿Por qué regresó a Londres?, ¿por qué quiso cortar con todo de manera tan definitiva?

—Ya no tengo tiempo ni ganas de hablar de ello. Todos esos recuerdos pertenecen a una época de la que no queda nada. Entonces, ¿de qué sirve? Tú también deberías dejar el pasado en paz, te atormentas inútilmente. Has tenido unos padres fantásticos, conserva la memoria de tu madre; Sally-Anne era otra mujer que tú no conociste.

—¿Dónde está su diario?

Mi pregunta llegaba demasiado tarde. May tenía de nuevo esa mirada distante, preñada de locura. Le hizo un corte de mangas a su vecina, que nos estaba espiando, y se volvió hacia mí con una risita maliciosa.

—Tengo que contarte por qué mi hijo se hizo ebanista. Me gustaba el anticuario, y él me correspondía. Yo estaba sola, y él, mal casado, era un cornudo desgraciado. Dos seres maltrechos pueden sanarse el uno al otro dándose lo que le falta a cada uno. De niño, George-Harrison pasó muchas tardes en su tienda. Como no podía contar con nadie, Pierre se convirtió en algo así como un padrino, se lo enseñó todo. A mí no me disgustaba, veía en ello cierta ironía. Porque, ¿sabes?, ya había conocido antes en mi vida a un ebanista, un buen hombre, probablemente el mejor de todos los hombres a los que he conocido. De hecho vino a verme, poco después de que naciera mi hijo. Quería que lo dejara todo y me fuera con él. Me comporté como una estúpida y me arrepiento de ello. Pero qué se le va a hacer, de todas formas era demasiado tarde. No le digas nada, George-Harrison cree que ha elegido él solo ese bonito oficio, y le horroriza darse cuenta de que su madre influye en él. Es un hombre, qué quieres. Hala, ahora vete, ya te he contado suficiente, y si no lo has entendido, es que eres aún más tonta de lo que pareces.

—¿Es usted quien nos ha escrito?

—¡Largo de aquí! Tengo que ir a bañarme, y tú no eres enfermera, que yo sepa. ¡No iban a cambiarme de enfermera sin avisarme! Esta residencia es un desastre, como las cosas sigan así, pienso quejarme.

Esta vez May desvariaba de verdad. Estaba enfadada con ella, pero aun así le di un beso en la mejilla, para oler de nuevo su perfume. Respiré hondo antes de reunirme con George-Harrison en su camioneta. Cómo decirle que nunca conocería a su padre y confesarle el secreto que May me había contado.

—¿Lo has encontrado?

—¿El qué?

—¡Pues tu móvil! Llevo diez minutos aquí esperando, empezaba a preocuparme.

—Arranca, tenemos que hablar.

37

ELEANOR-RIGBY

Octubre de 2016, Magog

Anochecía cuando salimos de la residencia y hacía aún más frío que cuando llegamos. Podría haber elegido callarme, pero desde el principio de ese viaje, los secretos de familia se me habían vuelto odiosos. No era una conversación fácil la que me esperaba, por lo que decidí iniciarla con grandes dosis de prudencia y tacto. Las dificultades no habían hecho más que empezar para mí. Tarde o temprano, también tendría que desvelarles otras verdades a Maggie y a Michel. ¿Cómo contarles lo que había descubierto sobre nuestra madre sin traicionarla? Pero por el momento mi problema estaba al volante de esa camioneta.

Cuando George-Harrison se enteró de que su padre había muerto, su reacción me sorprendió. Bueno, lo de reacción es una manera de hablar, pues se quedó impasible. Me apresuré a decirle que lo sentía mucho, me daba la sensación de ser culpable de haberle revelado ese secreto. Se mordió los labios e hizo gala de una fuerza de carácter sorprendente.

—Debería estar triste; es extraño, pero lo que siento es alivio. Lo más doloroso era imaginar que había elegido no conocerme nunca, hacer caso omiso de mi existencia, hasta el punto de que para él su

335

hijo fuera algo desdeñable. Al menos tiene una excusa rotunda, difícilmente puedo ya reprocharle nada.

May no me había contado cuándo había muerto el padre de George-Harrison, pero prefería guardarme ese detalle.

—Cuando te ha dicho que lo mató, ¿te ha parecido que estaba en su sano juicio? —me preguntó por fin.

—No ha pronunciado esas palabras, no de esa manera. Se ha acusado de haber sido responsable de su muerte, que no es lo mismo.

—Pues ya me explicarás la diferencia... —dijo en tono cortante.

—¡Es muy diferente! No sabemos nada de las circunstancias de su muerte. Pudo haber sido un accidente y que se culpe de ello porque quizá no estuviera a su lado.

—Te veo muy optimista defendiéndola así.

—No, no es eso. Me he dado cuenta de que lo quería.

—¿Y qué cambia eso? ¿Es que un crimen pasional es más defendible?

—¿No cambia nada saber que has sido un hijo deseado?

—Aprecio las molestias que te tomas. Me conmueven mucho, pero vas un poco rápido. También amó a un tal Jean, y a un tal Tom, y a un tal Henry...

—... y a Pierre —murmuré yo incómoda.

—¿Cómo que Pierre?

—También ha amado a un tal Pierre, uno que era anticuario...

—¡Gracias, sé perfectamente quién es!

—¿Y sabías que...?

—¡Pues claro! Y ahórrame ese aire de lástima. Lo sé desde hace tiempo. Los sorprendí muchas veces rozándose. Cuando me dejaba en la tienda o me recogía, cuando él venía a vernos a casa. Cada vez que pasaba cerca de ella, le cogía rápidamente la mano, y cuando se despedía de ella, siempre la besaba muy cerca de los labios. Esa clase de detalles no le pasan inadvertidos a un niño. Pero me daba igual, porque de todos los hombres que frecuentaba, es el único que nunca se ha compadecido de mí. Era más bien al contrario. Cuando me hablaba de ella, decía que tenía mucha suerte de tenerla para mí solito. No se sentía culpable de nada, y eso me gustaba. Y se ocupó de mí, con la elegancia de no dárselas nunca de padre sustituto. Su presencia me resultaba tranquilizadora. ¿Por qué me hablas de él?

—Porque estoy segura de que sabe muchas cosas que nunca te ha dicho.

George-Harrison encendió la radio, dándome a entender así que ya había oído bastante. Siguió conduciendo cerca de media hora y, al llegar a Magog, apagó la radio para hacerme esta pregunta:

—Hay algo en todo esto que no me cuadra. El autor de las cartas anónimas seguramente no ignoraba que mi padre está muerto, él que parece saberlo todo de nosotros. Entonces, ¿por qué escribirme?

La respuesta que se me ocurrió me dejó de piedra, pues, pensándolo bien, si alguien no puede decidirse a contarte la verdad, ¿qué otra solución hay sino hacer que la descubras tú mismo? Pero también esto me lo guardé para mí, porque no me habría atrevido a decírselo, ya había hablado bastante esa noche.

Aparcó la camioneta en el taller. Volver a ver esa casa dentro de un hangar me arrancó la primera sonrisa del día.

George-Harrison encendió un hornillo, el frío se colaba hasta el taller. Durante la cena que compartimos en la terraza, trató de mostrarse amable, pero me daba cuenta de que estaba triste. Y, conmovida por esa soledad que lo abrumaba, mientras que yo tenía una familia que me esperaba en Londres, tomé conciencia de lo que hasta entonces había querido ignorar con todas mis fuerzas.

Lo que había temido no era verme sola delante del hotel en el que me había dejado en Baltimore, sino estar separada de él. Había habido ya suficientes secretos e hipocresía, no quería más.

Esperé a que se hubiera dormido para entrar en su habitación, me metí entre sus sábanas y me acurruqué contra él.

Él se volvió y me abrazó. No hicimos el amor, no era posible el día en que se había enterado de que su padre había muerto y que nunca lo conocería. Nos perdimos en un océano de ternura, y eso era mucho más consecuente que unir nuestros cuerpos.

El día siguiente lo pasamos entero en su taller. Él tenía trabajo atrasado, y a mí me gustaba verlo carpintear los travesaños de una cómoda. El torno es una herramienta fascinante, parece un instrumento musical cuando arranca un silbido de la madera, y las virutas salen despedidas formando espirales hipnóticas. Es hermoso ver trabajar a alguien que tiene pasión por su oficio. Más tarde ensambló las patas, explicándome que el arte consistía en dar forma a las espigas para que encajen perfectamente en las muescas. Creo que exageraba un poco con su jerga técnica, pero le seguí el juego e hice como si esa clase de detalles me fascinaran en grado sumo. Observó su cómoda desde todos los ángulos. Satisfecho, me pidió que lo ayudara a cargarla y a descargarla una vez que llegamos al anticuario.

Pierre Tremblay estaba leyendo el periódico. En cuanto franqueamos la puerta de su tienda, se levantó de un brinco y, al verme, nos recibió efusivamente. Estaba loco de alegría, y sus miraditas de reojo me daban a entender que no era anodino que George-Harrison nos hubiera presentado. Se le pasó la alegría al ver la cómoda. Hizo una mueca de extrañeza y nos pidió que se la dejáramos en el trastero.

—¿No la prefieres en el escaparate? —preguntó George-Harrison.

Pero nos contestó que no teníamos más que dejarla en un rincón, que ya vería qué hacer con ella al día siguiente. George-Harrison lo invitó a cenar en el restaurante de Denise, y ahí pude descubrir la famosa rinconera del siglo xviii. No soy ninguna especialista, pero tengo que reconocer que era una copia magistral, y sentí cierto orgullo, lo cual era absurdo.

Pierre Tremblay me recomendó la bullabesa de las islas de la Madeleine, y para acompañarla pidió un vino blanco de las bodegas Les Brome, producto de Quebec, precisó orgulloso llenando nuestras copas.

Tras brindar, se inclinó hacia George-Harrison, interesado en despejar con él lo que parecía ser un malentendido.

—No quiero contrariarte —dijo—, pero te pedí un trineo antiguo, no una cómoda.

—Así es —le replicó George-Harrison—. Pero yo te pregunté mil veces si tenías información sobre mi padre, y como nunca supiste o nunca quisiste decirme nada, he tenido que investigar yo solo por mi cuenta, y eso me ha llevado muchísimo tiempo. Ya conoces el refrán, no se puede estar en misa y repicando, pues tampoco se puede estar en el taller y a la vez de aquí para allá buscando respuestas. Así es que tus trineos tendrán que esperar. Puedes darte con un canto en los dientes, esa cómoda la hice hace tiempo, y ayer me pasé la tarde terminándola para tener al menos algo que traerte hoy.

—Ya veo —masculló Pierre—. Esta invitación no era para presentarme a tu amiga, sino más bien una trampa.

—¿Cómo que una trampa, si se supone que no sabes nada de mi padre?

—Basta —exclamó Pierre enfadado—, no es necesario que me pongas en entredicho en público. Nunca te he dicho nada porque no tenía permiso. Hice una promesa, ¿entiendes?, y una promesa es una promesa.

—¿Qué promesa?

—Que mientras ella estuviera aquí, no diría una palabra.

—Pero ella ya no está, Pierre, la mujer a la que tú conociste ni siquiera recuerda su propia existencia.

—Te prohíbo hablar así de tu madre.

—Por desgracia, no es más que la verdad, y tú lo sabes bien, puesto que vas a visitarla. ¿Crees que no he reconocido el mobiliario de su habitación, la mesilla de noche, el velador junto a la puerta, la butaca al lado de la ventana? ¿Cuántos viajes has hecho para embellecerle la vida cotidiana?

—Deberías haberlos hecho tú en mi lugar.

—Estoy seguro de que ella prefería que esas atenciones vinieran de ti. Ahora, por favor te lo pido, tienes que contestar a nuestras preguntas, deberías haberlo hecho cuando te conté lo de la carta anónima.

—¿Vuestras preguntas? ¿Qué tiene que ver todo esto con tu amiga?

—Eleanor-Rigby es la hija de Sally-Anne —contestó George-Harrison.

Bastaba ver la expresión de Tremblay para comprender que sabía quién era mi madre. George-Harrison le resumió lo que habíamos descubierto desde su última conversación, justo antes de que se marchara de Magog. Y, cuando hubo terminado su relato, el anticuario se sintió obligado a contarnos la continuación de la historia.

—Tras el robo, vuestras madres volvieron al *loft*. Allí escondieron el botín, y luego se reunieron con sus amigos en un bar de los muelles de Baltimore. Y, por lo que sé, fue una fiesta inolvidable. Los invitados pensaban estar celebrando el primer número de *The Independent*, pero vuestras madres celebraban también su fechoría, y qué ironía si pensamos en lo que se abatiría sobre ellas al día siguiente de publicarse el periódico. La policía llevó a cabo su investigación con gran diligencia, pero las únicas huellas encontradas en la caja fuerte eran las de Hanna y las de Robert, y como no había sido forzada, sacaron dos conclusiones posibles: que el ladrón formaba parte del personal de la mansión, o que nunca había habido ningún robo. A los Stanfield no les faltaba el dinero, por lo que la pista del intento de fraude a la compañía de seguros no estaba entre sus prioridades de investigación. Lo que Hanna temía por encima de todo era el escándalo. Su reputación era esencial en su ámbito de negocio. Los grandes coleccionistas le confiaban obras de arte de valor incalculable, imaginad lo que habrían pensado de haberse enterado de que le habían robado un cuadro en su propia casa, así es que se cuidó mucho de contárselo a la policía... Vaya cara que ponéis, ¿qué he dicho?

George-Harrison y yo estábamos sin habla, a cual más estupefacto. Las cartas anónimas adquirían por fin sentido. No me decidía a interrumpir a Tremblay cuando George-Harrison le preguntó por el cuadro.

—Lo único que sé es que fue la causa de una pelea terrible entre vuestras madres. No por su valor, que era inmenso, sino porque para Hanna Stanfield tenía una importancia especial. Por lo que sé, había sido de su padre, y para ella era más valioso que toda su colección de obras de arte. May pensó que era este el motivo por el que Sally-Anne se lo había robado. Concluyó que no había cometido ese robo para salvar *The Independent*, sino para satisfacer su sed de venganza. Sally-Anne juró ignorar que el cuadro estaba allí, pretendió haberlo descubierto al abrir la caja y haberse apoderado de él sin pensar. May no creyó una palabra. Estaba furiosa de que la hubiera manipulado. El problema fue que no era la única en pensar eso. Y es ahí donde la ironía se revela en toda su dimensión, pues si Sally-Anne se hubiera abstenido de firmar con sus iniciales el artículo que escribió en el primer y único número del periódico, un artículo que atacaba directamente a su familia, quizá Édouard no habría atado cabos. Pero el mal ya estaba hecho. Édouard comprendió quién lo había escrito y supuso que lo habían engañado. Si hasta entonces había querido creer que el comportamiento de May, cuando menos... cómo diría yo...

—¿Cuando menos qué? —insistió George-Harrison.

—Eso no es asunto vuestro. Digamos más bien que ese artículo lo llevó a pensar que la presencia de May la noche del baile respondía a otro motivo que el de querer arruinarle su fiesta de compromiso.

341

Pues no se había encontrado con ella en el gran salón, sino en la planta de arriba, no muy lejos del lugar donde se había producido el robo. Entonces, cuando descubrió en ese dichoso artículo de lo que era capaz su hermana para vengarse de su familia, ató cabos. Mientras May y él... hablaban..., Sally-Anne le robaba a su madre ese cuadro tan valioso para ella. ¿Está claro o necesitáis que os haga un dibujo?

—Está más que claro —intervine yo.

Le había ahorrado a George-Harrison algunos detalles de esa velada, y era un alivio ver que Tremblay se mostraba igual de reservado a ese respecto.

—¿Qué pasó con el cuadro? —pregunté.

—No se sabe. May lo ignoraba, y os aseguro que nunca obró en su poder.

—¿Cómo podía ignorarlo cuando compartía el *loft* con mi madre? —proseguí.

—Ya no lo compartirían por mucho tiempo. Édouard Stanfield, convencido de la culpabilidad de su hermana, estaba decidido a desenmascararla y a recuperar lo robado. Édouard tenía auténtica pasión por su madre. Y, aunque Hanna se había resignado a la idea de que le habían sustraído una pequeña fortuna en bonos del Tesoro, en lo que a la pérdida del cuadro respecta, no encontraba consuelo. Édouard se puso a seguir a vuestras madres. Espió sus idas y venidas durante varios días. Como estaban ocupadas en la redacción del segundo número del periódico, se pasaba el tiempo vigilando sus ventanas, oculto en el coche que le había tomado prestado a su madre. Siguió a May cuando esta fue al banco a vender un bono del Tesoro con el que pagar a los proveedores. Entró justo después de ella y asistió a la transacción sin ser visto. Ahora ya tenía una prueba irrefutable. Y cuando May salió de la sucursal, fue testigo de otra revelación. May estaba doblada en dos, vomitando en la acera. Podría haber achacado esas náuseas al miedo, pero volvió a vomitar al bajarse del taxi que la llevaba de vuelta al *loft*. No necesito haceros un dibujo. Volvió a su casa. Édouard estaba aparcado en la calle. Bajó del coche y fue a llamar a la puerta del *loft*. Siguió un enfrentamiento terrible. Édouard amenazó con denunciarlas si no le devolvían en el acto lo que habían robado. El empleado del banco daría fe de la transacción, reconocería a May sin dificultad y acabarían las dos en la cárcel. May no le dio a Sally-Anne tiempo para justificarse y corrió a su habitación a buscar los bonos del Tesoro. Cuando él les pidió que devolvieran la otra parte del botín fue cuando May se enteró de lo del cuadro. La tensión aumentó. Sally-Anne insultaba a Édouard, May estaba furiosa con ella, la cosa se convirtió en una pelea en toda regla. Y, al negarse Sally-Anne a devolver el cuadro, Édouard preguntó qué sería del niño cuando su madre fuera a la cárcel. Sally-Anne no sabía que May estaba embarazada. Y enterarse así fue para ella algo durísimo, como os podréis imaginar. Durante un instante se hizo la calma. Cada cual acusaba el golpe a su manera. Édouard, porque May no había negado que estuviera embarazada; May, porque este la había desenmascarado delante de su cómplice, y Sally-Anne porque había adivinado quién era el padre del niño. Obedeció y le devolvió a su hermano el tubo en el que había escondido el cuadro.

—¿Édouard estaba impresionado porque era el padre de ese niño?, preguntó George-Harrison con los labios temblorosos.

—Lo suponía, en efecto, y con razón —suspiró el anticuario.

—¿Por qué nunca me lo dijiste? ¿Por qué has esperado tanto tiempo?

—Por lo que pasó después —contestó Tremblay, bajando la mirada—. Pero piénsalo bien antes de que siga hablando. Después ya será demasiado tarde, aunque me perdones mi silencio y por fin entiendas por qué tu madre quiso protegerte toda tu vida de conocer la verdad.

—Puedes seguir, Pierre, sé que lo mató.

—No tienes ni idea, chavalote, así que vuelve a hacerte la misma pregunta, y te aconsejo que lo pienses bien.

Le cogí la mano y se la apreté tan fuerte que se le pusieron blancos los dedos. Intuía con todo mi ser que era mejor que Pierre callara. Pero ¿quién en su lugar no habría querido oír lo que se disponía a decir?

George-Harrison asintió con la cabeza y Pierre prosiguió su relato.

—Édouard salió del *loft*, podría haberse callado la puta boca, perdón por la burrada, pero era de verdad un miserable pues, no contento con haber conseguido lo que quería, profirió otra amenaza desde el rellano, mucho más terrible. Si May no abortaba, las denunciaría a las dos a las autoridades. Al ser adoptada, y esto lo dijo con cara de asco, su hermana era una falsa Stanfield, y después de lo que acababa de hacer, sería menos que nada, de modo que no iba a ser un bastardo más quien fuera a manchar su nombre y a arruinar su matrimonio. Alardeó de su clemencia. ¿No era preferible que ese niño no viera la luz antes que acabar en un hospicio cuando su madre fuera a la cárcel? Sally-Anne tenía sus defectos, pero no era una persona sumisa. Profirió un grito de rabia y se abalanzó sobre Édouard emprendiéndola a puñetazos. Édouard se defendió, pero perdió el equilibrio y cayó rodando los ciento veinte peldaños de la empinada escalera, una auténtica trampa mortal. Se desnucó en la caída, cuando llegó al suelo estaba muerto.

Tremblay levantó los ojos y observó a George-Harrison, preocupado por ver cuál sería su reacción. Su rostro preñado de tristeza era pura bondad. George-Harrison no decía nada. Entonces el anticuario puso la mano sobre la suya y se disculpó.

—¿Me guardas rencor? —preguntó inquieto.

George-Harrison lo miró a su vez.

—No tengo padre, y es mejor así, pero he tenido una madre increíble, y te tengo a ti, querido Pierre. No es poco. Sería un ingrato si le guardara rencor a la vida.

* * *

Tremblay pagó la cuenta. Recorrimos la calle hasta su tienda, donde habíamos dejado la camioneta. Nos disponíamos a despedirnos cuando Tremblay nos pidió que lo siguiéramos. Entró en su despacho, abrió un cajón y sacó un viejo cuaderno de espiral como de colegio.

—Nunca lo he leído, os lo juro. Me lo dio tu madre —dijo mirando a George-Harrison—, pero era de la tuya —añadió volviéndose hacia mí—. No quiero más secretos en mi vida, así que os lo entrego.

Era noche cerrada. George-Harrison conducía, los faros iluminaban la carretera, íbamos rumbo a su taller, y yo apretaba contra mi pecho el diario íntimo de mi madre, que aún no me había atrevido a abrir.

38

ELEANOR-RIGBY

Octubre de 2016, Magog

Pasé la noche acurrucada contra él. George-Harrison dormía. Creo que se hacía el dormido. Cerró los ojos para respetar mi intimidad en ese momento pero sin separarse de mi lado.

Me pasé la noche leyendo el diario de mi madre, y de su puño y letra descubrí la dureza de los años pasados en el internado de Inglaterra, su insomnio en un dormitorio comunitario en el que la soledad y el abandono pesaban sobre ella. Leí también las páginas alegres en las que contaba cómo había conocido a mi padre en un *pub* donde los Beatles cantaban *All you need is love*, sus primeros tres años juntos, en los que vivió algo muy parecido a la felicidad. Comprendí las razones de su regreso a Baltimore, empujada por el deseo y la esperanza de recuperar el contacto con su familia. Supe de su vida de becaria en el periódico, sus aventuras, su hambre de libertad que convirtió en su razón de ser. Cómo nos parecíamos a la misma edad, yo que había recorrido el mundo para buscar en rostros desconocidos lo que no me atrevía a ver en los de mis padres, por miedo a conocerlos demasiado bien. Reviví lo que descubrí al principio de ese viaje, la manera en que se había dedicado en cuerpo y alma a su proyecto periodístico, su empeño en llevarlo a cabo y el descontrol al que se había dejado arrastrar.

Leí toda la noche y, al amanecer, cuando llegué a las últimas páginas de su diario, desperté al hombre al que ya amaba para que las leyéramos juntos, pues le concernían. Mi madre no las había escrito solo para sí misma, también se las dirigía a May.

27 de octubre de 1980

Estas son las últimas palabras que te escribo, querido diario.

Cuando reunimos el valor para bajar la escalera, ambas pensábamos que mi hermano estaba muerto. May se dio cuenta de que aún respiraba. Entonces pensamos que no había ocurrido lo irreparable. Lo metimos en su coche y lo llevamos al hospital. Y cuando los camilleros se lo llevaron, huimos como lo que éramos, unas ladronas. En mitad de la noche llamé para saber cómo estaba, y los médicos nos quitaron toda esperanza. Se había partido el cuello, era un milagro que aún respirase, pero en cuanto desconectaran las máquinas, su vida se apagaría con ellas. De ladronas idealistas habíamos pasado a ser criminales, aunque se tratara de un accidente.

Antes de que amaneciera, May se puso al volante del coche que conducía mi hermano y lo arrojó a las oscuras aguas de los muelles. Lo contemplamos hundirse y desaparecer. Nadie sabía que había venido a vernos, y sin esa prueba nadie sabría lo que habíamos hecho.

Era mediodía cuando recibí una llamada de mi madre. Me ordenó que me reuniera con ella de inmediato. Cogí mi vieja Triumph por última vez.

Mi madre me esperaba en el vestíbulo del hospital, había estado velando a mi hermano. Quise ver su cuerpo, pero ella me lo prohibió. Iba a confesárselo todo, decidida a aceptar las consecuencias, y a devolverle ese cuadro tan importante para ella, aunque fuera un mísero arrepentimiento. Pero no me dio tiempo, me ordenó que me callara. Fue ella quien habló.

—Vete, sal del país antes de que sea demasiado tarde y no vuelvas nunca más. He perdido a mi hijo esta noche, no quiero a una hija en la cárcel. Lo sé, lo sé todo, porque soy tu madre. Cuando los enfermeros me dijeron que dos mujeres habían dejado a Édouard en una camilla de urgencias y luego se habían marchado, temí lo peor, y, al verte, lo he comprendido todo. No te he dicho dónde tenías que reunirte conmigo cuando te he llamado y sin embargo estás aquí. Deshazte de mi coche si no lo has hecho ya y desaparece con él.

Se alejó, con una actitud de dignidad en el dolor, y me dejó sola.

Al salir del hospital, pasé por el loft. *May no estaba. Entonces fui al banco para cobrar el cheque que mi madre me había dado un día en su club para repudiarme por segunda vez. Allí me encontré con el marido de Rhonda y le confié el cuadro de Hopper para que lo guardara en una caja fuerte que dejé alquilada. Me hizo rellenar unos papeles sin preguntarme nada. No quiero llevármelo conmigo, nunca podría mirar a esa joven, por guapa que sea, sin pensar en mi destino y en el de mi hermano. Al salir del banco fui a comprar un billete de avión y metí lo que me quedaba del dinero en un sobre. Lo dejaré en la mesilla de noche para que May tenga también lo necesario para cruzar la frontera y vivir los primeros días en Canadá.*

Estas son las últimas palabras que te escribo, amor mío.

He vuelto al loft, *donde esta vez me estabas esperando. Te he comunicado mi decisión. Hemos hablado largo rato y después hemos llorado en silencio. Has hecho tu maleta y la mía.*

Me he ido mientras dormías. Decirte hasta la vista habría sido mentira, decirte hasta nunca era demasiado cruel. En la mesilla de noche te he dejado todos los bonos del Tesoro para que puedas reconstruir la vida que yo te he arruinado. Llevas un hijo en tus entrañas, amor mío, y aunque yo no sea de su sangre, perpetúa una historia que dejo atrás. Solo a ti te corresponde decidir si se la contarás algún día.

No te preocupes por mí. Tengo en Londres a alguien que me quiere y con quien puedo contar. Al menos así lo espero. Por él te daba tanto la tabarra poniéndote sin parar los discos de los Beatles, a ti que solo te gustaban los Rolling Stones.

Estas son las últimas palabras que te escribo, pues ya no quiero engañar a nadie. Así es que, si quiere perdonarme, voy a amarlo con todas mis fuerzas y voy a dedicar mi vida a intentar hacerle feliz.

Vosotros sed felices juntos también, dale a tu hijo la alegría de vivir que sé que tienes. He vivido junto a ti mis años más hermosos y, pase lo que pase, te llevaré en mi corazón hasta el final de mis días.

Sally-Anne.

Era la última página de su diario. Amanecía. George-Harrison me prestó un jersey y unos vaqueros, y nos fuimos a pasear por el bosque.

39

ELEANOR-RIGBY

Octubre de 2016, Magog

Llamé a Michel para saber de él. Lo añoraba más que nunca. Aproveché la conversación para preguntarle si mamá le había hablado de un banco en el que había escondido un cuadro. Me contestó que era ilógico. Para qué guardar un cuadro en una caja fuerte cuando se pintaban para colgarlos en las paredes. No encontré ninguna explicación que pudiera satisfacerlo. Quiso saber si iba a volver pronto y le prometí que lo haría en cuanto me fuera posible. Luego me preguntó si había encontrado lo que buscaba, y le contesté, mirando a George-Harrison, que sobre todo había encontrado lo que no buscaba. Me confirmó que esas cosas pasaban, había leído en sus libros que muchos de los descubrimientos científicos eran fruto de la casualidad. Aunque la casualidad en sí no fuera nada científica. Había dos lectores en la biblioteca, y con semejante afluencia de público no podía seguir hablando conmigo por teléfono. Me prometió que les daría un beso a Maggie y a papá de mi parte, y luego me hizo jurar que los llamaría para darles el beso yo misma.

* * *

George-Harrison me esperaba delante de su camioneta. Cerramos el taller y cogimos la carretera otra vez. Llegamos a Baltimore cuando anochecía.

Al día siguiente fuimos a visitar al profesor Shylock para cumplir nuestra promesa. Le contamos lo que habíamos descubierto, bueno, casi todo, algunas cosas no eran de su incumbencia. Esperábamos poner de manifiesto su ignorancia al preguntarle si tenía idea del nombre del banco en el que podía encontrarse el cuadro. Nuestra pregunta no pareció alterarlo, cogió su manuscrito y lo hojeó tildándonos de inútiles.

—¡Si está escrito aquí, bastaba leer con atención! Los Stanfield eran accionistas del Corporate Bank of Baltimore. Sigue existiendo, no tienen más que buscar la dirección en la guía. ¿De verdad me autorizan a publicar toda esta historia?

—Con la condición de que responda a una pregunta —le dije.

—La escucho —contestó irritado.

—¿Es usted el autor de las cartas anónimas?

Shylock señaló con el dedo la puerta de su despacho.

—¡Largo de aquí, son ustedes ridículos!

Fuimos al banco y el empleado de la ventanilla nos recibió con frialdad. Antes de decirnos nada sobre la existencia de una caja fuerte, debíamos aportar la prueba de que éramos los propietarios de dicha caja. Por más que le expliqué que la había alquilado mi madre y que había fallecido, de nada sirvió. Si era su legítima heredera, no tenía más que presentarle el documento que así lo atestiguara. Le enseñé mi pasaporte, y la conversación pasó a ser kafkiana. Me apellidaba Donovan, y mi madre había alquilado esa caja con su apellido de soltera, nombre que había cambiado al instalarse definitivamente en Inglaterra. Aunque mi padre me enviara una copia de su partida de matrimonio, no serviría para convencer de nada a ese empleado tan puntilloso.

Y, para librarse de nosotros, nos indicó que la única persona autorizada a saltarse las reglas del banco era el presidente. Solo iba al banco dos veces por semana, su próxima aparición sería dos días después. A lo que añadió que era inútil molestarlo a él también, pues el señor Clark era mormón, y los mormones nunca se saltan las reglas.

—¿Ha dicho el señor Clark?

—¿Es usted sorda? —me preguntó con un suspiro.

Le supliqué que informara al presidente de que la hija de Sally-Anne Stanfield estaba en la ciudad, que la señora Clark, si es que seguía casado, la había conocido bien pues había participado con ella en la creación de un periódico, y que le recordara que mi madre le había confiado hacía tiempo un cuadro que representaba a una joven asomada a una ventana. Estaba segura de que nos concertaría una cita. Le anoté en un papel mi número de móvil y la dirección de nuestro hotel, y le propuse incluso dejarle mi pasaporte. El empleado cogió la hoja que le agitaba en la cara, rechazó mi documento de identidad y me prometió que transmitiría lo que le había pedido con la condición de que me marchara en el acto.

—No veo cómo vamos a conseguirlo —dijo George-Harrison, saliendo del banco—. Y encima si el jefe es mormón…

—¡Repite lo que acabas de decir!

—Solo era una manera de hablar, no tengo nada en contra de los mormones.

Lo besé, y no comprendió en absoluto por qué estaba tan contenta. Acababa de recordar una conversación entre mi padre y Maggie, cuando esta se había inventado una milonga para justificar el haber ido a registrar su casa.

—Un mormón no puede cuestionar el trabajo de otro mormón —murmuré.

—¿Has bebido?

353

—Los mormones dedican buena parte de sus actividades a la genealogía, fundaron una sociedad genealógica en Utah a finales del siglo XIX. Empezaron por Estados Unidos y luego recorrieron Europa y establecieron acuerdos con casi todos los países, que les comunicaron el contenido de sus archivos del registro civil. Su trabajo no ha cesado, y conservan millones y millones de microfilms en cámaras de seguridad excavadas en sus montañas.

—¿Y tú cómo sabes eso?

—Por mi trabajo. Y porque mi padre recurrió a ellos, y aunque el extracto que nos enseñó solo llegaba hasta mi madre y él, me comunicarán mi árbol genealógico al completo si se lo solicito a la persona adecuada.

No me llevó mucho tiempo obtener lo que buscaba. Los mormones se han modernizado, y basta introducir tu identidad y la de tus padres en su página web para obtener de inmediato una copia de tu árbol genealógico y descubrir así la identidad de tus antepasados. Estaba decidida a enfrentarme a ese empleado del banco que me había echado cuando recibí una llamada de la secretaria del señor Clark.

Me citaba dos días después en su despacho a las doce en punto del mediodía.

No habría sabido decir quién era más viejo, si el presidente, su secretaria o el mobiliario de su despacho.

Nos acomodamos en dos sillones de cuero cuarteado. El señor Clark vestía un traje con chaleco y pajarita y tenía grandes entradas, pero las gafas rectangulares que le resbalaban sobre la nariz y el bigote blanco le daban un aire a Geppetto que lo hacía bastante simpático. Me escuchó sin decir nada y se inclinó sobre los documentos que le presenté. Estudió mi árbol genealógico con la mayor atención y dijo «ya veo» tres veces, mientras yo contenía la respiración.

—Es complicado —declaró.

—¿Qué es lo que es complicado? —intervino George-Harrison.

—Un árbol genealógico no es un documento oficial propiamente dicho, y sin embargo este da fe de su condición. La caja fuerte de la que me habla se abrió hace treinta y seis años, y nunca más desde entonces. Unos meses más, y su contenido se habría declarado abandonado, y el banco se habría incautado de él. De modo que imagine mi sorpresa al ver aparecer a alguien que reivindica su propiedad.

—Pero tiene ante los ojos la prueba de que soy la hija de Sally-Anne Stanfield.

—Eso es indiscutible, se lo concedo. De hecho, se le parece.

—¿Se acuerda de mi madre después de tantos años?

—¿Sabe durante cuántos años me reprochó mi esposa que no le concediera ese préstamo? ¿O cuántas veces me dio a entender que, si me hubiera opuesto a mi consejo de administración, nada de esto habría ocurrido? ¿Sabe durante cuántos años su madre me amargó indirectamente la vida? Creo que es mejor que no se lo diga.

—Entonces, ¿sabe lo que ocurrió?

—Que después del accidente que sufrió su hermano decidiera abandonar a su madre y marcharse a vivir al extranjero es algo de lo que me enteré, consternado, como todos aquellos que frecuentaban a los Stanfield.

—¿Conoció usted a Hanna?

El señor Clark asintió con la cabeza.

—Una mujer admirable —prosiguió—. Los médicos nunca pudieron convencerla. Una verdadera santa.

—Convencerla ¿de qué?

—De desconectar las máquinas que mantenían a su hijo con vida. Y gastó toda su fortuna en que le prodigaran los mejores cuidados. Vendió sus cuadros uno a uno, y un día le llegó el turno a su mansión. Se mudó ella sola a un pequeño apartamento y se pasaba los días en la clínica en la que había instalado a su hijo. Esperaba un milagro que no se produjo. Los aparatos más modernos, que ella renovaba sin cesar, no podían devolverlo a la vida. Lo sacrificó todo por él y, cuando murió, se retiró a su vez.

—¿Cuánto tiempo sobrevivió Édouard?

—Diez años, algo más tal vez.

El señor Clark se ajustó las gafas, se enjugó la frente con el pañuelo y carraspeó.

—Bien, volvamos a lo que nos ocupa. No ignora que su hermano y su hermana, puesto que aparecen en este documento, son también herederos de la señorita Stanfield, bueno, de su madre, ¿verdad?

—Naturalmente.

—El contrato de alquiler de la caja estipulaba expresamente que solo ella o uno de sus hijos podía abrirla.

El señor Clark se llevó mi árbol genealógico y el famoso contrato. Se los entregó a su secretaria, la puerta de cuyo despacho había quedado abierta desde el inicio de nuestra reunión; como si necesitara un testigo que pudiera dar fe de que no había incumplido ninguna regla y se había contentado con respetar aquello a lo que se había comprometido el banco que presidía.

La secretaria volvió poco después, asintiendo con la cabeza para confirmarle que todo estaba en orden.

—Entonces, vamos —suspiró el señor Clark.

Tomamos un ascensor de los que solo se ven ya en las películas en blanco y negro. La cabina de marquetería con su verja y su manivela de madera impresionó mucho a George-Harrison y, mientras bajábamos hacia los sótanos a velocidad de caracol, me imaginé que estaría pensando en cómo fabricar una copia exacta.

La sala de las cajas fuertes era gigantesca. El señor Clark nos rogó que lo esperáramos en una antesala. Nos dejó con su secretaria, que se dignó regalarnos una sonrisa, la primera que nos concedía.

El señor Clark volvió al poco rato con un portafolio protegido por una lona.

Lo dejó sobre una mesa en el centro de la sala y retrocedió unos pasos.

—Le dejo abrirlo, yo no soy más que el depositario.

Nos acercamos a esa lona como si se tratara de una reliquia, y en cierto modo lo era.

George-Harrison desató las cintas del portafolio, y yo lo abrí.

La joven en la ventana se nos apareció en todo su esplendor. La luz que se posaba sobre su rostro parecía tan real que era como si hubiera amanecido en el cuadro.

Me puse a pensar en otra joven que miraba también por la ventana a su padre mientras este fumaba un cigarrillo en compañía de un joven agente de enlace americano. Revivía su audaz evasión por las montañas, pensaba en quienes los habían ayudado y salvado, en un maravilloso marchante inglés, en las ventanas de un cuchitril de la Calle 37, en las de un piso del Upper East Side, en mi madre, hija adoptada, en su hermanastro, en todas esas vidas cuyos destinos había unido un cuadro de Hopper, el preferido de Sam Goldstein.

Clark y su secretaria se acercaron discretamente para admirarlo a su vez. Y me dio la impresión de que ellos también se recogían ante esa joven.

—¿Piensa llevárselo hoy? —preguntó el señor Clark.

—No —contesté—, está más seguro aquí.

—Entonces, para simplificar las cosas, voy a poner su nombre en este contrato, actualizaré la fecha y le proporcionaré una copia. Si tiene a bien esperar un momento en el vestíbulo de la planta baja, mi secretaria se lo llevará.

* * *

Subimos en el mismo ascensor, y nos separamos del señor Clark en la planta baja. Tras despedirse de nosotros, levantó el vuelo hacia la última en su cabina de marquetería.

Esperamos unos diez minutos. Su secretaria vino a entregarnos un sobre a mi nombre. Al entregármelo, me recomendó encarecidamente que nunca perdiera ese documento. En toda su carrera, era la primera vez que el señor Clark se saltaba el reglamento, y no creía que algo así se repitiera nunca. Nos regaló una segunda sonrisa y volvió a su trabajo.

Fuimos a almorzar al Sailor's Café, no era una peregrinación, simplemente nos apetecía volver al sitio donde nos habíamos conocido. Una vez sentados a una mesa, George-Harrison me preguntó qué pensaba hacer con el cuadro.

—Dártelo, te corresponde a ti por derecho. Solo tú llevas en las venas la sangre de Sam y de Hanna Goldstein. Mi madre era adoptada.

—¡No veas cuánto me alegro!

—¿Tanto te importa recuperar ese cuadro?

—Es magnífico, pero me trae sin cuidado. ¿Qué más da que fuera adoptada o no? Un hijo es un hijo, y tu madre era la única heredera legítima de ese lienzo.

—Entonces ¿de qué te alegras?

—De que no tengamos lazos de sangre, porque no tengo la más mínima intención de dejar que te vuelvas a Inglaterra, al menos no sin mí.

Yo tampoco tenía la más mínima intención, pero habría sido capaz de llegar hasta la puerta del avión para disfrutar de que me impidiera subir.

—Lo sé —dije vacilándole un poco.

—No, no lo sabías. Y hay otra cosa que nunca sabremos: quién escribió las cartas.

Al subir a la camioneta, me saqué del bolsillo el sobre que me había entregado la secretaria del señor Clark. Miré la caligrafía y, al ver la manera en que estaban escritos mi nombre y mi apellido, se me iluminó el semblante. Era una letra francamente bonita, llena de bucles, como cuando te enseñaban a escribir en el colegio.

Y entonces comprendí, por fin lo comprendí todo, y me puse a reír y a llorar a la vez.

Me volví hacia George-Harrison y le di el sobre cuando paramos en un semáforo.

—Hanna no se suicidó como afirmó Shylock. Su coche lo arrojaron nuestras madres a las aguas del puerto.

—No entiendo.

—¡La secretaria de Clark era ella, era Hanna!

—No, no lo sabías. Y hay otra cosa que nunca sabremos: quién escribió las cartas.

Al cabo a la camionera me saqué del bolsillo el sobre que me había entregado la secretaria del señor Clark. Miré la caligrafía y, al ver la manera en que estaban escritos mi nombre y mi apellido, se me limpió el semblante. Era una letra francamente bonita, llena de bucles, como cuando te enseñaban a escribir en el colegio.

Y entonces comprendí, por fin lo comprendí todo, y me puse a reír y a llorar a la vez.

Me volví hacia George Harrison y le di el sobre cuando parámos en un semáforo.

—Hanna no se suicidó como afirmó Shylock. Su coche lo arrojaron nuestras madres a las aguas del puerto.

—No entiendo.

—¡La secretaria de Clark era ella, era Hanna!

40

Despacho del señor Clark, una hora antes

—¿Está satisfecha? —preguntó el señor Clark acompañando a Hanna a la puerta del banco.

—Sí, lo estoy. El cuadro de mi padre volverá a salir a la luz, he cumplido así con la promesa que le hice, la de no venderlo nunca y que quedara siempre en la familia. Y, de paso, he podido poner cara a dos de mis nietos. Reconozca que valía la pena ir a enviar unas cuantas cartas, incluso hasta Canadá. Le estaré eternamente agradecida por todo lo que ha hecho por mí.

—¿Por qué no les ha dicho quién era?

—Después de todo el camino que han recorrido, si quieren conocerme, estoy segura de que sabrán dónde encontrarme.

Hanna se despidió del señor Clark y se dirigió a la parada del autobús. Este la vio alejarse por la acera, con tanta dignidad como había vivido.

EPÍLOGO

El 1 de enero de 2017, Ray Donovan se puso a dieta para caber en su esmoquin.

El 2 de abril de 2017, Eleanor-Rigby y George-Harrison se casaron en Croydon. Fue una ceremonia muy bonita. Maggie había dejado a Fred y reanudado sus estudios de derecho, resuelta esta vez a hacerse abogada. Al año siguiente dejaría el derecho para estudiar veterinaria.

La noche de la boda, Véra y Michel anunciaron que se trasladaban a Brighton, esperaban un feliz acontecimiento, y el aire marino les parecía más lógico que el de la ciudad.

Sentada en el último banco, Hanna asistió de incógnito o casi a la ceremonia. Aprovechó la estancia para ir a recogerse en la tumba de su hija. Había visto a su descendencia al completo y se marchó feliz.

El 20 de abril de 2017, el profesor Shylock publicó un libro titulado *Lo que no nos contaron*. Su obra tuvo una gran acogida... entre sus colegas, a quienes se la había regalado.

Eleanor-Rigby y George-Harrison viven en Magog. Su casa está ahora fuera del taller.

* * *

May ha conocido a su nieto, Sam.

Probablemente sea el único niño del mundo que tiene un cuadro de Hopper colgado en la pared de su cuarto.

A veces, antes de acostarse, le da las buenas noches a una joven que mira por la ventana.

AGRADECIMIENTOS

Pauline, Louis, Georges y Cléa.
Raymond, Danièle y Lorraine.

Susanna Lea.
Emmanuelle Hardouin.
Cécile Boyer-Runge, Antoine Caro.
Caroline Babulle, Élisabeth Villeneuve, Arié Sberro, Sylvie Bardeau, Lydie Leroy, Joël Renaudat, Céline Chiflet, todos los equipos de la editorial Robert Laffont. Pauline Normand, Marie-Ève Provost, Jean Bouchard. Léonard Anthony, Sébastien Canot, Danielle Melconian, Mark Kessler, Marie Viry, Julien Saltet de Sablet d'Estières.
Laura Mamelok, Cece Ramsey, Kerry Glencorse.
Brigitte Forissier, Sarah Altenloh.
Lorenzo.

Y a los Beatles por... *Eleanor Rigby*.
(© Lennon-McCartney)